HEINZ G. KONSALIK

Kosakenliebe

Heinz G. Konsalik

KOSAKENLIEBE

Roman

BASTEI
LÜBBE

Lizenzausgabe: Gustav Lübbe Verlag, Bergisch Gladbach
Printed in Western Germany 1979
10. Auflage
Einbandgestaltung: Manfred Peters
Gesamtherstellung: Ebner Ulm
ISBN 3-404-00339-x

Der Preis dieses Bandes versteht sich einschließlich
der gesetzlichen Mehrwertsteuer

I

Die Glocken läuteten, als sie in Moskau einfuhren.

Sie waren das gewöhnt, denn in Moskau läuteten meistens die Glocken. Entweder betete der Zar um die Gnade Gottes, oder er ließ vor dem Kreml Spione, Aufsässige, lästige Adlige, Verräter und Denunzierte hinrichten. Und immer läuteten dabei die Glocken, als bestünde der Moskauer Alltag nur aus Festen.

Und auch das wiederholte sich, wenn sie durch Moskau fuhren: Die Menschen an den Straßenrändern gafften sie ungläubig an, als sähen sie ein Wunder oder als gäbe es so etwas nur in einer anderen Welt zu sehen. Sie zogen die Hüte und Mützen, verbeugten sich und steckten dann die Köpfe zusammen. Hast du das gesehen, Brüderchen? Sie haben ihre Schlitten mit Zobel ausgeschlagen, ihre Pferdchen tragen silbernes Geschirr, die Glöckchen an der Troika sind aus purem Gold, und die hohen Mützen sind mit Edelsteinen besetzt. Welch ein Reichtum! Welch ein Stolz! Aber wie lange wird das gutgehen? Darf man reicher sein als der Zar? Darf man es auch noch zeigen?

Gott stehe ihnen bei, den reichen Herrchen aus dem Permer Land ...

Die Kremlwache ließ die Schlitten ungehindert passieren. Wer da dick vermummt in den flauschigen Blaufuchspelzen hockte, hatte immer freie Durchfahrt.

Hinter der Kremlmauer scholl ihnen schon der Gesang der Mönche aus der Auferstehungskirche entgegen, aber der Weg von der Kirche zum Palast war mit Soldaten bespickt. Fürst Schuisky trat gerade aus der Tür, als die Schlitten hielten. Diener griffen nach den dampfenden Pferden und schlugen die dicken Fuchsdecken in den Schlitten zurück. Drei Männer in langen, mit Zobel besetzten Gewändern stiegen aus und reckten sich in der eisigen Luft.

Die Gebrüder Stroganow waren angekommen.

»Fürst Schuisky!« rief Jakob, der älteste. »Daß wir dich als ersten sehen, ist ein gutes Omen! Wie geht es dem Zaren?«

»Er betet.« Fürst Schuisky zeigte auf die Kirche. »Wir hatten gestern vierundneunzig Hinrichtungen. Der Zar betet, daß er recht daran getan hat.«

Der Gesang der Mönche schwoll an. Die Stroganows schwiegen und blickten hinüber zu den vergoldeten Zwiebeltürmen. Aber es war kein ehrfürchtiges Schweigen ... Während der Chor Gott lobte, rechneten die Brüder still nach, wie hoch der Zar bei ihnen verschuldet war. Wieviel Gold, Silber und Kupfer, wieviel Pelze und Seiden, Brokate und harte Rubel hatten sie als Gegenleistung gezahlt, damit niemand sagen könnte: »Seht euch doch die Stroganows an! Ihr Reichtum wächst von Tag zu Tag, so, wie ein Hefeteig im Ofen quillt. Eines Tages werden sie vor Überfluß und Macht platzen! Was gehört dem Zaren und was den Stroganows ... Man kann es schwer unterscheiden!«

»Wollt ihr in die Kirche gehen?« fragte Fürst Schuisky. Er kam die Treppenstufen hinunter und schlug den Pelzkragen hoch.

Die Brüder zögerten, dann schüttelten sie die Köpfe. Der Gesang der Priester und Mönche verebbte, die Glocken dröhnten. Zar Iwan IV., den man den Schrecklichen nannte, ließ sich jetzt segnen. Der Metropolit von Moskau tat es selbst, denn auch der oberste Kirchenfürst hat nur einen Kopf auf den Schultern. Seinen Vorgänger hatte man gefoltert, entmannt und geblendet – ein Vorbild, dem nachzueifern mit keinem Bibelwort befohlen wird.

»Eure Boten sind vorgestern eingetroffen«, sagte Fürst Schuisky zu Jakob, Gregor und Semjon Stroganow. Sie tauschten die obligaten Bruderküsse. »Es schien so, als habe sich der Zar gefreut.«

»Er braucht Geld.« Gregor Stroganow lachte unbekümmert. »Wir bringen ihm hunderttausend Rubel in Gold.«

»Er wird euch an seine Brust ziehen.« Fürst Schuisky schob die drei Brüder zur Tür, die vom Palast über einen kurzen Weg zur Kirche führte und die der Zar mindestens dreimal am Tag aufstieß, um dem Gesang seiner Priester und Mönche zu lauschen. Bisher war noch jeder Zar, je älter er wurde, in den Schoß der Kirche zurückgekrochen ... Nur war es seltsam, daß auch jeder Zar mit zunehmendem Alter immer grausamer wurde. Sie schlossen sich von der Welt ab und vernichteten die Welt ...

»Schnell hinein!« sagte Schuisky. »Das Gebet ist zu Ende. Wenn euch der Zar draußen sieht und nicht in der Kirche, wird er ungnädig sein.«

Sie durcheilten einige große Zimmer und lange Gänge, gewölbeartige Säle mit gedrehten Säulen und bespannten Wänden, und stellten sich dann im Vorraum des Audienzsaales auf. Eine Gruppe Bojaren wartete bereits und begrüßte die Stroganows höflich, aber mit deutlichem Abstand. Seit der erste große Stroganow – Anika – mit Salzsieden so reich geworden war, daß er sich einen Palast bauen und sich sogar einen deutschen Hausarzt halten konnte, seit Anika Stroganow zum Hauslieferanten des Zaren ernannt worden war, dem deutschen Kaiser Maximilian einen kostbaren Pelz lieferte, der englischen Königin Elisabeth ein riesiges Zobelcape und weiche, fast gewichtslose Daunenfedern für die Betten der Zarinnen, seitdem wußte man nicht so recht, wieviel Macht nun Anikas Söhnen von Iwan IV. zugestanden wurde.

Auch lieferten die Brüder alles, was man verlangte: Lachse, Salme, Hechte und Kaviar, Rentierfelle aus der Tundra, Pelze von Zobeln, Eichhörnchen, Hermelinen, Bibern und Füchsen; sogar Perlen hatten sie im Fluß Iksa gefunden, was rätselhaft war, aber sie zeigten sie vor! Und italienischen Wein führten sie in Rußland ein, auf der Handelsmesse in Kola tauschten sie Felle gegen Fässer. Wein war im rauhen Rußland, im Reich der Moskowiter, eine Rarität, und so zahlte sich der Weinverkauf an den Zaren und die Bojaren aus . . .

Keine Neider schaffen! Das war von seiten der Stroganows eine wichtige Regel. Vorsicht – mit Blick auf die Zukunft –, das war die große Sorge aller Fürsten und Bojaren. Und so ging es hin und her mit kleinen Geschenken, mit Wohltaten – Freunde schaffen, Rückendeckung!

Der Zar war alt geworden, ein Schatten seiner selbst, ein krummer, gebeugter Mensch, der nie überwand, daß er seinen ältesten Sohn im Jähzorn erschlagen hatte. Der neue Zarewitsch war ein Weichling und Halbidiot. Wer kam nach Iwan, wenn der plötzlich starb? Wer übernahm das große, heilige Rußland? Der bullige Boris Godunow? Der kluge Schuisky? Dimitri, der Säugling . . .?

Was hatte Anika Stroganow seinen Söhnen als Leitbild mit auf den Weg gegeben? Einnahmen messen – Ausgaben vergessen! Das hieß nichts anderes als sich die Macht kaufen, ganz gleich, wer im Kreml herrschte. Geld brauchen sie alle – die Zaren! Und ohne die Stroganows war die Zarenkasse halb leer. Der Glanz Rußlands stammte aus dem fernen Permer Land, aus der Zentrale einer Handelsdynastie, wie sie die Welt noch nicht gesehen hatte, gegen die die deutschen Fugger in Augsburg nur kleine Krämer waren!

Durch die Wartenden lief Unruhe. Die Palastwache, riesige Weißrussen in hohen Mützen, die sie noch riesiger machten, besetzte die Eingänge. Der Zar war aus der Kirche zurück. Eine Schar Frauen, verhüllt wie büßende Nonnen, flatterte den Gang entlang wie blaue Nachtvögel: die Zarin mit ihren Hofdamen.

Die Bojaren steckten die Köpfe zusammen, die Brüder sahen sich an. Die Tür zum Audienzsaal sprang auf. Boris Godunow erschien in einem langen, mit Gold bestickten Mantel, aus dem noch der Geruch des Weihrauchs wehte. Er ging den Stroganows entgegen und gab ihnen die Hand. Sie vor den Augen der Bojaren zu umarmen, würde zu weit gehen, sie waren nicht von Adel, sie blieben Kaufleute. Sie waren Aufgestiegene aus der grauen ›Masse Volk‹, geachtet zwar, aber nicht gleichgestellt.

Später erst, in den eigenen Räumen, würde Godunow sie auch umarmen, wie es Schuisky getan hatte. Den Stroganows war es gleichgültig, sie kannten ihren Wert besser als Boris Godunow den seinen.

»Der Zar ist so gnädig, euch anzuhören«, sagte Godunow so laut, daß es alle Herumstehenden hören mußten. »Gott segne den Zaren!«

»Gott segne ihn!« murmelten im Chor die Brüder Stroganow. Genug der äußerlichen Formalitäten, dachten sie und gingen an Godunow vorbei in den Audienzsaal. Sie senkten die Köpfe. Hinter ihnen fielen die großen Türen zu. Sie waren allein mit Iwan dem Schrecklichen, wie es dieser befohlen hatte. Godunow und Schuisky blieben draußen zurück; ein neuer Beweis, wie hoch der Zar die Brüder Stroganow schätzte! Mit dem Zaren allein zu sein, war wie eine Segnung ...

Was man sich im fernen Permer Land, in Orjol am Fluß Kama, der Residenz der Stroganows, erzählte, sahen sie jetzt vor sich: einen Zaren, der mit ausgezehrtem Gesicht, bleich und verkrümmt, auf seinem Sessel saß, der Kopf beherrscht durch eine Hakennase, die wie der scharfe Schnabel eines Adlers zum Zuhacken bereit war. Das eisgraue Haupt bedeckte eine spitz zulaufende Zobelmütze, der pelzgefütterte Überrock war aus französischem Brokat – aus dem Hause Stroganow. Der Bart des Zaren war ausgefranst, als habe man ihn daran quer durch Moskau gezogen. Iwan stützte sich selbst im Sitzen auf seinen Possoch, den langen geschnitzten, mit Gold und Silber verzierten Stab mit der Eisenspitze, diesen verfluchten Stab, mit dem Iwan geprügelt und getötet hatte, erstochen und aufgespießt. Das Symbol seiner unumschränkten Macht, die sich nur vor einem beugte: vor Gott.

Das war das Fürchterliche an Iwan dem Schrecklichen: Er mordete und betete dabei.

Die Brüder Stroganow hielten die Köpfe gesenkt und schielten von unten auf den Zaren. Sie waren betroffen über sein Aussehen und dachten alle drei das gleiche: Heute muß gelingen, was nicht nur die Stroganows, nein, was ganz Rußland zur führenden Macht der Welt machen wird. Heute ist der Tag, an dem das reichste, herrlichste Volk der Erde geboren wird: Groß-Rußland!

»Meine Krämer!« sagte Iwan laut.

Die Brüder Stroganow hoben die Köpfe. Die Begrüßung deutete auf gute Laune hin. Wenn Iwan sie ›Krämer‹ nannte, war er zu Scherzen aufgelegt. Sonst titulierte er sie »Wölfe, die vor meiner Hütte heulen, die ich füttere und die mir als Dank Kot vor die Tür setzen ... Es war schwer, mit dem Zaren zu sprechen, das hatte schon Vater Anika gemerkt. Der Erfolg allein zählte. Einnahmen messen – Ausgaben vergessen!

»Ihr seid der Atem Rußlands, Gossudar«, sagte Jakob, der älteste der Stroganows. »Gott möge vergessen, daß ein Atem sterblich ist ...«

»Was wollt ihr?« Der Zar zeigte auf eine gepolsterte Sitzbank. Die Brüder Stroganow setzten sich artig wie Schulkinder und falteten die Hände. Dann sprach Gregor, denn er hatte das meiste diplomatische Geschick:

»Wir bringen, großer Zar! Hunderttausend in Gold geprägte Rubel, zweitausend Eichhörnchen, neunhundert blausilberne Füchse ...«

Iwan musterte die Brüder. Sein von jeher stechender Blick war im letzten Jahr noch unerträglicher geworden. Wen diese Augen trafen, der verstummte, denn ihm war die Gnadenlosigkeit begegnet.

»Das alles holt ihr aus eurem Permer Land?«

»Nein.« Semjon Stroganow, der Stratege in der Familie, versuchte, dem Blick des Zaren standzuhalten. Es gelang ihm, aber das Herz klopfte ihm dabei bis in den Hals hinauf.

»Gossudar, Ihr wißt, daß fremde Jäger die Felle zu uns

bringen. Über die Felsen und durch die Schluchten des großen Uralgebirges, aus dem Land, das sie Mangaseja nennen . . .«

»Mangaseja!« Iwan beugte sich vor und stützte sich schwerer auf den Possoch. »Immer dieses Mangaseja! Schon euer Vater hat mir davon erzählt.«

»Wir wissen es, Gossudar.« Jakob, der kühle Rechner, sagte es. »Und wir wissen, daß du den Plan hattest, mit Waffengewalt in dieses Land einzudringen, um es für Rußland zu erobern. Das ist unmöglich. Ein Heer muß einen Aufmarschweg haben. Es muß Nachschub erhalten. Menschen und Tiere kann man nicht in eine Wildnis schicken, die noch niemand außer ein paar Waldläufern und Pelzjägern kennt. Die unüberwindliche Felsenkette des hohen Ural liegt dazwischen. Kein Weg führt hindurch, nur schmale Pfade durch Schluchten und über schwindelnde Höhen. Und dahinter . . .«

»Mangaseja«, fuhr Semjon fort, »ist ein Land, das man nicht beschreiben kann, dessen Reichtum unvorstellbar für einen Menschen ist.«

Der Zar stieß den Possoch hart auf den steinernen, mit Fellen bedeckten Boden. »Reden! Reden!« sagte er hart. »Wo bleiben die Taten?«

Gregor Stroganow, der Diplomat, beugte sich vor. »Wir haben die neuesten Nachrichten aus Mangaseja gesammelt, o Zar. Verschiedene Völkerstämme leben dort, schlitzäugig wie die Chinesen oder Tataren. Im Sommer ist es dort so heiß, daß die Menschen nur in den Flüssen leben, weil ihnen sonst vor Hitze die Haut aufplatzt. Im Winter aber ist es so kalt, daß sie kaum Nahrung finden, und wenn sie kein Rentier erlegen können oder durch das dicke Eis nicht an die Fische in den Flüssen kommen, fressen sie sich gegenseitig auf. Man nennt sie deshalb auch Samojeden, was soviel wie ›Selbstfresser‹ heißt. Andere Völker in diesem Land haben den Mund oben auf dem Kopf und können nicht sprechen. Ein Volk läßt sich im Winter einfrieren, braucht dann keine Nahrung und läßt sich von der Frühlingssonne wieder auftauen.«

»Das sind Märchen«, sagte Iwan zurückhaltend, »so etwas

gibt es nicht, Krämer.« Aber die Brüder Stroganow sahen, daß der abgeschossene Pfeil im Herzen des Zaren gelandet war.

»In Mangaseja gibt es noch anderes, o Zar: Völker, die sich riesige Herden schwarzer Zobel halten – als Schlachtvieh! Wertvolle schwarze Zobel, nur um sie zu essen! Blaufüchse melken sie wie Kühe, und sie haben Eisbären abgerichtet, die für sie in den Flüssen die Fische fangen. Das ganze Land quillt über von Pelztieren, Fischen der edelsten Art, Gold und Silber, Salz und Kupfer, Blei und Edelsteinen!«

»Und warum liegt dieses Land vor meiner Tür und keiner erobert es?« schrie der Zar. Er sprang auf und stieß mit dem Possoch nach Jakob Stroganow, aber der saß so weit von Iwan entfernt, daß ihn der Zar nicht treffen konnte. »Krämer, du bist mit deinen Brüdern doch nicht nach Moskau gekommen, um mir von Menschen zu erzählen, die Blaufüchse melken!«

»Jenseits des Ural gibt es einen Zaren . . .«, begann Semjon, der Stratege, ungerührt. Es war ein so ungeheuerlicher Satz, daß die beiden anderen Brüder zusammenzuckten. Auch wenn es die Wahrheit war – sie hatten die Absicht gehabt, sie Iwan schonender beizubringen. Aber Semjon schien die Lage anders einzuschätzen.

Iwan der Schreckliche starrte die drei schweigend an. Sein Adlergesicht unter der spitzen Zobelmütze zuckte kaum merklich. »Einen Zaren . . .«, krächzte er dann heiser. »Einen Zaren außer mir? Er nennt sich wirklich Zar?«

»Er nennt sich ›Herrscher der Erde‹«, entgegnete Gregor, der Diplomat. »Sein wirklicher Name ist Kutschum. Er ist ein Nachfolger des Dschingis-Khan. Kutschum ließ verbreiten: ›Ich bin der erste Zar über ganz Sibirien!‹ Seit Monaten kommen seine Krieger unter der Führung seines Neffen Mametkul ins Permer Land, überfallen unsere Siedlungen, zerstören die Salzpfannen, versenken unsere Boote auf der Kama, und wenn wir unsere eigene Wachttruppe in Marsch setzen, verschwinden sie wieder spurlos in der für uns noch undurchdringlichen Wildnis des Urals. Sie verschleppen unsere Frauen und Kinder, brennen die Siedlungen nieder, hetzen die anderen Völker, die mit uns Handel treiben, gegen uns auf und veranstalten Reiterspiele, bei denen sie die Gefangenen an Pfähle binden und ihnen im Vorbeigaloppieren die Köpfe abschlagen! Wir haben begonnen, überall kleine Festungen zu bauen, wohin wir unsere Siedler in Sicherheit bringen. Kutschum ist dabei, in dein Reich einzudringen, Gossudar . . .«

Iwan der Schreckliche sah die Stroganows schweigend an. Es waren Sekunden, die sich zu Ewigkeiten dehnten; aber es waren Sekunden, die über Rußlands Zukunft – die Eroberung Sibiriens oder Mangasejas, wie das riesige unerforschte Land auch genannt wurde – entschieden.

Sie sind mächtig, diese Krämer, dachte Iwan IV. Sie werden immer mächtiger, von Jahr zu Jahr. Einmal werden sie, diese heimlichen Herrscher Rußlands, größer sein als der Zar. Kann man das zulassen? Soll man jetzt wieder – wie so oft in den vergangenen Jahrzehnten – den Stroganows Sonderrechte einräumen, ihnen mit kaiserlicher Huld den Weg nach Osten freigeben, ihnen dieses Sibirien überlassen, das sie zwar für Rußland entdecken werden, aber dessen Schätze in ihre Taschen wandern? Ist dieses sagenhafte Mangaseja es wirklich wert, daß ein Krämer – wenn auch heimlich – auf den Zaren herabsehen kann? Sind alle diese Berichte von jenseits des Ural nicht übertrieben?

»Ihr wollt das Recht haben, das in meinem Namen eroberte Neuland auszubeuten . . .«, sagte Iwan hart.

»Wir bitten um die Gnade, Mangaseja für Rußland zu erschließen«, antwortete Jakob Stroganow. »Mehr nicht, erhabener Zar.«

»Das ist genug, wenn man die Stroganows kennt!« Iwan winkte, und die Brüder sprangen von der Polsterbank auf. »Ich lasse euch wieder rufen, wenn mein Ratschluß und Gottes Wille übereinstimmen.«

»Es eilt, o Zar!« Semjon Stroganow verbeugte sich tief. »Jeden Tag brennt eine Siedlung im Permer Land.«

»In Rußland brennt jeden Tag irgendwo irgend etwas . . .«, antwortete der Zar ungerührt. »Ich verspreche euch, an Mangaseja zu denken.«

Die Konferenz war zu Ende. Die Stroganows verließen den Audienzsaal, nicht sehr zufrieden, aber auch nicht enttäuscht. Sie wußten von ihrem Vater Anika, daß Iwan immer zögerte, ehe er Rechte vergab.

Mit den Salzrechten war das so gewesen, mit der Erschließung des Permer Landes und der Kama, mit der Gründung von Siedlungen, die aus dem Hause Stroganow einen Staat im Staate werden ließen. Letzten Endes hatte Iwan dann immer nachgegeben; Rußland würde ewig bestehen, die Stroganows nicht, das war wichtig. Und Rußland konnte durch die Stroganows nur größer werden . . .

»Wir bleiben in Moskau und warten«, sagten die Brüder zum Fürsten Schuisky, als sie im Gästeflügel des Kremls bei gebratenem Huhn und italienischem Wein saßen. »Der Zar, der einmal nach Iwan kommen wird, kann sich Herrscher der halben Welt nennen!«

Fürst Schuisky behielt diesen Satz im Ohr. Wie Boris Godunow glaubte er an die Stunde, in der man ihn zum Zaren krönen würde. Die Erben aus Iwans Sippe hatten kein langes Leben auf dem Thron – das war ganz sicher nach Iwans Tod . . .

Die Brüder Stroganow blieben bis zum Frühjahr in Moskau, knüpften dabei neue Geschäftsverbindungen, beschenkten die ihnen wohlgesinnten Bojaren und Fürsten oder kauften sich diejenigen, die noch nicht auf ihrer Seite standen. Sie erfuhren von Boris Godunow, daß Iwan einen Gesandten zu dem sibirischen Zaren Kutschum geschickt habe, um diesen aufzufordern, an ihn, den einzigen wahren Zaren, Tribut zu zahlen. Sie feierten die Antwort Kutschums, der frech zurückschrieb, er, der sibirische Zar, der freie Herrscher Kutschum, lasse dem Großfürsten, dem Weißen Zaren, sagen: Wer Frieden will, könne mit ihm Frieden schließen. Aber wer Krieg wolle, könne ihn haben! Außerdem wurde der Gesandte, der die Botschaft zurückbrachte, von Mametkul, dem Neffen Kutschums, an der russischen Grenze aus dem Land geprügelt.

»Es wird gelingen —«, sagte Jakob Stroganow zufrieden. »Ein Iwan beugt sich nicht vor einem Halbwilden . . .«

Am 30. Mai des Jahres 1574 empfing Iwan IV. noch einmal die Brüder Stroganow. In feierlicher Kleidung schritten Jakob und Gregor durch den Kreml; Semjon war nach Orjol zurückgefahren, um dort die Geschäfte nicht völlig zu vernachlässigen. Jetzt, im Frühjahr, kamen die Pelztierjäger mit ihrer ganzen Winterbeute zu den Handelsstationen . . .

»Ich habe lange nachgedacht«, sagte der Zar milde. Nur das Glühen seiner Vogelaugen bewies, daß er innerlich um Beherrschung rang. »Ich erteile euch die Erlaubnis, das Land bis zum Tobolfluß zu erobern, dort nach eigenen Plänen Befestigungen anzulegen und die von diesem sogenannten sibirischen Zaren Kutschum unterdrückten Völker zu befreien! Als Lohn für eure großen Dienste überschreibe ich euch für ewige Zeiten das Recht, Eisen-, Blei- und Kupferminen anzulegen, freien Handel mit den Kirgisen und Bucharen zu treiben und das Land durch Siedlungen zu festigen.«

Die Stroganows verbeugten sich tief, fast bis auf die Erde. Das Wichtigste hat er vergessen, dachten sie. Wie ist es mit einer militärischen Unterstützung durch die zaristische Armee? Sollen wir allein Sibirien erobern, wir Stroganows?

Der Zar winkte. Boris Godunow führte die Brüder hinaus und wartete, bis sich die Tür wieder schloß. Dann sagte er leise:

»Vergeßt nicht, welchen Anteil ich an dieser Stunde habe.«

Für die Stroganows stand damit fest, wer einmal der neue Zar sein würde . . .

II

Fünf Jahre gingen dahin. Die Stroganows unternahmen trotz der einmaligen Schenkungsurkunde nichts. Zaristische Truppen bekamen sie nicht, und allein gegen die Streitmacht Kutschums zu ziehen, war Wahnsinn. Außerdem hatte Mametkul seine Raubzüge eingestellt, der Handel lief reibungslos. Wozu also erobern, wenn es auch friedlich ging?

Es starben in diesen fünf Jahren Jakob und Gregor Stroganow und ließen ihren Bruder Semjon und ihre Söhne Nikita und Maxim zurück. Und mit dieser neuen Generation kam auch neues Leben in den Plan, Mangaseja zu erobern. Iwan der Schreckliche lebte noch immer – blutiger als vorher. Die Stroganows schickten brav ihre Abgaben nach Moskau, aber über Sibirien sprach man von keiner Seite mehr. Den Zaren beschäftigten die litauischen und polnischen Probleme stärker – die waren greifbar! Mangaseja war ... Phantasie!

Nicht so für die jungen Stroganows, die Vettern Nikita und Maxim. Sie horchten herum, und sie hörten – wer in Rußland konnte das überhören? – von einem seltsamen Völkchen, das da unten am Don lebte und dessen Männer sich Kosaken nannten. Aus ihnen wurde niemand klug. Einmal kämpften sie auf seiten des Zaren, als die tapfersten aller Krieger, das andere Mal zogen sie als Räuber übers Land, brannten und plünderten, schändeten und schlugen sich mit ihren ehemaligen zaristischen Kampfkameraden herum. Das Volk liebte sie, weil sie freie Männer waren. In den Akten des Kremls nannte man sie Diebe, Räuber, Mörder, Banditen und Deserteure. Sie kämpften am Asowschen Meer gegen die Türken – das gefiel dem Zaren –, aber sie plünderten auch die Schiffe auf der Wolga und verschwanden dann auf ihren kleinen, blitzschnellen Pferdchen in den Weiten der Steppe ...

»Die Kosaken sind die einzigen, die es mit Kutschums Reitern aufnehmen können«, sagte Nikita Stroganow, nachdem er genug Material über die Leute vom Don und den Steppen am Kaspischen Meer gesammelt hatte. »Erschlagen, gehenkt oder gejagt zu werden, das ist ihr Leben! Wenn wir Mangaseja erobern wollen, dann nur mit diesen Leuten. Wir sollten mit ihnen reden . . .«

Semjon, der letzte Überlebende der drei Brüder, bewunderte den Scharfblick seiner Neffen und war stolz auf sie. Seit fünf Jahren lag Iwans Urkunde, die die Stroganows zu den reichsten Männern der Erde machen konnte, ungenutzt im Schrank. Es war ein Zustand des Dahinstaubens, der Semjon körperlich weh tat. Aber bis zu dieser Stunde hatte er nicht einen Ausweg gesehen, ohne die Truppen des Zaren in Sibirien einzufallen.

»Ich schreibe den Kosaken einen Brief«, sagte er zu Nikita und Maxim. »Wer ist ihr Anführer?«

»Der berühmteste ist Jermak Timofejewitsch, vom Gouverneur der Provinz zum Tode verurteilt, aber nie gefangen . . .« Maxim Stroganow blickte in seine Papiere. »Für die Völker an der Wolga eine wahre Gottesplage, aber die Menschen am Don nennen ihn ›Das mutige Brüderchen‹. Was willst du ihm schreiben, Onkel?«

»Daß Gott sie braucht!« sagte Semjon Stroganow milde.

»Das liest sich immer gut.« Nikita lehnte sich auf seinem Fellstuhl zurück und lachte. Er war von Natur aus ein fröhlicher Mensch. »Für Gott haben sie noch nie geraubt und geplündert.«

»Aber wir müssen sie bezahlen.« Semjon klingelte. Ein Sekretär kam mit einem aus Silber getriebenen Tintenfaß und einigen Federkielen herein. »Wenn euer Großvater Anika das erlebt hätte . . .«, sagte Semjon leise und gerührt. »Sibirien war der große Traum seines Lebens – wir werden ihn erfüllen!«

Das Dorf Blagodornje liegt irgendwo am Don, umgeben von Steppen und Birkenhainen, Kirschgärten und wilden Rosen. Ein paar Häuser aus roh behauenem Holz stehen da; eine festgestampfte Straße, mit Zäunen eingefaßte Beete und sogar eine winzige Kirche gibt es.

Vor sich die trägen Wasser des Don, hinter sich die unendliche Steppe, über sich den weiten blauen Himmel ... Es hätten hier Menschen leben müssen, denen der Begriff »Ewigkeit« bewußt geworden war.

Aber das Gegenteil war der Fall: Blagodornje hatte schon alles erlebt, was Vergänglichkeit bedeutete, war dreimal von zaristischen Truppen verbrannt und zum viertenmal wieder aufgebaut worden, hatte die Strafexpeditionen des Zaren überstanden, hatte Hinrichtungen seiner Männer, die man fassen konnte, überlebt, und Racheschwüre der Zurückgekommenen gehört, wenn die Gefahr vorbei war.

Zur Zeit herrschte Frieden. Die Männer, die sich stolz Kosaken nannten, hatten ihre Raubzüge nach dem Süden verlegt und plünderten die Nomaden aus, die vom Asowschen Meer aus nach neuen Weidegründen suchten. Das störte den Zaren in Moskau wenig, brachte aber auch wenig ein. Erneut mit Moskau Streit anzufangen, war Jermak noch zu gefährlich; der Nachwuchs war noch nicht so weit gediehen, um die stark gelichteten Reihen der Reiterhorden aufzufüllen. Was aus den vergangenen Kriegen übrig war, sehnte sich nach etwas Ruhe und Entspannung. Ab und zu ein Überfall, das war gewissermaßen eine Art Übung, um nicht völlig zu verbauern. Denn das war das Schrecklichste, was einem echten Kosaken geschehen konnte.

Es war an einem Apriltag des Jahres 1579, als drei staubbedeckte Reiter in Blagodornje erschienen und nach dem Haus Jermak Timofejewitschs fragten. Da solche Fragen von Fremden immer Unheil bedeutet hatten, riß man die drei zunächst von den Pferden, leerte ihnen die Taschen, was ein guter Kosak nie vergißt, und verhörte sie auf dem Festplatz zwischen Don und Kirche.

Die Aussage, daß sie von den Kaufleuten Stroganow kämen und eine Botschaft an Jermak hätten, sagte den Kosaken zunächst nichts. Am Don war das Haus Stroganow unbekannt.

Aber das sollte sich an diesem Apriltag ändern.

Man schleifte die drei Männer in Jermaks Haus, warf sie in eine Ecke und schickte Reiter aus, um Jermak zu suchen. Er saß friedlich am Don, angelte und unterhielt sich mit seinem Freund Iwan Matwejewitsch Muschkow, der auf dem Rücken lag, an einem Stück Holz schnitzte und an die vergangenen großen Tage dachte.

»Ein Brief?« fragte Jermak, als die Reiter ihn gefunden hatten. »An mich? Von einem Stroganow? Es gibt noch jemanden, der mir einen Brief schreibt? Die Zeiten ändern sich wirklich, Iwan Matwejewitsch. Früher schickte man mir den Henker ins Haus!«

»Die Welt verödet, Jermak Timofejewitsch«, antwortete Muschkow trübsinnig und warf sein geschnitztes Holz in den Fluß. »Man verkehrt schon mit uns, als seien wir die gleichen Idioten wie die Stadtmenschen!«

In Jermaks Hütte hatte sich unterdessen der Pope über den Brief hergemacht. Er war der einzige, der lesen konnte; man hatte es ihn im Kloster gelehrt, aus dem er aber vor siebzehn Jahren ausgebrochen war, um als Kosak an einigen der berühmt-berüchtigten Raubzüge Jermaks am Schwarzen Meer teilzunehmen. Trotzdem blieb er, sehr zur Verblüffung Jermaks, ein Pope, baute diese kleine Kirche in Blagodornje und schloß sich neuen Raubzügen an, aber nur, um sich aus anderen Kirchen die fehlenden Ikonen und Heiligenfiguren zu beschaffen, die Segnungskreuze und die Meßgefäße. So kam es, daß das Kirchlein von Blagodornje eine der schönsten Ikonostasen besaß, mit Edelsteinen besetzte Gefäße und reiche Priestergewänder von Patriarchen.

»Tatsächlich ein Brief!« rief Jermak, als der Pope das Schreiben hochhielt und mit ihm über die Köpfe der anderen wedelte. Was an Männern im Dorf war, drängte sich in Jermaks Haus, um diese Sensation mitzuerleben: Jemand, irgendwo dort oben im Norden, schreibt nach Blagodornje! Es war ein Jahrhunderttag, und er wurde es, für Rußlands Geschichte und für die Weltgeschichte, wirklich!

»Ruhe, ihr Eisentöpfe!« brüllte Oleg Wassiljewitsch Kulakow, der Pope, mit seinem dröhnenden Baß. »Ich lese vor! Jermak Timofejewitsch, der Brief kommt von einem Semjon Stroganow aus Orjol an der Kama . . .«

»Er kann vom Mond kommen, der ist genauso unbekannt!« sagte Jermak und setzte sich. Er musterte die drei Boten, die noch immer in der Ecke des Zimmers lagen, verschüchtert, Angst in den Augen, bleich wie ein Leintuch. »Was will dieser Semjon an der Kama?«

»Er schreibt: ›An den Kosaken-Hetman Jermak Timofejewitsch, gegeben am 6. April 1579 zu Orjol. Lieber, in Christus vereinter Bruder Jermak . . .‹«

»Ein Idiot!« sagte Jermak laut.

»Der Anfang klingt aber gut!« Der Pope sah Jermak strafend an. »Ich lese weiter: ›Wir haben von Dir und Deinen Taten gehört, von Heldentum, von Verfolgung und Strafe, und wir haben im Vertrauen auf Gott die Hoffnung, Dich davon überzeugen zu können, daß es besser ist, das eines christlichen Kriegers unwürdige Handwerk aufzugeben, kein Räuber mehr, sondern Krieger des Weißen Zaren zu sein, keine unrühmlichen Gefahren mehr zu suchen, sondern sich mit Gott und Rußland auszusöhnen.‹«

»Doch ein Idiot!« sagte Jermak noch lauter. Er sah die drei Boten an und beugte sich vor. »Wer ist dieser Semjon Stroganow, he?«

»Der reichste Mann Rußlands«, antwortete einer der Boten zögernd.

»Das klingt wieder gut. Lies weiter, Pope!«

»›Wir haben Festungen und Ländereien, aber wenig Mannschaft. Kommt und helft uns, Groß-Perm und die östliche Grenze der Christenheit zu schützen . . .‹«

»Festungen und Ländereien . . .«, wiederholte Jermak nachdenklich. »Und hinter der Grenze liegt ein unbekanntes Land. Man sollte sich dieses Angebot überlegen. Was wir da oben auch tun, wir tun's für den Zaren. Und für die Christenheit!«

Er streckte die etwas krummen Reiterbeine aus und blickte hinüber zu seinem Freund Muschkow.

Dessen Augen strahlten. Ob Kama oder Schwarzes Meer, ob Ural oder Wolga – die Stille war vorbei, das Herumsitzen, das Bravsein, die Langeweile, die einen durchbohrte wie ein Wurm. Man konnte wieder auf dem Rücken der Pferde sitzen und mit Schreien, die das Blut erstarren ließen, in die Dörfer und Siedlungen stürmen ... Unbekanntes, reiches Land ... Denn es mußte reich sein, weil noch keine Kosaken dagewesen waren.

»Wir stimmen ab!« sagte Jermak laut, nachdem er Muschkows leuchtenden Blick verstanden hatte. »Keiner soll gezwungen werden, Blagodornje zu verlassen. Aber wer mit mir ziehen will, kommt am Abend auf den Festplatz!« Er sprang auf, ging durch eine Gasse begeistert klatschender Hände und drehte sich an der Tür noch einmal um. »Schickt Werber den Don hinauf und hinab. Trommelt die Leute an der Wolga zusammen. Ich nehme jeden mit, der Mut hat!«

Das war ein perfider Satz. Welcher Kosak hat keinen Mut? Wer würde es wagen, nach diesem Satz in seinem Dorf zu bleiben und Kohl anzubauen?

»Brüder, auf zur Kama!« schrie Muschkow aus dem Hintergrund.

»Und die Garantie?« rief der Pope dazwischen und schwenkte den Brief.

»Welche Garantie?«

»Daß man uns braucht! Daß wir für die Christenheit kämpfen können!«

Daß wir uns die Taschen füllen können, dachten sie alle im stillen. Ja, wer garantiert das? Ein kluger Kopf, der Pope! Ist so ein dummer Brief eine Garantie?

»Wir reiten zu Semjon Stroganow. Und seine drei Boten sind unsere Führer.« Jermak lachte und zeigte auf die drei immer noch ängstlichen Gestalten in der Ecke. »Hat er uns betrogen, ziehen wir ihnen die Haut vom Leib und seinem Semjon

Stroganow dazu! Man ruft keinen Jermak Timofejewitsch zum Spaß!«

»Es lebe die Freiheit!« schrie Muschkow und warf die Arme empor. »Brüder, auf die Pferde! Die Kosaken kommen wieder . . .«

Mitte Mai stand Jermaks Streitmacht fest. Aus allen Winden waren die Kosaken herbeigeritten, hatten Haus und Frauen, Kinder und Eltern verlassen, um Jermaks Ruf zu folgen. Zu neuen Abenteuern in die unbekannten Zauberländer!

540 Reiter versammelten sich auf dem Festplatz von Blagodornje, Pferdekopf neben Pferdekopf. Bis hinunter zum Ufer des Don standen sie, weil der Platz an der Kirche zu klein war. Der Pope Oleg Wassiljewitsch Kulakow, über Stiefel und Kosakenhose das schwarze Priestergewand, ritt durch die schmalen Gassen, die man gelassen hatte, und segnete Mann und Roß, bespritzte sie mit Weihwasser und sang dabei das Kyrie eleison. Es war ein feierlicher Akt, vielen standen die Tränen in den Augen, und sie beteten mit wirklicher Inbrunst. Erst danach schwang sich Jermak in den Sattel und hob den Arm.

»Kosaken!« schrie er. »Nach Norden!«

Dann galoppierte er los, vorbei an den drei Boten der Stroganows und an Muschkow, der die erste Abteilung befehligte.

»Nach Norden!« brüllte es aus 540 Kehlen zurück. Dann versank Blagodornje in einer riesigen Staubwolke.

Als letzter ritt der Pope aus dem Dorf. Er hatte seine Kirche abgeschlossen und ein Schild an die Tür gehängt: »Geschlossen nach Gottes Willen!« Aber das konnte keiner lesen im Dorf.

Ein Kosakenzug, der mehrere Wochen dauert, ist etwas anderes als ein normaler Transport von Männern und Pferden in andere Gegenden. Der Weg vom Don zur Kama war weit, und kein echter Kosak legte so eine Strecke zurück, ohne unterwegs zu rauben und zu plündern. ›Sich aus dem Land ernähren . . .‹, nannte er Jermak.

Die Dörfer, die sie durchzogen, stöhnten denn auch hinterher in bitterer Qual, leergefressen und voller geschwängerter Frauen und Mädchen. Es war sinnlos, sich zu wehren, tödlich, etwas zu verstecken, vergebens, wegzulaufen. 540 Kosaken auf einen Schlag – das war ein Naturereignis, das man ertragen mußte wie eine Heuschreckenplage oder den Kartoffelkäfer. Man konnte nur warnen.

Und so ritten Jermaks kleiner Armee immer ein paar Bauern voraus, im großen Bogen die Kosaken umgehend, und alarmierten die am Wege liegenden Dörfer.

Bis zu dem Ort Nowo Orpotschkow. Er lag am Oberlauf der Wolga und besaß einen Dorfältesten, der Alexander Grigorjewitsch Lupin hieß.

Lupin, der Starost, war kein starker, aber er war ein mutiger Mann. Als die Reiter des zuletzt von Jermak durchzogenen Dorfes bei ihm eintrafen, ließ er mit eisernen Kesseln Alarm geben, besetzte die Straße mit seinen Männern und bewaffnete sogar die Frauen mit Knüppeln, Eisenstangen, Mistgabeln und allem, was sich zum Schlagen und Stoßen eignete. Außerdem baute er eine Falle: Die Hälfte seiner Leute versteckte er am Wolgaufer. Sie sollten von hinten kommen, wenn vorn der Kampflärm begann. Auch ein Kosak kann so schnell kein Pferd wenden, wenn er eingekeilt ist.

Nowo Orpotschkow.

Wenn man später Iwan Matwejewitsch Muschkow reden hörte, war das der Name eines Ortes, den der Teufel geschaffen, dem aber Gott ein Mäntelchen umgehängt haben mußte. »Wir hätten einen Bogen darum machen sollen«, sagte er später immer wieder. »Schon als ich den Bauernklumpen auf der Straße sah, ahnte ich nichts Gutes.«

Und so war es. Jermak und Muschkow, die an der Spitze ritten, blickten mehr belustigt als betroffen auf die Menschen, die sich ihnen in den Weg stellten.

»Auch das gibt es!« rief Muschkow fröhlich und hielt sein Pferd an. Die Kosaken blieben stehen und lachten. Aus 540

Kehlen flog diese brüllende Wolke über das stille Land und senkte sich auf die mutigen Bauern nieder.

»Macht euch nicht in die Hosen!« knirschte Lupin. »Jetzt lachen sie noch, Brüder, aber in ein paar Minuten werden sie stöhnen . . .«

»Soviel Dummheit sollte man schonen«, meinte Muschkow und wischte sich die Lachtränen aus den Augen. »Was hältst du davon, Jermak?«

»Nichts!« Jermak schob das Kinn vor. Dann zog er seinen Säbel aus der Sattelschlaufe und hob ihn hoch empor.

»Jetzt!« sagte der Dorfälteste Lupin auf der anderen Seite dumpf zu seinen Bauern. »Brüder, wir gehen nicht wehrlos unter!«

Die Kosaken setzten zum Sturm an. Ein gewaltiger Aufschrei erfüllte die Luft. Was 540 Pferde und Männer mit geschwungenen Säbeln nicht vollbrachten, das bewirkte dieser Schrei. Die Männer von Nowo Orpotschkow warfen ihre Waffen weg und rannten nach allen Seiten auseinander.

Nur Lupin blieb stehen, allein auf der Straße, und Jermak, der an ihm vorbeipreschte, gab ihm nur einen Stoß. Der Starost rollte über die Erde, fiel in einen Graben und überlebte nur dadurch die zweitausend Pferdebeine, die über ihn hinwegrasten.

Eine halbe Stunde später brannte das Dorf. Die Kosaken schleppten Felle und Getreidesäcke, billigen Schmuck und Räucherfleisch, Gurkenfässer und gesalzenen Kohl aus den Häusern, ehe sie brennende Büschel aus trockenem Gras hineinwarfen. Wer Lust dazu hatte, machte Jagd auf die Frauen. Die Kosaken warfen sie auf die nackte Erde vor den brennenden Häusern oder in den Gärten und schändeten sie.

Auch Muschkow streunte durch das Dorf und suchte ein Mädchen nach seinem Geschmack. Vor einem Haus mit geschnitzter Tür fand er es endlich . . . ein noch etwas mageres, blondhaariges Geschöpf, das ihm mit einem dicken Knüppel entgegenkam und ihm, ohne etwas zu sagen, einen kräftigen

Hieb auf den Kopf versetzte. Muschkow war so verblüfft, daß er selbst dem zweiten Schlag nicht auswich; dem dritten aber entging er. Er packte die kleine wilde Katze am Hals, schleifte sie in einen Garten und schüttelte sie. Das Mädchen kratzte und biß, es trat gegen seinen Unterleib und stieß mit dem Kopf gegen seine Brust. Es riß sich tatsächlich los und flüchtete, aber mit drei Sätzen holte Muschkow es ein und warf sich darüber, wie man in seinem Dorf ein wegrennendes Huhn einfängt.

Sie rollten aneinandergeklammert über den Boden, stießen gegen einen Gartenzaun und blieben dort liegen. Muschkow lag oben, er drückte sie mit beiden Händen nieder und spürte unter seinen Fingern ihre junge, noch nicht ausgereifte Brust. Die großen blauen Augen des Mädchens starrten ihn an. Es war keine Angst in ihnen, nur eine wilde Entschlossenheit.

»Töte mich!« sagte sie leise. »Töte mich vorher. Wenn du's nicht tust, mache ich es hinterher selbst ... Ihr Teufel, ihr verfluchten Teufel!«

»Ich heiße Iwan Matwejewitsch Muschkow ...«, sagte er. Bis an das Ende seiner Tage konnte er nicht erklären, warum er das damals gesagt hatte. Er mußte es einfach tun, als er in ihre Augen sah.

Und sie antwortete: »Ich bin Marina Alexandrowna Lupin ...«

»Marina ...« Muschkow lockerte den Griff. Um sie herum tobten die Brände, gellten die Schreie der Frauen und das siegesbewußte Lachen der Kosaken. Dazwischen wieherten die kaum noch zu haltenden Pferde. »Ich nehme dich mit!« sagte er plötzlich.

»Das wird dir nie gelingen!« schrie sie.

»Du bist meine Beute!«

»Dann halt sie fest, du Satan!«

Wieder rangen sie miteinander und rollten über die Erde. Marina biß in Iwans Schulter und gab erst auf, als sich ihr langes Haar in einem Busch verfing und sie fesselte. Sich loszureißen war unmöglich. Durch ihr Haar wehrlos geworden, lag sie vor ihm. Sie hatte die Augen geschlossen.

»Worauf wartest du noch?« fragte sie mit dünner Stimme. »Nimm es dir . . .«

Und Muschkow antwortete mit einer ihm selbst fremden Stimme: »Hab' keine Angst, Marina.« Er löste ihr Haar, langsam und beinahe zärtlich. »Wie alt bist du?« fragte er.

»Vierzehn«, antwortete sie.

»Deine Heimat verbrennt«, sagte er. »Ich nehme dich mit, Marina.«

»Nein!« schrie sie. Aber sie blieb liegen und rührte sich nicht.

III

Nowo Orpotschkow brannte völlig aus.

Nachdem man die Frauen und Kinder, die Greise und Kranken mit Peitschenhieben weggetrieben hatte, nisteten sich Jermaks Kosaken rund um das Dorf ein. Sie sangen und grölten und wärmten sich an den Flammen der brennenden Häuser, ihrem besten Lagerfeuer. Ihre Pferde hatten sie zusammengebunden, über einigen glühenden Balken brieten Schweine und Kälber, Holzbecher mit Birkenwein machten die Runde. Es war das Leben, für das ein Kosak auch bereit ist, zu sterben: Die Freiheit, wie er sie versteht! Die Welt gehört uns, wenn wir sie erobert haben! Und vor ihnen lag eine neue Welt, die auf sie wartete. Den ungeheuren Reichtum der Stroganows hatte man ihnen versprochen, das Land Mangaseja, von dem die drei Boten erzählten. Die drei Boten, die diesen Zug nach Norden zur Kama nur voll maßlosen Entsetzens miterlebten . . .

»Ein Gebirge«, hatte Jermak gesagt, als man über das beriet, was vielleicht in einigen Wochen auf sie zukommen würde, »schlitzäugige fremde Völker – was ist das schon? Gelbe kennen wir zur Genüge und haben sie aufs Haupt geschlagen. Und ein Stein bleibt ein Stein, auch wenn er tausend Werst hoch ist. Haben wir Angst vor Steinen, Brüder?«

Der Untergang von Nowo Orpotschkow hatte keine Folgen. Die Bauern der umliegenden Dörfer nannten die Leute des Starosten Lupin einen Haufen von Idioten. Wer stellt sich schon 540 Kosaken entgegen? Sie ungehindert durchziehen lassen, ihre Pferde tränken, ihnen die Vorräte schenken, mit Bitterkeit im Herzen hinnehmen, daß diese oder jene Frau geschwängert wurde ... Das konnte man alles überleben, und Überleben allein war wichtig. Mit den Kosaken kämpfen? Beim heiligen Stephanus, was hatte diesen Alexander Grigorjewitsch Lupin bloß geritten, einen solchen wahnsinigen Gedanken zu haben?

Die Männer von Nowo Orpotschkow saßen am Wolgaufer und starrten auf ihr brennendes Dorf. Die Frauen kamen einzeln zurück, stützten die Kranken und Alten, oder schleppten die weinenden Kinder auf dem Rücken. Die meisten der Weiber waren blutig geschlagen, ihre Kleider waren zerrissen. Wie bei ihren Reiterspielen von Pferd zu Pferd, so waren die Kosaken von Frau zu Frau gesprungen – eine höllische Orgie. Begleitet vom Prasseln des Feuers und dem Krachen der zusammenstürzenden Hütten.

Nur die kleine Kirche von Nowo Orpotschkow war verschont geblieben. Hier erschien der Pope von Blagodornje, Oleg Wassiljewitsch Kulakow, und stellte sich seinem Amtskollegen vor. »Gott hat den Menschen geschaffen, also auch die Kosaken«, sagte er mit seltsamer Logik und bekreuzigte sich. Sein Priesterrock stank nach Rauch, seine Kosakenstiefel waren dreckig bis zu den Knien, in seinem Bart hing Ruß. »Bruder im Herrn, laß uns beten, daß die sündigen Seelen auch einen liebenden Blick im Himmel erhaschen.«

Und so knieten die beiden Popen vor der Ikonostase und beteten, während draußen das Dorf abbrannte und die gejagten Weiber kreischten.

»Siehst du, Brüderchen«, sagte der Kosaken-Pope später, als

Jermaks Leute singend um das untergehende Dorf saßen und alles friedlich wurde, »deine Kirche haben wir dir erhalten. Lobe Gott! Und gib mir für den langen Weg ins Unbekannte dein Osterkreuz mit . . .«

Der Pope von Nowo Orpotschkow stöhnte, holte das mit billigen Perlen besetzte Kreuz – es war eine schöne Bauernhandarbeit – und warf es seinem Kollegen vor die Füße.

»Der Satan sei bei jedem deiner Segen mit dir!« schrie er.

»Amen!« antwortete Oleg Wassiljewitsch Kulakow fromm und demütig.

Am Wolgaufer rannte der gerettete Lupin von Frau zu Frau und rang die Hände. »Habt ihr Marina gesehen?« schrie er voller Qual. »Was ist aus meinem Töchterchen geworden? Mein Sonnenschein! Meine goldene Wolke! Habt ihr sie gesehen? Warum kommt sie nicht zurück? Warum bringt sie keine von euch mit? Ist sie tot? Sagt es mir doch, haltet nicht zurück mit der Wahrheit, ich bin ein starker Mann, ich kann's ertragen! Wer hat Marina gesehen? Wer . . .?«

Er fragte herum, aber keine der zurückkehrenden Frauen wußte etwas von Marina Alexandrowna. Man wußte nur, daß auch das Haus des Starosten brannte. Man fand das übrigens gerecht, denn Lupin hatte ja schließlich die verrückte Idee gehabt, Widerstand zu leisten. Die Männer sprachen nicht mehr mit ihm, und eigentlich konnte Lupin froh sein, daß er nicht von seinen Freunden in der Wolga ertränkt wurde. Mitleid hatte niemand mit ihm. Der eine verlor Marina, der andere Olga oder Jelisaweta. Und es war abzusehen, daß in neun Monaten eine Menge Bastarde geboren wurde – auch das würde man überleben und ertragen. Ein Leben in Rußland war schon immer schwer, man hatte Übung im Ertragen.

So ließ man Lupin wie einen angestochenen Eber herumlaufen und brüllen und hoffte nur, daß endlich jemand auftauchte, der sagte: »Ja, sie ist tot, deine Marinuschka! Die Kosaken haben dein Blondchen zu Tode geritten . . .«

Aber niemand kam, der das sagte. Man hatte Marina nicht mehr gesehen, aber so, wie man von weitem Nowo Orpotschkow sah, ein Flammenmeer mit einer unversehrten Kirche darin, glaubte niemand mehr, daß Lupin noch etwas von seinem Töchterchen hören würde ...

»Ich gehe und suche sie«, sagte Lupin plötzlich, als es Nacht geworden war. »Haltet mich nicht zurück!«

Keiner dachte daran, das zu tun. Es gibt zwei Dinge, die einen Mann zum Narren machen können: Heldentum und Vaterliebe. Das erste hatte Lupin schon hinter sich ... Warum soll man ihn aufhalten, wenn er das zweite auch noch probieren will? Die Männer glotzten ihn an, vorerst zufrieden, daß sie lebten und ihre Frauen wiederhatten. Man würde ein neues Orpotschkow bauen und es wieder »Nowo« nennen — das neuntemal, wie man aus der Chronik wußte, die in der kleinen Kirche aufbewahrt wurde. So betrachtet, war die Kosakenplage nur eine Abwechslung im Einerlei des Lebens an der Wolga. Ein Sturm, der vorüberbrauste. Und die Kirche stand noch ... War das etwa kein Fingerzeig Gottes?

In der Nacht, als das Dorf nur noch ein großer, glühender Aschenhaufen mit gespenstisch hochragenden Balken war, schlich Alexander Grigorjewitsch Lupin tatsächlich zurück, um sein Töchterchen Marina zu suchen.

Die Kosaken schliefen, nur die Wachen bei den Pferden saßen herum und vergnügten sich mit einigen Weibern, die sie zurückgehalten hatten. Lupin, der lautlos herangekrochen kam, erkannte sie im Widerschein der Lagerfeuer ... Marina war nicht darunter, ihr Blondhaar hätte schon aus der Ferne geleuchtet.

An die Erde gepreßt, verdeckt von höckrigen Grasbüscheln, lag Lupin eine Weile bei den Pferden und beobachtete, was von seinem Dorf übriggeblieben war. Sein Herz krampfte sich zusammen. Dort, in dem riesigen glühenden Aschehaufen wird sie liegen, dachte er. Sie wird sich gewehrt haben, sie wird ihre Ehre verteidigt haben, bis man sie umbrachte. Eine echte Lupin ist sie gewesen ... Nicht weichen, und wenn man den Schädel gespalten kriegt! Ich bin stolz auf sie, auch wenn mein Herz verblutet.

Er legte den Kopf ins Gras, atmete den Geruch der Erde und gab sich ganz dem verzweifelten Gefühl hin, seine Tochter verloren zu haben.

»Du kannst nicht mehr weglaufen«, sagte Muschkow und kniete vor Marina. »Die anderen Frauen sind schon aus dem Dorf, und wenn du jetzt allein hinterherläufst – du kennst meine Kameraden nicht! Wenn sie ein Mädchen wie dich sehen, erschlagen sie selbst mich! Du bist nur sicher, wenn du jetzt bei mir bleibst.«

Sie lagen in einem Graben neben dem Gartenzaun. Um sie herum war es stiller geworden, aber die Hitze des brennenden Dorfes versengte sie fast. Die Kosaken sammelten sich, die Arme voller Beute. Sie bildeten Gruppen, zeigten sich kleine Kostbarkeiten und lagerten sich dann um die Feuer. Jermak Timofejewitsch ging herum, fragte nach seinem Freund und Stellvertreter Muschkow und erhielt überall nur ein Schulterzucken zur Antwort.

»Wieviel Tote haben wir?« fragte er.

»Keinen!« entgegnete der Pope, der aus der Kirche herausgetreten war.

»Verletzte?«

»Wenige. Die meisten sind von den Weibern gekratzt, gebissen und geschlagen worden. Einem ist ein Balken auf den Kopf gefallen, aber er sitzt schon wieder da und ißt Räucherfleisch!«

»Dann fehlt nur noch Iwan Matwejewitsch!« Jermak schob die Daumen unter den breiten Gürtel, an dem sein Krummdolch und eine Reiterpistole hingen. »Durchsucht die Trümmer! Wenn Muschkow etwas zugestoßen ist, werden fünfzig Bauern für ihn aufgehängt!«

»Ich kann dich nur retten«, sagte Muschkow im gleichen Augenblick zu Marina Alexandrowna, »wenn ich dich als Beute mitnehme! Verschnürt in einen Sack und auf einem Gepäckpferd. Nur so geht es. Sie bringen dich sonst um, Marina. Wie ausgehungerte Wölfe zerreißen sie dich . . .«

»Warum willst du mich retten?« fragte sie zurück.

»Ich weiß es nicht.«

Muschkow starrte in die Flammen. Er wußte es wirklich nicht – es war eine ehrliche Antwort. Das machte ihn unsicher und nachdenklich zugleich. Ich habe sie nicht angerührt, dachte er. Ich habe sie nicht aus ihren Kleidern gerissen und bin über sie hergefallen, wie bei so vielen Weibern vorher. Was ist los mit mir? Warum liege ich hier in einem Gartengraben neben ihr, statt mich mit ihr zu amüsieren und sie dann wegzujagen? Ich liege hier, spreche mit ihr und mache mir Sorgen, daß meine Freunde sie nicht sehen ... Es scheint, als sei ich krank im Kopf geworden.

»Wer dreimal fragt, hat schon zweimal seinen Kopf verloren, sagt man bei uns«, antwortete er. »Es ist eben so: Ich nehme dich mit, und du wirst überleben. Nimm es so, wie es ist.«

»Du bist doch ein Räuber und Mörder wie die anderen ...«

»Ich bin ein Kosak!«

»Wo ist da der Unterschied?«

Muschkow streckte sich aus. Die Hitze um sie herum war fast unerträglich, sie war aber auch gleichzeitig ihr Schutz. Hier suchte sie niemand ... Ihr Graben war wie eine Höhle, umgeben von einer Flammenwand. »Für diese Bemerkung würde dich jeder Kosak an den nächsten Baum hängen«, sagte er rauh.

»Dann tu es, Iwan Matwejewitsch!«

»He! Du hast meinen Namen behalten?«

»Wie kann ich den Namen eines Teufels vergessen!«

In einiger Entfernung hörten sie Stimmen, und Muschkow war es, als riefe man seinen Namen. Doch das Prasseln der Flammen und das Krachen der von der Hitze berstenden Balken deckte alle anderen Geräusche zu. Wenn sie mich rufen, dann suchen sie mich, dachte Muschkow. Und wenn sie mich finden, kann ich Marina nicht mehr schützen. Warum begreift sie das nicht?

Er legte die Hand auf ihre Schulter und drückte sie tiefer in den Graben zurück. Plötzlich empfand er etwas, was er nie gekannt hatte, in all den Jahren nicht, in denen er mit Jermak und den anderen kreuz und quer durch das Land geritten war und blutige Schlachten geschlagen hatte: Angst!

Angst um ein Mädchen, das fast noch ein Kind war.

Die Stimmen wurden lauter. Jetzt verstand er deutlich seinen Namen und sah umherrennende Gestalten, die in den verkohlten Trümmern suchten. Muschkow preßte sich flach neben Marina auf die Erde und legte den Finger auf seine Lippen. Ruhe! Sie verstand ihn, sah ihn ungläubig und dankbar zugleich an und verbarg dann das Gesicht zwischen ihren Armen.

Die Kosaken rannten weiter. Ihr »Iwan Matwejewitsch! Iwan Matwejewitsch!« verhallte . . .

»Danke –«, sagte Marina Alexandrowna nach einer Weile und hob den Kopf. Muschkow kaute an der Unterlippe und kam sich wie ein Narr vor.

»Das Schlimmste kommt noch«, sagte er. »Ob Beute oder nicht – Jermak hat befohlen, daß nie eine Frau mit uns reiten darf!«

»Dann laß mich hier liegen.« Sie drehte sich auf den Rücken, und wieder sah Muschkow ihre kleinen Brüste und die schmalen Schenkel, die vollen Lippen und das lange blonde Haar, das jetzt mit häßlichen Rußflocken durchsetzt war. Vierzehn Jahre alt ist sie, dachte Muschkow. In einem Jahr wird sie wie eine goldene Rose sein, und ein Jahr geht so schnell herum. Zum Teufel, Iwan Matwejewitsch – du nimmst sie mit!

»Kein Kosak gibt die Beute wieder her, die er einmal hat!« sagte er grob. »Er müßte sich sonst selbst anspucken!«

»Dann spuck, Iwan Matwejewitsch!«

»Du wirst mitkommen – als Junge verkleidet. Das ist es! Ich werde Jermak sagen: ›Sieh dir den Burschen an! Ich habe ihn aufgelesen im Feuer, bevor er röstete. Soll ich ihm den Schädel spalten? Ha, ich war dabei, es zu tun. Und was schreit das Bürschchen? Nimm mich mit, Kosak! Ich wollte schon immer ein Kosak werden, ich bin nicht zum Bauern geboren. Das Leben in Nowo Orpotschkow ist zum Kotzen langweilig. Nimm mich mit! Das schreit der Kleine, und ich stecke die Waffe weg und denke mir: Kein übler Ton. Aus dem kann was werden! Ja, und nun kommt er mit!‹ Genauso werde ich mit Jermak reden. Er wird dich mustern, für sehr jung finden, aber wenn du ihm etwas vorreitest . . .« Muschkow schwieg betroffen. Hier war er möglicherweise mit seinem Latein am Ende. »Kannst du überhaupt reiten?« fragte er kleinlaut.

»Wie ein Kosak«, antwortete Marina leise. »Wir hatten einmal vier Pferde, bevor ihr kamt – nach Nowo Orpotschkow!«

»Du reitest ihm also vor, und er wird brüllen: ›Das nennt das Bürschchen reiten? So klemmt sich ein Hahn auf die Henne! Iwan Matwejewitsch, bring ihm bei, wie ein richtiger Mann im Sattel sitzt!‹ Ha, und schon haben wir gewonnen und niemand fragt danach, was unter der Kleidung steckt!«

»Und wenn ich mich weigere, das alles zu tun?« fragte Marina hart.

»Dann bist du verloren.« Er sah sie erschrocken an. Ihre großen Augen in dem schönen Gesicht waren voller Entschlossenheit. »Willst du denn sterben?«

»Es gibt keinen Jungen mit so langen Haaren . . .«

»Wir schneiden sie ab.«

»Meine Haare!«

»Sind die Haare wichtig oder das Leben, he?«

»Es wäre einfacher, du würdest allein weggehen . . .«

»Warum reden wir so viel?« Muschkow umfaßte Marinas Kopf, riß seinen scharfen Dolch aus dem Gürtel und schnitt ihr mit einem Ruck die Hälfte des langen Blondhaars ab. Er ließ die Strähnen über ihr Gesicht rieseln wie Goldfäden und machte sich dann daran, die andere Hälfte abzuschneiden. Eine Schande ist es, dachte er dabei, aber sie wachsen einmal nach. Und das ist ein Trost. So vieles auf der Welt ist endgültig, nur die Haare wachsen immer wieder nach. Ein Rätsel, wo sie herkommen. Ein Kopf ist doch nicht voller Erde, damit das Haar wachsen kann wie Gras auf einer Wiese ...

Er schnitt weiter an den blonden Haaren herum, stutzte sie, bis man glauben konnte, es sei ein Jungenkopf, und Marina Alexandrowna hielt merkwürdigerweise ganz still. Sie hockte in dem Gartengraben, umlodert von den letzten Feuern ihres verbrennenden Dorfes, und nur ihre Augen sprachen mit Muschkow. Sie fragten ihn: Warum läßt du mich leben? Glaubst du wirklich, ich könnte mit euch nach Norden reiten? Ich soll ein Kosak werden, ein Räuber und Brenner, ein Schänder und Dieb, Wegelagerer und Zerstörer? Ich soll deinem Jermak zeigen, wie ich reiten kann? Ich soll einen Jungen spielen? Iwan Matwejewitsch Muschkow, glaubst du, nur Kosaken hätten ihren Stolz?

»So«, sagte Muschkow, als die Arbeit beendet war. Marina jetzt anzublicken, war für ihn fast eine Qual. Wie verstümmelt sieht sie aus, dachte er. Aber wie würde sie erst aussehen, wenn sie in die Hände meiner Freunde fällt? Er atmete tief auf, wie ein Seufzen war's; dann schüttelte er die letzte blonde Strähne von seinen Fingern. »Welch ein hübscher Junge ...« Es klang heiser und nachdenklich. »Wir müssen etwas Ruß in das Gesicht reiben ...«

»Ich wollte schon immer ein Junge sein«, erwiderte Marina und fuhr sich mit beiden Händen durch das gestutzte Haar. »Ein Junge darf so vieles.«

»Zum Teufel, fang nicht an und werde es tatsächlich!« sagte Iwan. »Vielleicht wird alles anders, wenn wir erst bei diesem Semjon Stroganow sind.«

Sie warteten noch eine Weile, krochen herum und suchten unter den vielen Dingen, die die Kosaken aus den Schränken und Truhen gerissen und aus den Häusern geschleppt hatten: einen Männeranzug, Stiefel und eine speckige Kulakenmütze.

»Zieh dich um!« sagte Muschkow, als sie alles beisammen hatten.

Marina rührte sich nicht. Mit der Kleidung auf den Armen

stand sie an einer Stallwand, die das Feuer überdauert hatte, weil sie aus massivem Flußstein gebaut worden war.

»Hier? Vor dir?«

»Wenn du versprichst, nicht wegzulaufen, drehe ich mich um!«

Ich habe kein Hirn mehr, dachte Muschkow, über sich selbst erschrocken. Ein Kosak, der wegsieht, wenn sich ein Mädchen auszieht, der muß erst noch geboren werden! Nein – plötzlich gibt es ihn! Und der Kretin heißt Iwan Matwejewitsch Muschkow! Satan in der Hölle, was ist bloß los mit mir ...

Er drehte sich tatsächlich um, steckte die linke Hand in den Mund und kaute verzweifelt an seinen Fingernägeln. So kann es nicht weitergehen, dachte er. Ich werde sie einmal kräftig durchprügeln müssen, um mein Selbstbewußtsein zu stärken. Sie macht eine Maus aus mir, aber sie soll wissen, daß ich ein Bär bin!

»Fertig?« fragte er rauh.

»Noch nicht! Die Stiefel sind zu groß ... Man kann in ihnen schwimmen, aber nicht reiten.«

»Wir haben keine Zeit, sie nach Maß machen zu lassen!« knirschte Muschkow. »Wie geht es sonst mit den Sachen?«

»Sieh es dir an.«

Er fuhr herum und stand einem dreckigen Kulakenjungen gegenüber. Die Mütze auf dem Kopf war das einzige, was halbwegs paßte, aber der Anzug war zu weit und zu groß, und die Hose steckte in Stiefeln, die irgendeinem Riesen gehört haben mußten. Es sah lächerlich aus, und trotzdem klopfte Muschkow das Herz bis unters Kinn. So nehme ich sie mit, durchfuhr es ihn glühend. So wird niemand erkennen, was daruntersteckt. So und nicht anders wird sie mit uns reiten – ein fades schmales Bürschchen, das erst zum Kosaken heranwachsen muß. Selbst Jermak wird lachen, und wenn er lacht, so heißt das Leben oder Tod ... Auf den Klang dieses Lachens kommt es an!

»Du bleibst so«, sagte er laut. »Und wenn ich dich nachher in den Hintern trete – nicht zu fest, aber doch so, daß man es sieht – dann wundere dich nicht! Man ist es gewöhnt, daß ich einen Gefangenen mit der Peitsche vor mir hertreibe, aber nicht Arm in Arm mit ihm daherkomme.«

»So einer also bist du?« fragte sie und rückte die Mütze tiefer in die Stirn. »Mit Peitschen gegen die Gefangenen? Du wirst wenig Freude an mir haben, Iwan Matwejewitsch!«

»Gehen wir!« sagte Muschkow laut.

»Und wann läßt du mich wieder frei?«

»Bei einer guten Gelegenheit.«

Sie sah ihn von neuem mit ihren großen Augen an, und er blickte zu Boden und nannte sich einen Windpisser, daß er dieses Mädchen nicht einfach überwältigt und dann weggeworfen hatte, wie so oft, von der Wolga bis zum Kaspischen Meer. »Glotz nicht so!« brüllte er plötzlich unbeherrscht.

»Wie du willst.« Sie hob die schmalen Schultern unter dem viel zu weiten Anzug. »Dann sehe ich dich überhaupt nicht mehr an.«

Sie ging voraus, und der Feuerschein umloderte ihre Gestalt, um die der Anzug schlotterte – eine rührend zarte Gestalt, die in den großen Stiefeln steckte wie eine einsame Blume in einer Vase.

Was habe ich mir da auf den Hals geladen, dachte Muschkow und trabte hinterher. War das nötig, Iwan Matwejewitsch? Es wird – verdammt sei alles! – doch noch darauf hinauskommen, daß ich sie schände und dann wegjage! Ich bin ein freier Kosak! Hoho, ein freier ...

»Jetzt kommt der erste Tritt, Marina«, sagte er dicht hinter ihr. »Verzeih, aber es muß sein. Die ersten Kameraden sehen zu uns hin.«

Er blieb einen Schritt zurück und trat zu. Er dämpfte die Wucht, so gut er konnte, aber sie reichte noch aus, um Marina hinfallen zu lassen. Sie blieb einen Augenblick liegen. Muschkows Herz blieb beinahe stehen, und er dachte: Ich habe ihr das Kreuz entzweigetreten. Aber dann rappelte sie sich auf und stand wieder in ihren Riesenstiefeln.

»Darüber sprechen wir noch!« zischte sie über die Schulter hinweg.

Muschkow nickte. Gut, gut, dachte er, reden wir darüber. Gelobt sei Jesus Christus, sie lebt! Nun geh weiter, Marinuschka ... Mit den nächsten Tritten will ich dich streicheln ...

Es war genauso, wie Iwan Matwejewitsch Muschkow es erwartet hatte: Jermak lachte über das Bürschchen, das so gern ein Kosak werden wollte, und die Kosaken lachten mit. Sie umringten Muschkow und seinen Fang, brüllten über die riesigen Stiefel, in denen ein so kleiner Kerl steckte, und nur, weil es noch ein Junge war, stimmte man nicht darüber ab, ob man ihn ins Wasser oder zurück in die Glut des verbrannten Dorfes werfen sollte.

»Zum Kosaken muß man geboren sein!« rief Jermak, gut gelaunt, und stieß seinen Freund in die Rippen. »Ein Kosak kann man nicht werden!«

»Ich kann reiten wie ihr!« sagte Marina. Ihre helle Stimme konnte gut eine Jungenstimme sein. »Mein Vater war Reiter beim Zaren!«

»Und wo ist dein Väterchen jetzt?« brüllte Kolka, einer der Unterführer des Haufens.

»Ich weiß es nicht.«

»Er sitzt am Fluß und macht sich vor Angst in die Hosen!« schrie Muschkow, um auch etwas beizutragen und um alles echter zu machen. »Los, holt ein Pferd! Er soll uns zeigen, was er von seinem Vater gelernt hat. Reiter beim Zaren! Welch ein Spaß, Brüder! Wir werden sehen, wie ein Bock auf einem Esel reitet!«

Jermak pfiff und winkte. Aus der Schar der wartenden Pferde brachte man einen Gaul und stellte ihn vor Marina auf. Die Kosaken lachten immer noch und stießen sich an. Man hat ihm Ljuba gebracht, Jermaks Pferd! Wenn die Stute etwas anderes spürt als die festen Schenkel ihres Herrn, wird sie tückisch wie das Frühjahrseis. Dann ist's, als krachten bei ihr alle Knochen . . .

»Steig auf!« grölte Muschkow bewußt grob und gab Marina einen sanften Tritt. Sie fiel mit dem Gesicht gegen Ljuba, und die Kosaken brüllten begeistert. O je, dachte Muschkow, das war nur ein Windhauch von Tritt, und trotzdem flog sie fast in den Sattel. Wie soll man sie bloß anfassen, ohne sie zu verletzen? Wie nimmt man ein zartes Vögelchen in die Hand? Er hatte es noch nie versucht, wo seine Hand bisher im Spiele war, hatte sie alles nur zerschlagen . . .

Marina zog sich in den Sattel. Das war noch nicht schwer, viel schwerer war es, die Stiefel dabei anzubehalten. Sie machte die Füße krumm und behielt die Ungetüme so an den Beinen.

Jermak schob das Kinn vor. Jetzt mußte Ljuba wild werden! Zuerst stieg sie hinten hoch, dann vorn, und wer das überstand, der konnte erleben, wie sie sich mit allen vieren hoch in die Luft schleuderte. Noch keiner war auf ihr sitzen geblieben, selbst Muschkow nicht, und der war ein Reiter, unter dem jedes Pferd seinen eigenen Willen verlor. Nur Ljuba nicht!

Marina saß im Sattel und blickte sich um. Die Kosaken starrten zu ihr hinauf, und plötzlich war es ganz still in der riesigen Runde. Muschkow allein schnaufte hörbar durch die Nase.

»Was soll ich jetzt tun?« fragte Marina zu Jermak hinunter, der sein Pferd nicht mehr verstand. Ljuba rührte sich nicht, sie wackelte nur mit den Ohren. »Wer gibt mir eine Lanze und hält ein Stück Fleisch hoch? Ich steche es ihm im Galopp aus der Hand!«

»Reit los!« brüllte Jermak unbeherrscht, hob das Bein und trat seiner geliebten Ljuba in die Weichen. Das Pferd zuckte zusammen, blickte sich um und rührte sich nicht.

»Komm, mein Pferdchen«, sagte Marina zärtlich und legte ihre Hand zwischen Ljubas Ohren. Dann galoppierte sie aus dem Stand heraus an. Ljuba machte einen mächtigen Satz, und dann trommelten ihre Beine über den Steppenboden, als gelte es, in einem Tag Moskau zu erreichen.

Jetzt ist sie weg, dachte Muschkow erschrocken, als er Marina in der Nacht verschwinden sah. Iwan Matwejewitsch, du Hornvieh, darauf hat sie nur gewartet: Sie reitet in die Freiheit, und wer auf Ljuba sitzt, der wird nicht wieder eingeholt! Verloren, alles verloren! Sie hat mich überlistet, das kleine blonde Teufelchen ...

Aber plötzlich tauchten aus der Nacht wieder die Schatten von Reiter und Pferd auf, galoppierten in den Feuerschein des brennenden Dorfes und ritten einen so engen Kreis vor Jermak, daß jeder der Kosaken den Atem anhielt und darauf wartete, daß Ljuba sich zu Tode stürzte. Aber sie schafften es, und nach einer neuen Runde, an allen Kosaken vorbei, hielt Marina die Stute vor dem finster blickenden Jermak an.

»Kann er reiten?« schrie Muschkow begeistert. »Habe ich nicht einen guten Fang gemacht? Jermak Timofejewitsch, so habe ich in diesem Alter noch nicht geritten, und ich bin ein geborener Kosak!«

Sie ist zurückgekommen, dachte er glücklich. Gott, ihr Heiligen und sämtliche Teufel, habt Dank! Sie ist nicht weggeritten. Da sitzt dieses Mädchen im Sattel von Jermaks Stute und lacht – die Mütze schief im verschwitzten rußgeschwärzten Gesicht. O Himmel, wenn sie wüßten, daß dieser Mordsbengel ein Mädchen ist! Warum bist du zurückgekommen, Marina Alexandrowna ...

»Steig ab!« sagte Jermak rauh. Er zog seine Pistole aus dem Gürtel, spannte den Hahn und griff nach dem Pulverbeutel. Dabei musterte er Ljuba, die zitternd vor Erregung unter dem jungen Burschen herumtänzelte. »Steig ab, sag ich!«

Über die Schar der Kosaken legte sich entsetztes Schweigen. Er kann es nicht tun, dachten die Männer. Nein, Jermak tut nicht, was ein Kosak sonst nur in der Not täte: Er erschießt nicht sein Pferd!

Auch Marina verstand, was Jermak vorhatte. Sie blieb im Sattel, ritt nahe an ihn heran und blickte ihn voll an.

»Erschieß mich mit!« sagte sie laut. »Dieses Pferd ist ein Wunder. Wunder vernichtet man nicht!«

»Es hat mich verraten!« Jermak atmete tief auf. »Verraten!« brüllte er. »Mein Pferd! Das ist das erste, was du lernen mußt: Verrat ist Tod!«

Er legte die Pistole an und sah sich kurz um. Seine Kosaken starrten ihn schweigend an. Muschkow, gleich neben ihm, hob die Hände.

»Wagt es einer, mich daran zu hindern?« schrie Jermak. »Dieses Pferdevieh ist nicht sein Heu wert!«

»So mancher Mensch ist keinen Tropfen Wasser wert, trotzdem lebt er weiter!« entgegnete Marina ruhig. »Schieß, Jermak, wenn dir danach wohler ist!«

Es waren ein paar entsetzliche Sekunden aus Schweigen und Warten. Dann blies Jermak das Pulver von der Pfanne und ließ den Hahn zuschnappen.

»Steig ab, Bursche!« sagte er. »Wie heißt du?«

Mein Gott, wie heißt sie? durchfuhr es Muschkow kalt. An alles haben wir gedacht, nur nicht an einen Männernamen . . .

»Boris Stepanowitsch«, erwiderte Marina ruhig und glitt vom Pferd. »Darf ich mit euch reiten?«

»Laß dir ein Pferd geben.« Jermak sah seine Ljuba mit geneigtem Kopf an. »Sie ist wie alle Weiber«, sagte er dann rauh. »Sie verlieren den Charakter, wenn ein junger Bursche sie reitet.« Dann sagte er zu Marina: »Iwan Matwejewitsch wird dich anlernen. Er hat dich gefunden, du gehörst ihm! Wann du ein Kosak bist, werde ich bestimmen.«

Er drehte sich um und ging davon. Einen Augenblick zögerte Ljuba, dann trottete sie ihm nach, holte ihn ein und stapfte neben ihm her. Jermak blickte zur Seite, verzog den Mund, und dann legte er den Arm um den gesenkten Pferdehals und ging weiter.

»Du gehörst mir«, sagte Muschkow leise zu Marina. »Hast du es gehört? Du bist mein Eigentum . . .«

»Ich habe noch zwei Tritte zurückzugeben, Iwan Matwejewitsch!« sagte sie ebenso leise. »Und nun gib mir ein Pferd.«

»Morgen, wenn wir weiterreiten.«

Sie hob die Schultern in dem schlotternden Anzug, ging zu einem der Lagerfeuer und legte sich ins Gras. Muschkow legte sich dicht neben sie, und plötzlich griff sie blitzschnell zu, zog ihm den Krummdolch aus dem Gürtel und drückte ihn gegen ihre Brust.

»Er wird mein Liebhaber sein, wo ich auch liege!« sagte sie hart, aber so leise, daß es nur Muschkow hören konnte. »Ein eifersüchtiger Liebhaber, Iwan Matwejewitsch!«

Muschkow seufzte und drehte sich weg. Einen neuen Dolch zu besorgen war einfach. Es ritten vierzig Packpferde mit, beladen mit Waffen, Munition und Verpflegung. Man litt keinen Mangel. Nur, daß Marina begann, ihn Stück für Stück zu erobern und zum Narren zu machen, das bohrte in ihm und raubte ihm die Ruhe. Ein paar Stunden erst kenne ich sie, und was ist aus mir geworden? dachte er immer wieder. Dieses Nowo Orpotschkow hat der Teufel gebaut!

Er horchte auf Marinas Atemzüge und war plötzlich nur noch glücklich, daß er neben ihr lag.

Alexander Grigorjewitsch Lupin erkannte sein Töchterchen sofort, als es in Männerkleidern von einem Kosaken aus dem rauchenden Dorf getrieben wurde. Welcher Vater erkennt nicht sein Fleisch und Blut, auch wenn es sich noch so sehr verändert hat?

Sie lebt, dachte er, aber das ist nur ein Aufschub. Gleich wird man sie hängen, und ich muß zusehen, ohne es verhindern zu können. Doch sie wird wie eine echte Lupin sterben. Gott segne dich, mein Töchterchen. Der Himmel ist dir offen . . .

Und so lag er in der Dunkelheit im Gras, starrte hinüber zu den Kosaken und wartete, daß man Marina an einem der Kirschbäume aufknüpfte. Und so, auf die Erde gepreßt, erlebte Lupin mit maßlosem Staunen, wie sein Töchterchen auf einem Kosakenpferd davongaloppierte, aber kurz darauf zurückkam und offensichtlich einen Streit mit dem Anführer begann.

Sie ist verrückt geworden, dachte Lupin. Gott im Himmel, das brennende Dorf hat ihr das Gehirn ausgetrocknet. Sie hat ein Pferd, galoppiert los – und kommt zu den Kosaken zurück! Ich armer Vater!

Lupin blieb liegen. Es gab keine Möglichkeit, an seine Tochter heranzukommen. Später lag sie an einem der Feuer mitten unter den Kosaken, und er lag weit entfernt im Schatten der Nacht und zerquälte sich den Kopf.

Erst gegen Morgen, als alle Kosaken tief schliefen, kroch er in einem Bogen in das vernichtete Nowo Orpotschkow, und es gelang ihm, bis in die Kirche zu kommen.

Hier schnarchte vor der Ikonostase ein fremder Pope in Kosakenhosen und Stiefeln, und es roch bestialisch nach Schnaps in dem heiligen Raum. Der einheimische Pope saß erschüttert auf den Stufen zum Altar und stierte vor sich hin. Als er Lupin durch die Tür kriechen sah, hob er die rechte Hand und segnete ihn.

»Väterchen, ich weiß mir keinen Rat!« flüsterte Lupin und betrachtete den Kosakenpopen ängstlich.

»Ich auch nicht«, antwortete der Pope. »Das Firmament beginnt zu schwanken. Die Ordnung des Himmels löst sich auf.« Er zeigte auf den schnarchenden Kollegen und schüttelte dann stumm den Kopf.

»Der Himmel ist weit weg«, sagte Lupin. »Aber meine Tochter Marina ist nah. Es scheint so, als wollten die Kosaken sie mitnehmen.«

»Gott sei bei ihr«, meinte der Pope schlicht.

»Sicherer ist, ich bin bei ihr«, entgegnete Lupin, der Vater. »Gott wäre überlastet damit. Ich werde den Kosaken nachreiten und Marina irgendwo, irgendwann und irgendwie herausholen. Es wird sich eine Gelegenheit ergeben. Wie lange es dauert, weiß ich nicht. Ihr werdet Nowo Orpotschkow ohne mich wiederaufbauen müssen.«

»Ich verspreche es dir, Alexander Grigorjewitsch«, sagte der Pope feierlich.

»Dann segne mich, Väterchen . . .« Lupin kniete nieder, und während der betrunkene Kosakenpope wie hundert Ochsen schnarchte und ab und zu einen lauten Wind streichen ließ, sprach der Priester das Gebet des großen Abschieds und schlug dreimal das Kreuz über Lupins gesenktes Haupt.

Beim Morgengrauen ritten die Kosaken weiter. Es waren jetzt 541 Mann.

Die Bauern, die Weiber, Kinder, Greise und Kranke sahen es vom Ufer der Wolga aus. Sie hatten es nicht verlassen, und es war kein Kosak dorthin gekommen, obgleich es nur ein paar hundert Meter entfernt war. Die Bewohner von Nowo Orpotschkow falteten die Hände und bedankten sich bei Gott, daß alles so gnädig verlaufen war.

Als die Kosaken in einer Staubwolke verschwunden waren, löste sich von der allein noch aufragenden Kirche ein einzelner Reiter und folgte ihnen. Der Pope stand in der Kirchentür und hob die Hand. Sie war leer, denn das dazugehörige Kreuz hatte ihm sein Kollege abgenommen.

Mein Töchterchen ist das einzige, was ich auf der Welt noch habe, dachte Lupin und starrte auf die Staubwolke am Horizont. Larissa, mein Weib, ist vor zwei Jahren am Fieber gestorben, mein Haus, mein Dorf ist niedergebrannt . . . Die Welt besteht nur noch aus meinem Töchterchen Marina. Ich werde ihr folgen bis an den Rand der Erde . . .

Das war leicht gesagt, aber verdammt schwer geritten! Die Kosaken legten ein Tempo vor, daß Alexander Grigorjewitsch kaum folgen konnte.

Außerdem hatte ihm der Pope nur einen halblahmen Gaul geben können. Alle anderen Pferde von Nowo Orpotschkow waren vor den Bränden wie eine wilde Herde in die Wolgasteppe geflüchtet, und die Bauern hatten nach dem Abrücken der Jermak-Bande mehrere Tage lang große Mühe, ihre Hengste, Stuten und Fohlen wieder einzufangen.

Der Klepper, den Lupin jetzt ritt, hatte sich nicht entschließen können, der Herde zu folgen, vielleicht weil er einsah, daß er die wahnsinnige Jagd in die Steppe nicht durchhalten würde. So hatte er sich hinter der Kirche versteckt, und dort fand ihn der Pope, als Lupin um ein Pferd bat.

»Er suchte den Schutz des heiligen Hauses«, sagte der fromme Pope und legte seine Hand dem Pferd zwischen die Ohren. »Und das, obgleich die arme Kreatur nicht weiß, was die heilige Taufe ist. Gott ist allmächtig . . .«

Aber davon hatte Lupin nur wenig. Ein paarmal verlor er die Kosaken aus dem Blick, aber ihr Weg war nicht zu verfehlen. Die niedergestampfte Steppe oder die wehklagenden Dörfler, die Lupin erreichte, waren Wegweiser genug. »Was schreit und jammert ihr?« rief Lupin jedesmal, wenn die Weiber heulten und die Männer in ohnmächtigem Grimm die Fäuste zum staubumwölkten Himmel reckten. »Euch hat man nur bestohlen oder verprügelt. Uns haben sie das ganze Dorf verbrannt und mein Töchterchen Marina geraubt! Brüder, ich brauche ein neues Pferd! Seht euch mein Gäulchen an! Es stolpert über seine eignen Beine, und wenn ich es in die Seiten trete und ›Hoi! Hoi!‹ rufe, verdreht es die Augen und beginnt zu zittern! Kann man damit Kosaken verfolgen? Gebt mir ein gutes Pferd, Brüder!«

Aber erst am zweiten Tag gelang es Lupin, einen Gaul zu bekommen, der zwar keine Schönheit war, sondern ein grobes, knochiges Tier und ziemlich groß dazu, aber man sah ihm an, daß er stark und ausdauernd war. Lupin hatte dafür einige gute Rubelchen hinlegen müssen.

Und siehe da, von nun an wurde es besser. Lupin holte auf, kam wieder in Reichweite der fürchterlichen Staubwolke, die wie eine Strafe Gottes über dem Land hing, und manchmal sah er sogar ein paar Nachzügler von Jermaks Kosaken, die auf eigene Faust umherstreiften und stahlen, was sie nur gebrauchen konnten. Und das war eigentlich alles, denn was kann ein Kosak nicht gebrauchen?

Am vierten Abend wagte es Lupin, so nahe heranzureiten,

daß er die Lagerfeuer deutlich erkennen konnte. Er band sein Pferd in einem Birkenwäldchen an einen Baum, wartete bis zur völligen Dunkelheit und schlich sich dann an das Lager heran.

Die Kosaken verhielten sich wie auf ihren üblichen Kriegszügen. Pferde und Männer schliefen nicht mehr getrennt, sondern neben jedem Kosaken stand oder lag jetzt auch sein Gaul. Alle waren immer bereit, sofort aufzuspringen und zu kämpfen.

Fast drei Wochen waren sie jetzt von Blagodornje unterwegs, und es gab kaum eine zaristische Garnison, die nicht alarmiert worden war. Überall versammelten sich jammernde Bauern, um ihre geschändeten Frauen den Kommandanten vorzustellen. Der General in Saratow war sofort bereit, den Kosaken eine Strafexpedition nachzuschicken, aber dann hörte er aus den Gesprächen heraus, daß Jermak und seine wilde Bande zu einem Stroganow reiten wollten, um sich dort zu verdingen.

»Warten wir es ab, seien wir vorsichtig«, sagte er deshalb zu seinen Offizieren. »Das Volk ist ein ungebildeter Haufen Dreck – aber wir, wir wissen, wer die Stroganows sind! Ein Stroganow könnte im geheimen Auftrag des Zaren handeln; es ist besser, Augen und Ohren zunächst zu verschließen . . .«

Wer soll das alles ahnen! Selbst Jermak wußte nicht einmal, wer Stroganow war. Für ihn war der Zug nach Norden zunächst eine der üblichen Kosakenreisen, bei der man früher oder später auf zaristische Truppen stoßen würde. Dann konnte es ernst werden: mit Toten im Sattel, was als Ehre angesehen wurde, oder mit Toten am Galgen, was man als Berufsrisiko bezeichnen konnte. So oder so – auf jeden Fall ging es ums Leben.

Jermak rief das Kriegsrecht aus, und die Kosaken verhielten sich wie auf allen Kriegszügen: Pferd und Mann zusammen, Wachen um den inneren Kreis, Vorposten, Reiterpatrouillen in die Umgebung! Noch nie war Jermak überrascht worden.

Das bekam auch Lupin zu spüren. Er mußte manchmal zu

einem Wurm werden, der sich in den Boden bohrt. Überall streiften die Kosaken herum, und ein paarmal ritt einer von ihnen so nahe an Lupin vorbei, daß er die Beine des Pferdes hätte festhalten können.

Marina lebte noch, dachte Lupin. In keinem der Dörfer hat man sie zurückgelassen, und am Wegrand lag sie auch nicht. Also ist sie noch bei den Kosaken – in Männerkleidung! Eine gute, aber gefährliche Idee ... Was macht sie, wenn die Kosaken einen Fluß durchschwimmen und sich dabei ausziehen? Und warum flüchtet sie nicht? In jedem Dorf hätte sie zurückbleiben können – es wäre erst aufgefallen, wenn man sich am Abend versammelt hätte.

Rätsel über Rätsel! Lupin blieb auf der Erde liegen, preßte sich hinter kleine Bodenerhebungen und beobachtete die Lagerfeuer. Vergeblich suchte er in dem Gewimmel von Mensch und Tier sein Töchterchen Marina. Wie nah ich ihr bin, dachte er glücklich. Und wenn die Welt nur noch aus Kosaken bestünde – ich hole sie heraus!

IV

Man darf es Iwan Matwejewitsch Muschkow glauben: Er hatte schon zehnmal den Tag verflucht, an dem er Marina Alexandrowna begegnet war. Nicht daß sich zwischen ihnen etwas geändert hätte, das wäre ein Grund zum Jubeln gewesen.

Nein, es geschah nun, daß Muschkows Herz von Tag zu Tag schwerer wurde, wenn er Marina ansah. Und er mußte sie immer ansehen, zwangsläufig, denn sie ritt neben ihm. Jermak hatte sie ihm geschenkt, sie war seine Beute, aber zum erstenmal etwas Erobertes, was er nicht benutzen konnte.

Nur Muschkow sah ihre schönen Brüste, wenn der Wind ihnen entgegenwehte und das Hemd an ihren Körper drückte; nur er wußte, wie ihr goldenes Haar wirklich aussah, wenn es lang und wie Seide über ihr Gesicht wehte; nur er kannte ihre schlanken Beine, die niemand in den klobigen Stiefeln vermutete. Wenn er an all das dachte, an das Unerreichbare, begann er tief zu seufzen und mißmutig in die Gegend zu starren.

Nachts legte Marina den Dolch auf ihren Leib, bis Muschkow sagte: »Was soll das noch? Ich weiß es ja nun!«

»Wissen kann man vergessen, Iwan Matwejewitsch.«

»Ich verspreche es dir hoch und heilig . . .«

»Was ist euch Kosaken denn heilig?« fragte sie. »Euer Pope betet und bestiehlt die Kirchen in einem Atem. Ich schlafe mit dem Dolch besser, Brüderchen.«

Und wieder mußte Muschkow seufzen, lag lange wach neben ihr unter der nach Pferdeschweiß stinkenden Decke und rang mit seinem Herzen, in dem Marina schon so fest saß wie ein Kosak im Sattel.

Er rang auch mit seiner Kosakenehre, die überall — dem Himmel sei Dank, unsichtbar — durch Marina angekratzt war. In solchen Stunden begann Muschkow, Nowo Orpotschkow, dieses Dorf an der Wolga, zu verfluchen. Hineingeritten war er als ein freier Mann — aus den brennenden Trümmern heraus kam er als ein Trottel, den ein Mädchen mit einem Fingerschnippen dirigieren konnte. Welche Entwicklung — und noch dazu unter den Augen des ahnungslosen Jermak!

Überhaupt Jermak Timofejewitsch! Er beobachtete den Bauernjungen Boris Stepanowitsch genau, erkannte in ihm große Fähigkeiten und sagte sogar einmal zu dem erschütterten Muschkow: »Iwan Matwejewitsch, der Bengel reitet wirklich wie ein Teufel! Und zäh ist er!«

»Das vor allem, Jermak«, antwortete Muschkow und dachte an ganz etwas anderes.

»Und klug!« rief Jermak.

»Und mutig und tapfer!«

»Und gehorsam!«

Wie man's nimmt, dachte Muschkow, nickte aber stumm. Ein Dolch in der Nacht zwischen Mann und Frau ist nicht gerade ein Beweis von Gehorsam . . .

»Wenn wir bei den Stroganows sind und er ist immer noch

so«, fuhr Jermak fort, »und wenn wir eine Armee aufstellen, um dieses Mangaseja zu erobern, dann kann er ein guter Unterführer werden. Was ist deine Meinung, Iwan Matwejewitsch?«

»Man sollte die Entwicklung abwarten, Jermak«, antwortete Muschkow vorsichtig. »Es soll schon vorgekommen sein, daß ein Schwan eine Krähe ausbrütete.«

»Manchmal sieht Boris Stepanowitsch wie ein Mädchen aus«, sagte Jermak sinnend. Muschkow blieb fast das Herz stehen. Er fror plötzlich vor Entsetzen.

»Der . . . ein Mädchen? Haha!« lachte Muschkow dumpf.

»Manchmal, sagte ich!« Jermak schüttelte den Kopf. »Aber wenn er dann reitet . . . Ein noch unfertiges Bürschchen, Iwan Matwejewitsch. Fast sieht man ihm noch die Mutterbrust an. Aber in einem oder in zwei Jahren wird er ein Mann sein, wie wir ihn brauchen . . .«

»Wenn der Teufel dabei hilft, kann's gelingen«, meinte Muschkow. Er steckte heute voller Philosophie. »Warten wir es ab . . .«

In zwei Jahren – dann ist sie sechzehn. Was sind zwei Jahre für einen Russen! Wer viel Zeit besitzt, kann mit ihr großzügig sein, wie die Bojaren mit ihrem Reichtum. So gesehen, ist jeder Kosak ein reicher Mann . . .

Derartige Gespräche mit Jermak waren zum Glück selten. Sie zerrten an Muschkows Nerven. Die ständige Sorge, man könnte entdecken, daß Marina ein Mädchen war, zermürbte ihn.

»Es hilft nichts«, sagte er zu Marina am neunten Tag ihres gemeinsamen Rittes nach Norden, »ich muß dich ab und zu vor den anderen schlagen und treten. Das gehört zur Ausbildung.«

»Halt dich nicht zurück, Iwan Matwejewitsch«, antwortete Marina ruhig. »Wenn es die Sicherheit verlangt . . .«

»Aber ich kann es nicht!« stöhnte Muschkow. »Wenn ich einmal zuschlage, breche ich dir das Genick.«

»Kannst du es nicht etwas sanfter?«

»Ich hab's noch nicht probiert. Aber auf jeden Fall wird jeder Tritt blaue Flecken hinterlassen.«

»Wenn es weiter nichts ist, Iwan Matwejewitsch«, sagte sie und sah ihn mit ihren großen blauen Augen an.

Muschkow trollte sich mürrisch. Wie sie meinen Namen ausspricht! Streicheln und Ohrfeige in einem! Und dieser Blick ... Man kann in ihm ertrinken. Wer soll das aushalten, zwei Jahre lang?

Er ging zu dem Popen, fing mit ihm Streit an und tobte sich mit Worten aus, bis er allen Druck von sich geschrien hatte. »Danke«, sagte der dann und wandte sich zum Gehen. »Das war's.«

Der Kosakenpope Oleg Wassiljewitsch Kulakow hielt Muschkow fest und klopfte ihm mit der Faust gegen die Stirn. »Fehlt da etwas, Iwan Matwejewitsch?«

»Da nicht, Väterchen«, knirschte Muschkow. »Es sitzt tiefer. Aber das versteht ein Priester nicht ...«

Die Lagerfeuer prasselten, eine wohlige Wärme überdeckte die noch kühle Juninacht, die Pferde schnaubten und scharrten, und die Kosaken lagen, bis auf ein paar Unentwegte, die ein tatarisches Brettspiel spielten, unter ihren Decken und schnarchten.

»Warum flüchtest du nicht?« fragte Muschkow plötzlich Marina. Der Gedanke beschäftigte ihn schon seit Tagen. Gelegenheiten hatte es genug gegeben. Zum Beispiel gestern, als sie die kleine Stadt Ugunowsk durchritten, von einigen Idioten beschossen wurden und dann im Galopp durch die Straßen jagten, weil sie diesmal keine Zeit hatten, das Städtchen niederzubrennen. Da hätte sie fliehen können, denn als die Schüsse fielen und Jermaks Hand zum Angriff hochschnellte, hatte keiner mehr auf den Bauernlümmel Boris Stepanowitsch geachtet. Aber nein! Hinter Muschkows Pferd klebte ihr Gaul, und es war ihm, als hätte sie sogar den Kosakenschrei ausgestoßen; jenen Schrei, der jedem das Blut gerinnen machte, so grausam hört er sich an.

»Ich habe eine Aufgabe übernommen«, sagte Marina und zog die Decke über sich.

»Eine Aufgabe? Hoho! Welche denn?«

»Aus einem gewissen Iwan Matwejewitsch einen anständigen Menschen zu machen.«

»Was willst du?« fragte er entgeistert. »Willst du mich umbringen, Marina?« Muschkow knirschte schauerlich mit den Zähnen. »Welcher Mann hält das aus, zum Teufel?«

»Im Grunde bist du ein guter Mensch, Muschkow.«

»Wenn der Teufel mit dem Schwanz wedelt, sieht er auch friedlich aus.«

»Ich hoffe auf kein Wedeln von dir, Iwan Matwejewitsch!« Sie dehnte sich unter der warmen Decke, und Muschkow sah im Geist, wie sich ihre jungen Brüste spannten. »Du bist ein Mensch aus zwei Teilen, die man schief zusammengeleimt hat.«

»Was ist an mir schief?« fragte Muschkow heiser.

»Du verstehst das nicht . . .«

»Aber du, he?«

»Ja!«

Er starrte sie an, erkannte unter der Decke die Form des Dolches, der auf ihrem Leib lag, griffbereit, und warf sich auf die andere Seite.

Ich muß sie fortjagen, dachte er grimmig. Oder ich muß sie wirklich schlagen – nach guter, alter Hausherrenart: Die Augen nieder, Weib! Ach was, ich werde sie einfach wegprügeln . . .

Es war schön, an so etwas zu denken, wenn man wußte, daß man es nie tun würde.

In der Nacht, Muschkow konnte nicht schlafen, ging er von neuem zu dem Popen. Väterchen hatte wieder getrunken und putzte die verschiedenen, auf diesem Kriegszug von seinen Kollegen »verschenkten« heiligen Geräte. Morgen war Sonntag . . . Es sollte einen Feldgottesdienst geben, bevor man weiterritt.

»Geh weg, Iwan Matwejewitsch!« sagte der Pope und

winkte mit einem Osterkreuz. »Deine säuischen Schimpfworte kenne ich jetzt alle! Aber ich beherrsche noch mehr!«

»Einen Rat nur, Väterchen.« Muschkow stand so demütig da, daß der Pope resignierend die Schultern hob.

»Ich höre . . .«

»Bestehe ich aus zwei Teilen, Väterchen, schief zusammengeleimt?«

Der Kosakenpope Oleg Wassiljewitsch starrte Muschkow zuerst entgeistert an. Dann erinnerte er sich, daß sich Iwan Matwejewitsch seit dem Aufbruch aus Blagodornje sehr verändert hatte. Es war, als wenn sein Hirn verdunstete.

»Der Leim ist gut«, sagte der Pope väterlich. »Das allein ist wichtig.«

»Und das Schiefe?«

»Solange du kein Stuhl bist, von dem man dauernd herunterrutscht, läßt es sich damit leben.«

»Ich bin kein Stuhl, Väterchen.«

»Dann sei von Gott gesegnet!« Der Pope trat Muschkow gegen das Schienbein, und Iwan Matwejewitsch ging, nur zum Teil getröstet, ins Lager zurück.

Marina schlief fest. Muschkow beugte sich vorsichtig und leise über sie und betrachtete sie liebevoll. Ihre Lippen waren ein wenig geöffnet, und der Atem pfiff leise durch ihre weiß schimmernden Zähne. Wie schön sie ist, dachte er, wie zart! Verflucht, ich muß sie morgen verprügeln, um auf andere Gedanken zu kommen.

Am großen Kama-Bogen bei Tschjelny gelang es Lupin endlich, seine Tochter zu sehen. Und nicht nur zu sehen, sondern auch zu sprechen!

Es war der 14. Juni 1579, und wenn Lupin einen Kalender gehabt hätte, würde er dieses Datum bestimmt mit roter Farbe – und sei's mit seinem eigenen Blut geschrieben – umrahmt haben. So konnte er nur vor Glück weinen, was nach dem höllischen Zug, den er hinter sich hatte, auch schon ein Wunder war.

Die Kosaken lagerten an der Kama. Jermak und seine Unterführer berieten seit Stunden über die Zukunft. Zum erstenmal hatten sie jetzt genaue Vorstellungen, wer die Stroganows waren. Was die drei Boten ihnen erzählt hatten, klang zu phantastisch, um es zu glauben. Nun aber hörten die Kosaken die Bauern an, und die kannten die Stroganows genau. Wer an der Kama, wer weiter hinauf im Permer Land wußte nicht, wer die Stroganows waren?

Der Zar ist weit, aber ein Stroganow ist überall ... Das war eine Weisheit, mit der man leben mußte, und man lebte gut dabei. Die Udmuten und Baschkiren, die diese Gebiete besiedelten, hatten zuerst mit den Waffen gerasselt, als Großväterchen Anika Stroganow das Land vom Zaren geschenkt bekam. Es war ein Geschenk, das leicht zu machen war, denn Iwan IV. gehörte es nicht. Es gehörte ihm erst, als Anika Stroganow an der Kama auftauchte und allen erzählte, der große Weiße Zar im fernen Moskau schütze jetzt alle Menschen durch ihn, den Stroganow. Und damit begann Anika, das Land und die Wälder auszubeuten. Er schloß Verträge mit den Bewohnern, die nicht lesen und schreiben konnten. In den Verträgen stand, daß das Permer Land und alles, was links und rechts der Kama liegt, nun zu Moskau gehöre und Stroganow alle Rechte darin habe.

Zuerst war man nachdenklich, dann griff man, wie gesagt, zu den Waffen. Aber Anika Stroganow war kein Mensch, der ein Land mit der Keule in der Hand erobert. Er bevorzugte die friedliche und damit erfolgreichere Aussprache: Er ließ die Stammesfürsten zu sich kommen, zeigte ihnen sein neues, prächtiges Haus, das nach Moskauer Vorbild gebaut und eingerichtet war. Beeindruckt von dem Prunk und den Worten: »So werdet ihr auch einmal leben!« ließen sie sich allerlei Geschenke geben und sagten nachher zu den Leuten: »Dieser Stroganow ist ein feines Herrchen, und er besitzt viel Geist. Er wird uns alle glücklicher machen!«

Im Prinzip stimmte das, und es hatte sich in den vergangenen Jahren auch gezeigt, daß man mit den Stroganows ideenreiche Köpfe im Land hatte. Sie bauten Privatkreml, in die man sich bei Überfällen von Räubern oder anderen umherstreunenden Völkern flüchten konnte; sie hatten eine kleine, aber gut ausgerüstete Privatarmee, die manchmal nur zu spät kam; und sie zahlten vor allem gute Preise für die Felle, Tiere und Fische. Sie errichteten Handelsstationen und führten einen festen Fahrplan für die Aufkäuferkolonne ein. Man konnte sich darauf verlassen wie auf den Mond: Stroganows Beamte – Anika nannte sie tatsächlich Beamte! – erschienen pünktlich. Was das im riesigen weglosen Rußland bedeutete, begriff jeder, denn man lebte auf diesem Boden und kannte alle Tücken der Natur.

So waren eigentlich auch jetzt, unter Semjon Stroganow und seinen beiden Neffen Nikita und Maxim, alle zufrieden. Gott segne noch lange die feinen Herren Stroganow . . .

»Das ist wie ein Märchen«, sagte Jermak bei der Beratung mit seinen Unterführern, nachdem sie alle Berichte gesammelt hatten. Die Erzählungen der drei Boten waren wirklich nur als harmlos zu bezeichnen. Die Tatsachen übertrafen alles, was man sonst in Rußland hören konnte – und Rußland war nie arm an Wundern wie an Entsetzen. »Brüder, wir kommen in ein Land, wo Milch und Honig fließen – nur die Milch aus Zobelpelz und der Honig aus Gold!«

»Halleluja in der Höhe!« sagte der Pope fromm.

Jermak sah ihn kritisch an. »Nein! Das ist die neue Lage, Brüder! Kein Überfall mehr, kein Plündern, keine Weiber mit Gewalt! Wir sind in dieses Land gerufen worden, um für den Zaren das Reich gegen die gelben Horden des Ostens zu schützen. Wir haben einen heiligen Auftrag! Benehmt euch also nicht wie Teufel, sondern wie Menschen!«

»Das wäre furchtbar, Jermak«, sagte der Pope ernsthaft, »wenn wir uns plötzlich wie Menschen benähmen. Gegen einen echten Kosakenmenschen ist der Teufel ein Klosterschüler!«

»Dann benehmt euch wie die Auserwählten, die wir ja auch sind. Ab heute nur noch Siege für den Zaren!«

»Wie lange?« fragte einer aus der Mitte.

Jermak kratzte sich den Kopf. »Die Bauern sagen, in zehn Tagen könnten wir bei Semjon Stroganow in Orjol sein.«

»Und die Dörfer, die am Wege liegen?«

»Unantastbar! Das ist ein Befehl!«

Die Kosaken-Unterführer schwiegen betroffen. Jermak befiehlt, nun gut. Aber wir müssen es den anderen erklären. Und was geschieht, wenn ein Kosak ungehorsam ist? Darüber spricht man lieber nicht. Es gibt Strafen, die nie mehr aus den Knochen gehen.

»Und später?« fragte ein anderer aus dem Gedränge.

»Das wird man sehen. Ich werde mit den Stroganows aushandeln, was wir dürfen oder nicht. Eines dürfen sie nicht, das verspreche ich euch: aus uns Kettenhunde machen!« Jermak richtete sich auf. Seine Augen blitzten. Er war schon eine Persönlichkeit, man mußte das anerkennen. »Wir werden die berühmtesten Kosaken Rußlands sein!« rief er, von dem eigenen Gedanken hingerissen. »Und nie mehr wird ein Zar sagen: Die Kosaken sind Räuber und Mörder!«

Es war ein historischer Augenblick. Aus einem Traum sollte Wirklichkeit werden . . .

Während also die Kosakenführer zusammengekommen waren und Jermaks Befehle hörten, die anderen ihr Biwak errichteten, gingen drei Trupps zu je zehn Mann zum Fluß, um Wasser in Ledereimer zu schöpfen. Andere Trupps trieben die Pferde zu einer seichten Uferstelle, wo sie trinken konnten, und bei denen, die diese große Herde zur Tränke führten, war auch Marina Alexandrowna.

Lupin hatte es diesmal einfacher. Schon durch einen Vorbefehl Jermaks wurden die Bauern nicht mehr von den Kosaken in dem Maße belästigt wie vorher, man stahl nicht mehr so unverschämt, und nur die besonders schönen Frauen wurden noch ins Gras gelegt – ein für Lupin begreiflicher Sinneswandel –, denn man kam ja jetzt in das Land der Stroganows, in diesen Staat im Staate des Zaren. Lupin war nicht dumm, und er sagte sich, wenn sogar ein Jermak höflich wird, ist die Zeit nicht mehr fern, wo er sein Töchterchen wiederhaben würde ...

Er mischte sich unter die udmurtischen Siedler, zog die Mütze tief in sein Gesicht und beobachtete die Kosaken, wie sie ihre Pferde zum Fluß führten. Ein imposantes Bild: Es waren jetzt fast sechshundert Gäule, gesattelt und mit prallen Säcken voller Beute behangen. Pferde, die keine Entfernungen kannten, die fauliges Stroh von den Hausdächern ebenso fraßen wie saftiges Gras; Pferde, die nie müde wurden und nie krank, und die so mutig waren wie ihre Reiter.

Lupin entdeckte Marina Alexandrowna sofort. Sie war die letzte in einer Kosakenreihe, die zur Tränke zog, saß auf einem Falben und trug nicht mehr den viel zu großen Anzug und die lächerlich weiten Stiefel. Sie hatte jetzt echte Kosakenkleidung, immer noch ein wenig weit über der Brust, einen breiten Ledergurt um den Leib und eine dunkelrote Mütze auf den kurz gestutzten blonden Haaren. Wie bei einem richtigen Kosaken hing ein Dolch an ihrem Gürtel, und wenn sie die Peitsche schwang und »Hoi-hoi-hoi!« schrie, unterschied sie sich in nichts von den anderen.

Eine gute Tarnung, dachte Lupin. Er war zufrieden, ja, er war sogar stolz. So hat sie alles überlebt! Ein kluges Töchterchen, wahrhaftig! Aber bald wird es mit dem Versteckspielen vorbei sein ... Dann reiten wir zurück nach dem neuen Nowo Orpotschkow.

Er drängte sich zur Tränke, bezwang sich, bei so naher Begegnung mit den Kosaken nicht auszuspucken, und wartete dann etwas abseits am Kama-Ufer. Marina stand nun mitten in der Pferdeherde im seichten Wasser. Ein Trampeln, Schnaufen und Schmatzen war das, ein Wiehern und Prusten, daß man einen Kanonenschuß kaum gehört hätte. Sechshundert fröhliche Pferde können wohl einen Höllenlärm veranstalten.

Trotzdem versuchte es Lupin mit dem schrillen Pfiff, den man in ganz Nowo Orpotschkow kannte und den niemand überhört hätte. Er steckte dazu zwei Finger in den Mund und hui – flog der Ton heraus! Viele hatten das schon versucht, aber es war immer nur ein klägliches Pfeifen geworden. Nur dem Popen gelang es einmal, als er heimlich hinter der Ikonostase übte ... ein gellender Ton, vor dem ein altes Mütterchen, das gerade vor dem heiligen Josef betete, ohnmächtig umfiel, weil es glaubte, der Heilige hätte gepfiffen. Von da ab stellte der Pope seine Übungen ein.

Lupin pfiff also, und ob es ein Wunder war oder ob der Wind günstig stand, ob es so etwas wie das Finden zweier Seelen gibt – jedenfalls drehte sich Marina Alexandrowna herum und sah den Mann auf dem Ufer an.

Lupin winkte verstohlen und nahm seine Mütze ab. Er zeigte seine eisgrauen stoppeligen Haare.

Er sah, wie Marina zusammenzuckte, wie ihre kleine Hand zum Herzen fuhr, wie sie sich mehrmals umblickte und sich dann langsam, damit es nicht auffiel, mit ihrem Pferd durch die Masse der anderen Pferdeleiber drängte und zu ihm hinüberkam.

Ein paar Meter vor Lupin sprang sie ab, ließ das Pferd stehen und lief ihm entgegen.

Lupin atmete rasselnd. Mein Gott, betete er, laß mein Herz nicht stillstehen vor Freude! Gönn mir noch diese eine Stunde des Wiedersehens. Marina, mein Töchterchen! Aber er war wie gelähmt, stand da und sah Marinas kindliches, aber doch schon fraulich werdendes Gesicht wie aus einem Nebel auftauchen. So lange bin ich geritten, Gott, dachte er, so lange ... und jetzt muß ich sterben. Hundertmal habe ich auf dieses Wiedersehen gehofft, und jetzt falle ich gleich um wie ein Ochse, den der Schlachthieb getroffen hat. Marina, mein Töchterchen!

»Väterchen ...«, sagte sie, als sie vor ihm stand. Sie konnte ihn nicht umarmen, nicht einmal anfassen; sie war ja ein Kosak.

»Mein Herzchen ...«, stammelte Lupin. Nach diesen zwei Worten lichteten sich die Nebel, er sah Marina klar vor sich und lebte weiter. Wunder über Wunder! »Mein Töchterchen! Gut siehst du aus als Kosak.«

»Mein Gott, wo kommst du her, Vater?«

»Ich bin mit euch gezogen, die ganze Zeit«, stammelte Lupin. »Ich war immer bei dir, Marinuschka. Du warst nie allein. Dein Väterchen war ständig um dich.« Er rührte sich nicht, und wer die beiden von weitem sah, mußte annehmen, daß dieses Kosakenbürschchen sich den Alten gegriffen hatte und streng verhörte. Muschkow war noch bei Jermak zur Besprechung, die anderen kümmerten sich nicht weiter umeinander, sie hatten ihre Pferde.

»Den ganzen Weg. O Väterchen!« Ihre Augen wurden feucht. Sie senkte den Kopf und nagte an der Unterlippe. »Sie haben mir gesagt, du seist tot.«

»Wer hat das gesagt?«

»Die Kosaken. Ich habe nach dem Dorfältesten gefragt, und sie haben gelacht und geschrien: ›Der? Den haben wir in seinem Dorf gebraten!‹ Warum sollte ich das nicht glauben? Unser Dorf verbrannte, und ich war sicher, daß du in den Flammen warst. Ich wäre auch verbrannt, wenn er nicht auf den Gedanken mit den Männerkleidern gekommen wäre ...«

»Wer?«

»Iwan Matwejewitsch Muschkow.«

»Ein Kosak?«

»Jermaks Freund und Stellvertreter.«

»Einer dieser Blutsäufer hat dich gerettet?« Lupin fuhr sich mit beiden Händen durch die Haare. »Was hat er dir angetan, mein Töchterchen? O Herr im Himmel, was hat sie gelitten?«

»Er hat mir nichts getan. Er hat mir das Leben gerettet.«

»Ohne ...«, fragte Lupin gedehnt.

»Ohne, Väterchen.«

»Sicherlich ein Kosak, dem sie es bei einer Strafexpedition abgehackt haben ...«

»Ich weiß es nicht, Väterchen, aber ich nehme es nicht an.«

»Wie es auch sein mag ...« Lupin sah sich um. Anscheinend beachtete sie niemand. »Wenn wir uns jetzt blitzschnell ins Gras fallen lassen und die Böschung hinabrollen zu den Büschen dort, wird es keiner sehen. Dort verstecken wir uns bis zur völligen Dunkelheit.« Er blickte über die Kama. Der Tag verglomm mit einem milden Abendrot. Das Land wurde weich und schattenlos, von einem Licht überzogen wie am ersten Schöpfungstag, als Gott die Sonne ausprobierte.

»Jetzt geht es schnell«, sagte Lupin.

»Was, Väterchen?«

»Die Flucht. Wir werden die ganze Nacht hindurch reiten ... Jermak muß weiter, er wird niemanden hinter uns herschicken. Unsere Flucht ist bereits gelungen, Marinuschka.«

Marina Alexandrowna blickte an ihrem Vater vorbei auf die dampfende Pferdeherde und zu den aufleuchtenden Biwakfeuern. Wie schwer ist es, einem Vater zu sagen, daß er soviel Kraft und Glauben umsonst aufgewendet hat! Wie schwer, ihm begreiflich zu machen, daß es mehr gibt als Nowo Orpotschkow und daß das Leben voller Sehnsucht nach der Weite des Unbekannten sein kann!

Wir sind keine Bäume, Väterchen, keine Pflanzen, die in der Erde wurzeln ... Wir sind junge Menschen, und die Welt ist so groß außerhalb von Nowo Orpotschkow. Und Iwan Matwejewitsch ist da ... Du kennst ihn nicht, aber weil er mir das Leben rettete, sollte er für dich wie ein Sohn sein ...

»Ich will nicht flüchten, Väterchen«, sagte sie leise. »Ich muß die Pferde tränken.«

Lupin streckte den Schädel vor, als habe er nicht richtig gehört. »Du willst nicht ...«, sagte er tonlos.

»Nein, Väterchen.«

»Freiwillig bist du bei ...« Es war so ungeheuerlich, daß Lupin verstummte.

»Ja, Väterchen.«

»Du willst nicht zurückkommen in unser neues Dorf?«

»Nicht jetzt. Später bestimmt ...«

»Marinuschka ...« Lupins Gesicht zuckte. Tränen rollten ihm über die Wangen, und er wußte nicht mehr, was er sagen und tun sollte. Er kraulte verzweifelt mit beiden Händen seine eisgrauen Haare. Sie bleibt bei den Kosaken! Mein Töchterchen, mein einziges Hab und Gut, mein ganzes Leben!

»Was soll aus mir werden?« fragte er schließlich.

»Wir sehen uns wieder, Väterchen.«

»Das ist alles? Alles, was mir von dir übrigbleibt? Warten ... warten auf mein Töchterchen. Immer nur warten, ob du wirklich wiederkommst ... Ist das ein Leben?«

»Ist es ein Leben in Nowo Orpotschkow?«

»Ja!«

»Ich sage nein, Väterchen.« Marina lehnte sich gegen ihr Kosakenpferd. Es war daran gewöhnt, es stand still und steif wie ein Denkmal. Nur die Ohren bewegten sich, und durch die Nüstern dampfte der Atem. »Was hätte ich im Dorf getan? Den Garten bestellt, einen Bauern geheiratet, Kinder geboren, am Herd gestanden und irgendwann wäre ich gestorben. Hat man dafür sein Leben geschenkt bekommen?«

»Was hat deine Mutter denn anderes getan?« stammelte Lupin. Ist sie noch meine Tochter? dachte er. Ist sie das noch? Ihre Augen, ihre Nase, ihr Mund, ihr engelsgleiches Gesicht — das ist geblieben. Aber welch ein Geist haust jetzt hinter dieser schönen Stirn! Marinuschka, ich weine ...

Lupin schluchzte, legte beide Hände vor das Gesicht und wartete auf weitere Erklärungen.

»Meine Mutter?« wiederholte Marina. »Was war sie denn schon? Ein Tier auf zwei Beinen ... Draußen arbeiteten die Ochsen und Pferde, drinnen im Haus arbeitete sie. Wo war da ein Unterschied? Selbst denken wollte sie nicht, das war deine Aufgabe, Väterchen. Ich will nicht so werden.«

»Du willst mordend und brennend mit den Kosaken durch das Land reiten?« sagte Lupin mit bleierner Zunge. »Meine Tochter will ...« Er ließ die Hände fallen und starrte sie an. »Warum habe ich nicht die Kraft, dich jetzt zu töten und mich dazu? Wie kann man so weiterleben ...«

»Ich werde nicht rauben und brennen!«

»Aber sie!« Lupin streckte den Arm aus. »Sie!«

»Was kümmern mich die anderen? Es geht um mich und Iwan Matwejewitsch.«

»Dieser Kosak!« Lupin keuchte, als stemme er einen Wagen durch knietiefen Schlamm. »Du bist in ihn verliebt? In diesen Kosaken?«

»Ich weiß nicht, was Liebe ist.« Sie rückte die rote Mütze tiefer in ihr Gesicht. »Aber wenn es das ist, was ich tue ... dann hast du recht.«

»Und was tust du?«

»Ich mache aus Iwan Matwejewitsch einen Menschen!«

»Aus einem Kosaken?«

»Ja!«

»Der Himmel verzeih mir, aber ich habe keine Tochter mehr, sondern ein leergeblasenes Ei. Ein Kosak – ein Mensch? Eher machst du aus einem Wolf einen Schoßhund!«

»Sicherlich!« Sie lächelte leicht. »Muschkow ist schon zahmer geworden. Jeder Baum braucht seine Zeit zum Wachsen – warum nicht ein Mensch? Du verstehst mich nicht, Väterchen.«

»Nein, ich verstehe dich nicht mehr, Marinuschka.« Lupin wandte sich zum Fluß. Die Nacht deckte langsam das Land zu, die Sonne war nur noch zu ahnen. »Vielleicht bin ich zu alt dazu.« Er hob die Schultern und zog den Kopf ein, als friere er an diesem warmen Juniabend. »Was soll nun werden?«

»Reite nach Hause, Väterchen. Ich komme zurück.«

»Wann, Töchterchen?«

»In zwei, drei Jahren. Ich weiß nicht, wie lange es dauern wird, Muschkow zu ändern. Aber ich komme nur mit ihm zurück. Ich bringe ihn mit.«

Lupin nickte mehrmals. Wen soll man anklagen? dachte er. Gott? Das Schicksal? Den Zaren, weil er nicht alle Kosaken aufgehängt hat? Mich selbst, weil ich Widerstand leisten wollte und erst dadurch dieser Muschkow zu Marina kam? Was soll man machen? Ist es nützlich, sich in den Fluß zu stürzen und sich selbst zu ersäufen?

»Es ist gut, Töchterchen«, sagte Lupin mühsam. Er brauchte

mehr Kraft dazu, als zwei Bullen festzuhalten. »Ich verstehe es nicht – aber zieh mit Gott.«

»Ich danke dir, Väterchen.« Ihre Stimme schwankte plötzlich. »Ich kann dich nicht umarmen und küssen ... Es geht jetzt nicht.«

»Natürlich nicht. Du bist ja ein Kosak ...«

Sie nickte, drehte sich um, nahm die Zügel ihres Pferdes und ging zurück zu der Herde. Langsam drehte sich Lupin um und blickte seiner Tochter nach. Sie ging in das letzte Tageslicht hinein, das sich noch im Fluß spiegelte. Ein kleiner, schmaler Kosak mit lustiger roter Mütze auf dem blonden Haar. Marinuschka ...

»Ich bleibe bei dir!« sagte Lupin laut. Niemand hörte ihn, die sechshundert Pferde tranken noch immer im Fluß. »Was soll ich in Nowo Orpotschkow? Du läufst mir davon, Töchterchen, aber ich laufe dir nach. Dein alter Vater läuft dir nach. Was soll er ohne dich auf der Welt? Außerdem wirst du mich einmal brauchen, das weiß ich.«

Er blickte ihr nach, wie sie mit der ersten Gruppe zum Lager davonritt. Sie saß wie angewachsen im Sattel. Das machte ihn stolz, und er sagte zu sich: Das hat sie von mir gelernt!

Er sah ihr nach, bis sie in der fahlen Dunkelheit und zwischen den Pferden unkenntlich wurde. Dann erst ging er zurück zu den udmurtischen Bauern an der Kama und hörte zu, was sie zu berichten hatten.

Jermak und seine Kosaken zogen zu einem Stroganow, der sie im Namen des Zaren gerufen hatte.

Kosaken – im Namen des Zaren?

Lupin verstand die Welt nicht mehr. Irgendwie, dachte er, scheint die Zeit über mich hinweggerollt zu sein. Nur meine Tochter hat es begriffen: Es gibt keine anständigen Menschen mehr. Schwer, sich daran zu gewöhnen ...

Er hockte sich ans Flußufer, und jetzt erst kam die volle Freude über ihn, daß seine Tochter alles lebend überstanden hatte.

Aus dem Lager klang der Gesang der Kosaken herüber. Es roch nach gebratenem Ochsenfleisch . . .

Muschkow saß neben Marina am Feuer und freute sich auf das Essen.

»Wie alt bist du?« fragte sie plötzlich.

»Ich glaube, achtundzwanzig Jahre.«

»Doppelt so alt wie ich!«

Muschkow sah sie von der Seite an. Was ist denn das nun wieder, dachte er. Wenn sie so fragt, dann bedeutet das immer Gefahr.

»Warum?« fragte er rauh zurück.

Sie lachte und legte sich zurück in das vom Feuer gewärmte Gras. »Eigentlich bist du schon ein alter Mann . . .«, sagte sie. »Mach dir aber nichts draus . . .«

Die ganze Nacht über lag Muschkow wach und dachte darüber nach, was Marina so leichthin und mit so verfluchter Fröhlichkeit gesagt hatte. Ein alter Mann . . . das stak in ihm wie ein Dorn mit Widerhaken. Überhaupt, diese schlaflosen Nächte . . . Sie waren so zahlreich, daß Iwan Matwejewitsch abmagerte, ein blasses Gesicht bekam und herumging wie ein Mensch, den man dauernd gegen den Hinterkopf geschlagen hat.

Selbst Jermak fiel das auf. Muschkow hockte auf dem langen Ritt nach Norden oft neben ihm auf seinem Pferd, als schliefe er im Sattel, stierte in die Gegend mit einem geradezu blöden Blick, und wenn man ihn unverhofft ansprach, fuhr er zusammen, grinste verlegen und hatte nichts von dem verstanden, was man zu ihm gesagt hatte. Ein rätselhafter Zustand . . .

»Du bist krank«, sagte Jermak zu ihm, als sie am nächsten Tag weiterritten und Muschkow auf seinem Pferd hing wie ein Hirsesack. »Ist's der Magen, Brüderchen? Überfressen hast du dich, nicht wahr? Oder fehlt dir ein kräftiges Weib, du Gauner?« Jermak lachte laut, gesund, kräftig, geradezu provozierend.

Muschkow grinste bitter. »Ein Weib!« sagte er müde. »Jermak Timofejewitsch, erinnere mich nicht an ein weißes, warmes Körperchen! Man könnte weinen!«

»Also doch! Nimm dir eine ... Wir kommen noch durch genügend Dörfer, ehe wir bei den Stroganows sind. Keine Plünderungen mehr, habe ich befohlen! Wer jetzt noch plündert, wird gehängt! Aber ein Weibchen ins Gras legen, das ist eine Sache der Natur. Und Natur kann man nicht verbieten. Außerdem haben sie es gern, die zitternden Täubchen. Ob Muschik oder Kosak, nur ein richtiger Mann muß es sein! Iwan Matwejewitsch, du hast dich doch früher nicht so angestellt!«

»Früher! Wenn ich an früher denke, kommen mir die Tränen!« Er richtete sich im Sattel auf, blickte schnell über die Schulter zurück und sah Marina Alexandrowna in der dritten Reihe reiten. Ihre rote Mütze leuchtete in der Sonne. Im Gegenwind drückte sich die zu weite Uniform gegen ihren Körper und ließ ihre festen Brüste unter der Bluse ahnen. Muschkow erschrak bis ins Herz. Wenn jetzt einer dieser Halunken, die meine Kameraden sind, sie genauer betrachtet, ist es um sie geschehen! Aber zum Glück sieht sie keiner an, diesen schmächtigen Jungen, der nur durch die Großmut Jermaks bei den Kosaken mitreiten darf. Warum ihn genauer betrachten?

»Boris Stepanowitsch liegt mir im Magen«, sagte Muschkow. »Es war ein Fehler, ihn mitzunehmen.«

»Deine Idee, Iwan Matwejewitsch!« Jermak hob die breiten Schultern. »Nun werde mit ihm fertig. Prügele ihn durch, diese Sprache verstehen die Bauernburschen immer! Ich glaube, er wird einmal ein guter Kosak!«

»Wenn es mit Prügeln ginge ...« Muschkow blieb zurück, drängte sich in die Reihe neben Marina und starrte sie aus müden Augen an. Sie war voller Fröhlichkeit, ihre Augen blitzten, und sie saß im Sattel, als sei sie mit dem Lederzeug zwischen den Beinen geboren worden.

»Warum sagst du so etwas?« fragte er.

»Was, mein Bärchen?«

Sein Herz begann zu zucken. Zum erstenmal nannte sie ihn so, und er wußte jetzt nicht, war es echte Zärtlichkeit oder nur dicker Spott, der ihn erneut treffen sollte. Der Satan kenne sich bei den Weibern aus! Sie werden mit Gift und Galle auf der Zunge geboren.

»Daß ich ein alter Mann bin! Mit achtundzwanzig! Man sollte dich dafür eine Stunde lang in den Fluß hängen und aufweichen!«

Sie lachte hell, trat ihrem Pferd in die Seiten und ritt nach vorn zu Jermak. Muschkow folgte ihr mit finsterer Miene und zerschmelzendem Herzen. Wie kann ich sie prügeln oder wegjagen, wo ich sie streicheln möchte? Es ist immer der alte Konflikt! Sie gehört nicht zu den Frauen, die man schlägt und die dies als einen Beweis der Zusammengehörigkeit betrachten, so wie es auf dem Lande bei den Bauern üblich ist. Da prügelt man sein Weib wie eine Kuh, und es denkt sich: Sieh an, er hat mich lieb! Marina Alexandrowna ist anders, sie würde zurückschlagen oder mit dem Dolch zustechen, wenn er wirklich ernsthaft die Hand gegen sie erheben würde . . .

Jermak war bester Laune. Sie näherten sich den Besitzungen der Stroganows. Überall sah man jetzt ihre winkende Hand: Saubere Dörfer mit kleinen Festungen gegen die Überfälle der immer noch unruhigen Wogulen und Ostjaken, gepflegte Felder und Gärten, einige Silbergruben, bewacht von Stroganows eigener Gruppe und umgeben von dicken, zugespitzten Rundstämmen, Palisaden, die zu erstürmen selbst für einen Kosaken recht problematisch war.

Am Fluß gab es große Fischereistationen; die Wege waren ausgebaut. Flache breite Holzschiffe transportierten Waren, stromaufwärts zogen lange Kolonnen von Schleppern die Kähne vom Ufer aus durch die träge Strömung, dabei dumpf und rhythmisch singend, jeder Schritt ein Ton, eine nach vorn gebeugte, in den Seilen hängende Kette von Menschen mit ledernem Schulterschutzzeug.

»Warum beschwert sich Iwan Matwejewitsch über dich?«

fragte Jermak, als Marina an seiner Seite auftauchte. »Er klagt, als wenn der Mond vom Himmel fiele.«

»Ich weiß es nicht, Jermak Timofejewitsch«, erwiderte sie und blieb an Jermaks Seite, eigentlich ein Platz, der nur Muschkow als Stellvertreter gebührte. Daß Jermak es duldete, war für alle, die es sahen, ein Beweis, daß der blonde Bengel eine große Zukunft bei den Kosaken hatte. »Er hat nun einmal so merkwürdige Ansichten.«

»Muschkow? Wieso?«

»Er will, daß ich bei ihm schlafe . . .«

Muschkow, der inzwischen wieder hinter ihnen ritt und alles genau hörte, knirschte laut mit den Zähnen und wunderte sich, daß er nicht vor Entsetzen vom Pferd fiel. Ein Teufel, dieses Weib, dachte er. Jermak drehte sich nach ihm um und blickte ihn strafend an.

»Man sollte dich mit Wasser begießen!« sagte er hart. »Im nächsten Dorf nimmst du dir eine Frau. Ich will es sehen! Und auch Boris Stepanowitsch wird dabei sein!«

Muschkow verdrehte die Augen, blieb zurück und wartete, bis auch Marina von der Spitze der Truppe zurückkam. »Ich werde es tun«, knirschte er, als sie wieder nebeneinander ritten. »Vor deinen Augen werde ich ein schönes Weib zerstampfen. Wie ein Hengst werde ich sie bespringen, und du wirst danebenstehen und in die Hände klatschen! Jermak zu sagen, ich wolle mit einem Jungen schlafen! Das ist erniedrigender, als sich bei einem Angriff vor Angst in die Hose zu machen. Ha, ich schwöre es dir, ich werde im nächsten Dorf . . .«

»Schwöre nichts, mein Bärchen«, sagte Marina Alexandrowna mild. »Du wirst den Schwur brechen müssen. Wenn du ein anderes Mädchen anfaßt, reite ich zurück nach Nowo Orpotschkow.«

»Jermak hat es befohlen!« schrie Muschkow außer sich. Mein Bärchen nannte sie ihn . . . Es war zum Verzweifeln! »Jermaks Befehle muß man ausführen . . .«

»Dann überleg dir einen Ausweg, Iwan Matwejewitsch. Ein alter Mann wie du hat doch Erfahrungen!«

Sie lachte glockenhell, warf den herrlichen Kopf in den Nacken und galoppierte von neuem an die Spitze. Muschkow ballte die Fäuste um die Zügel, spuckte seinem unschuldigen Pferd in die Mähne und stöhnte leise. Sie vernichtet mich, dachte er, aber das Gefühl, das er dabei hatte, war wundervoll. Wenn das so weitergeht, werde ich zum stammelnden Idioten. Ich, der große Muschkow, Stellvertreter des Helden Jermak! Ihr Heiligen im Himmel, beschützt mich vor diesem Weib!

Am 24. Juni 1579 erreichten Jermaks Reiter die Siedlung Orjol an der Kama, die Stadt, die sich die Stroganows gebaut hatten, die im fernen Permer Land liegende, fast schon sagenumwobene Stadt, in der Rußlands größter Reichtum versammelt war.

Die Ankunft der Kosaken war durch Meldereiter längst bekannt geworden. Semjon Stroganow hatte ihnen vier in prächtige gestickte Gewänder gekleidete Abgesandte entgegengeschickt, um – wie sie sagten – die »zukünftigen Befreier des Landes von den Antichristen« zu begrüßen.

Das Land, was sie sahen, unterschied sich völlig von Gegenden, die Jermaks wilde Gesellen kannten. Es war ein Kulturland, nach genauen Plänen bearbeitet und bepflanzt. Stroganows Kreml, eine dicke Steinburg, lag im hochwasserfreien Uferstreifen des Flusses, und wirkte von außen düster und verschlossen. Aber die eigene Kirche trug vier Doppelkreuze, und, wie man sagte, waren sie nicht vergoldet, sondern sollten aus purem Gold sein.

Die Stadt Orjol selbst, teils aus Holz, teils aus Steinen erbaut, hatte breite Straßen, große Plätze, zwei Kirchen und hinter jedem Haus einen Garten. Die Einwohner standen jetzt vor ihren Häusern, neugierig und ein wenig schaudernd, denn was ein Kosak ist, das war auch bis ins Permer Land gedrungen.

Aus diesem Grund standen auch nur die Männer auf der Straße. Die Frauen blieben hinter den Fenstern. Nur ab und zu bemerkte man ein Kopftuch oder einen Haarschopf in der Dämmerung des Hauses. Einige wagten ein paar neugierige Blicke auf diese Kerle, die ebenso schnell, wie sie aufs Pferd sprangen, auch ihre Hosen herunterreißen konnten. So erzählte man es sich hinter der Hand . . .

»Sie verstecken ihre Weiber!« Jermak lachte und wandte sich zu den brokatbekleideten Abgesandten um. Sie blickten von einem Hügel über die Stadt Orjol; Jermaks rauhe Stimme dröhnte: »Sind wir eine Armee von Heiligen, he? Hier sind fünfhundertvierzig starke Männer! Männer, sage ich, keine kastrierten Rinder! Jeder von uns will eine Frau haben, muß eine Fau haben, sonst decken wir euch die Dächer ab!«

»Der Herr hat an alles gedacht. Ihr sollt euch wohl fühlen in Orjol«, sagte einer der Abgesandten. Der Herr — das war Semjon Stroganow. Der Herr über alles Leben hier.

Jermak stand in seinen Steigbügeln und betrachtete den Kreml und den Fluß, die Stadt und die auf den Straßen wartenden Männer. Neben ihm saßen Muschkow und Marina auf ihren Pferden; dahinter, Kopf an Kopf, eine bewegte, schnaufende, unruhige, dunkle Masse Tier und Mensch, die Armee der Kosaken. Und ganz weit hinten, ein Punkt nur gegen den weiten Himmel, ein einzelner Reiter mit offenem Hemd und weißen Haaren, die sich im Sommerwind aufblähten wie ein Helm: Alexander Grigorjewitsch Lupin, das Väterchen, das dem Sinn seines Lebens nachritt . . .

»Frauen, genug zu essen, gute Unterkünfte für meine Männer und unsere Pferde, die Taschen voller Kopeken . . . ich will das zugesagt bekommen, sonst reiten wir nicht in die Stadt, sondern stürmen sie!« schrie Jermak. Die Kosaken heulten begeistert auf . . . ein Ton, so wild und urgewaltig, daß er sich über die Stadt legte wie ein Unwetter. Manch einer auf den Straßen wiegte den Kopf oder erschauerte. Dieser Aufschrei sagte genug. Hatte man nicht erzählt, Kosaken könne man nicht mit anderen Menschen vergleichen?

»Der Herr sichert es zu.« Der Abgesandte, der das Wort

führte, ritt an, aber Jermak folgte ihm noch nicht. Er blickte zur Seite auf Muschkow.

Mit Iwan Matwejewitsch war in den letzten zwei Wochen nicht viel los gewesen. Natürlich hatte er nicht in Gegenwart von Marina im nächsten Dorf ein strammes Weib ins Gras geworfen, wie Jermak es befohlen hatte. Am Morgen nach jenem denkwürdigen Befehl humpelte Iwan Matwejewitsch herum. Er hatte seinen Kopf mit einem breiten Leinenstreifen umwickelt und sich mit Wasser aus einem Ledereimer dauernd den Schädel gekühlt. Sein Pferd hätte ihn in der Nacht getreten, unglücklich, ungewollt natürlich, sicherlich hätte es geträumt, aber da ein Kosak immer bei seinem Pferd schläft, hätte es ihn beim Auskeilen getroffen.

»Ein Mistvieh!« brüllte Muschkow. »Durch die Luft bin ich geflogen, so hat es getreten! Ich habe nie gewußt, daß Pferde träumen können!«

Das hatte keiner gewußt, und so bestaunte man Muschkow und sein seelenvolles Gäulchen und besänftigte den Tobenden. Selbst Jermak mußte einsehen, daß ein solcherart mißhandelter Kosak wenig Interesse für eine dralle Bauerndirne haben kann.

So hatte sich Muschkow um Jermaks Befehl gedrückt, den Getretenen gespielt und dafür ein liebes »Wie listig doch so ein alter Mann ist, Bärchen« geerntet, wobei ihn nur wieder »alter Mann« maßlos störte. Er nahm seinen Verband erst ab, als man Orjol von ferne liegen sah.

»Hast du noch Forderungen, Iwan Matwejewitsch? Habe ich etwas vergessen? Jetzt können wir es noch sagen! Überlege gut, Brüderchen!« Jermak setzte sich im Sattel zurück. »Wir brauchen den großen Stroganow nicht, aber er braucht uns!«

»Warten wir auf das sagenhafte Land Mangaseja«, erwiderte Muschkow müde. »Wenn dort das Gold an den Bäumen hängt, hat sich der Weg gelohnt.«

Dabei wagte er nicht, Marina anzusehen. Er war ein armer Kerl, wert, daß man ihn bedauerte. Seine Freunde hatten die Satteltaschen voller Rubel und geraubtem Schmuck ... Es kommt eine schöne Summe zusammen, wenn man zwei Monate unterwegs ist. Jermak hatte zwei Packpferde voll Beute in der Nachhut — und was der Pope war, dieser Vertreter des Himmels, alle Achtung, man konnte von ihm lernen! Er schleppte Ikonen mit sich, goldene Kreuze, goldgestickte Meßgewänder, handgetriebene silberne Opferschalen, alles »Geschenke« von lieben Kollegen, die er auf dem Zug nach Perm »besucht« hatte.

Nur Muschkow hatte leere Satteltaschen, eine wahre Schande für einen Kosaken. »Du raubst nichts mehr!« hatte Marina Alexandrowna zu ihm gesagt, sobald sie eines Dorfes ansichtig wurden. »Sonst reite ich zurück.«

»Geh!« hatte Iwan Matwejewitsch einmal gebrüllt. »Zum Satan, verflüchtige dich! Wozu lebt man denn, wenn man nicht mehr rauben darf?«

Aber als sie in der Nacht zu ihrem Pferd ging, war er ihr nachgelaufen und hatte kleinlaut gesagt: »Marinotschka, Marinja, mein Täubchen, brich mir nicht völlig das Herz.« Da war sie geblieben, und Muschkow ließ das Rauben sein. Er sah nur zu, wenn es die anderen taten, zähneknirschend, an die Liebe gebunden wie ein Kettenhund, der zwar bellen darf, aber dem man das Beißen übelnimmt.

Nun ritten sie durch Orjol, grinsten die finster zu ihnen hochblickenden Männer an, suchten hinter den Fenstern die Weibchen und begannen laut zu singen, um zu zeigen, wie frei Kosaken waren.

Vor dem Kreml der Stroganows kamen ihnen die beiden Neffen des Semjon entgegen, Nikita und Maxim, auf feurigen, glänzenden Pferden tatarischen Blutes. Von Sattel zu Sattel umarmten sich Jermak und die beiden Stroganows, küßten sich dreimal auf die Wangen und wußten sofort, daß man sich im Laufe der Jahre mit aller List gegenseitig betrügen würde.

»Ein reiches, friedliches Land«, sagte Jermak fröhlich. »Man kennt so etwas kaum noch im Moskowiterreich.«

»Wir halten Ordnung, das ist alles.« Maxim Stroganow musterte die dampfende Woge aus Pferdeleibern und Kosakenköpfen. »Der Zar hat uns die eigene Gerichtsbarkeit in allen von uns erschlossenen Gebieten übertragen.«

Jermak Timofejewitsch verstand. Das war die erste versteckte Drohung, der erste heimliche Tritt in den Hintern. Er lächelte breit, aber seine dunklen harten Augen funkelten. Die Augen eines Bären, dem Mitleid unbekannt ist.

»Wir sind dem Ruf gefolgt, das Christentum zu verteidigen«, sagte er. »Der Herr im Himmel wird es uns lohnen – und Semjon Stroganow!«

V

Der große Herr erwartete Jermak und Muschkow in dem gewaltigen Audienzsaal, der mindestens ebenso prunkvoll und erdrückend weiträumig war wie der Saal Iwans IV. im Moskauer Kreml. An den mit Seide bespannten Wänden standen Bänke, bezogen mit Blaufuchsfellen und Eichhörnchenbalgen, mongolische Teppiche lagen auf den Steinplatten des Bodens, die Öllampen waren von tatarischen Künstlern aus Gold getrieben und mit Edelsteinen verziert.

Semjon Stroganow trug trotz des Sommers einen Umhang aus feinstem Zobel. Ihm war es zu warm darin, aber es war nötig, dem wilden Jermak zu zeigen, daß nicht der Zar im fernen Moskau, sondern der Stroganow in Orjol an der Kama der mächtigste Mann in Rußland war.

Und wieder verstand Jermak gut, was gemeint war, und machte zum erstenmal in seinem Leben eine Art Verbeugung. Ganz leicht senkte er das Haupt und ganz kurz nur, aber für Muschkow war es geradezu ungeheuerlich.

»Ich heiße dich willkommen, Bruder Jermak«, sagte Semjon Stroganow und küßte den größten Räuber und Halunken, den Rußland je hervorgebracht hatte. Der Satz floß ihm leicht über die Lippen ... Wer ein Land wie Mangaseja erobern will, der sollte sich mit Kleinigkeiten wie Moral nicht aufhalten. »Für dich und deine Brüder ist gesorgt. Wir haben eine eigene Stadt für euch gebaut, ein schönes Stück Land an der Kama, denn wir werden noch viel zu arbeiten haben, ehe uns Gottes Ruf über den Ural führt.«

Eine eigene Kosakenstadt . . . Jermak war zufrieden. Heute würde man sagen, Stroganow habe einen riesigen Kasernenkomplex gebaut, von Orjol und der übrigen Umwelt abgeschlossen. Ein Ghetto, das gleichzeitig Schutz war für die Frauen, die außerhalb dieser Kaserne lebten.

»Und wie ist es mit den Weibern, Semjon Stroganow?« fragte Muschkow. Marina war nicht da, und er fühlte sich verpflichtet, zur Hebung seines Ansehens diese Frage zu stellen. Jermak nickte ihm beifällig zu.

»Es gibt genug.« Semjon Stroganow lächelte weise. »Ich weiß, was ein Soldat braucht, meine Brüder. Ich bin unter Soldaten aufgewachsen.«

Unterdessen besuchte der Kosakenpope Oleg Wassiljewitsch Kulakow seinen Amts- und Glaubensbruder in der Privatkirche der Stroganows. Die Kosaken waren abgesessen, standen in dem großen Hof des Kremls neben ihren Pferden und ließen sich von der Dienerschaft bestaunen wie wilde Bären. Ein paar Mägde kicherten in sicherer Entfernung. Die ersten schweinischen Rufe hallten über den Hof.

»Kyrie eleison«, sagte der Kosakenpope in der Kirche. Er bestaunte die Pracht der Ikonostase, den herrlichen goldenen Hauptaltar, die wertvollen Meßgefäße, die mit kostbaren Perlen und Edelsteinen bestickten Kamilawkas, die Kopfbedeckungen der Priester, auf einem Tisch aufgereiht wie hohe Kuchen. Oleg Wassiljewitsch Kulakow bedauerte es sehr, nicht auch hier um ein »Geschenk« bitten zu können, so aufreizend der Anblick auch war.

»Gott mit uns!« antwortete der Stroganowpope fromm und schlug ein großes Kreuz über sich. »Wir werden es nötig haben.«

»Bruder im Herrn, wir sind gekommen, um die Grenze des Christentums zu verschieben und ihm Lob zu singen.«

»Amen«, sagte der Bruder dumpf. »Wir haben dir in der Kosakenstadt eine Kirche gebaut.«

»So schön wie diese?«

»Nicht ganz, meine Brüder.«

»Gott wird weinen. Alle Menschen sind Brüder, du sagst es!« Der Kosakenpope trat näher, faßte seinen Kollegen an den langen Bart und zog ihn nahe zu sich. »Es darf nicht herrschen Ungleichheit in der Welt des Glaubens. Versprich mir ein paar Ikonen, Brüderchen. Auch ein Kosak erfreut sich am Abbild der Heiligen . . .«

Nach einer halben Stunde einigte man sich, daß auch die Kosakenkirche ein wenig Glanz erhielt und nicht bloß ein kahler Holzschuppen sein würde.

Zur gleichen Zeit ritt Alexander Grigorjewitsch Lupin auf seinem müden, halb lahmen Pferd in den Kreml der Stroganows ein und suchte nach dem Stallmeister des großen Herrn. Marina sah ihren Vater, wie er vom Pferd glitt und mit staksigen Beinen in den langgestreckten Ställen verschwand. Ihr Herz begann schmerzhaft zu klopfen. Sie lehnte den Kopf gegen die Mähne von Jermaks Pferd und spürte, wie ihre Augen naß wurden. Gutes, armes Väterchen! Es ist so schön, daß du da bist . . .

Mit dem Stallmeister hatte Lupin seine liebe Not. Man brauchte keinen Pferdeknecht, als der er sich bewarb, und wenn, dann gab es in Orjol Männer genug; man wartete nicht auf einen Fremden aus dem fernen Süden.

»Ich bin auch ein Pferdearzt«, sagte Lupin mutig. »Das ist bei uns vererbt worden vom Vater auf den Sohn, solange wir denken können. Habt ihr schon einen Pferdearzt hier, na? Wie erkennt man, ob es das Gäulchen an der Galle hat?«

»Indem es grün scheißt!« brüllte der Stallmeister.

»Das kann auch der Klee sein, Hochwohlgeboren. Nein, im Auge sieht man es! Ich sehe einem Pferd in die Augen und weiß, wo die Krankheit sitzt. Wer kann das hier, ha? Solches Wissen kann man nur ererben!«

»Komm mit, du Schwätzer!« sagte der Stallmeister. Er führte Lupin zu einem Pferd, das mit hängendem Kopf im Stroh stand und sie traurig anglotzte. »Was hat es denn, na? Sieh es dir an! Wenn du mir keine Antwort gibst, peitsche ich dich aus!«

»Scheißt das Gäulchen grün?« fragte Lupin vorsichtig.

»Nein!« schrie der Stallmeister. »Blick ihm in die Augen.«

Lupin trat näher. Aber statt dem Pferd in die Augen zu blicken, hob der den Schwanz hoch und blickte dem Gaul in den Darm.

»Ist das ein Auge?« brüllte der Stallmeister und lief rot an.

»Wie man's nimmt, Hochwohlgeboren.« Lupin ließ den Schweif fallen. »Jedes Wesen ist wie eine Röhre mit verschiedenen Löchern. Das muß man kennen!« Er ging um das Pferd herum und klopfte ihm den Hals. Das Tier glotzte ihn wehmütig an. »Es hat eine Krankheit, die wir ›Das große Sausen‹ nennen! Hat das Gäulchen kräftig aus dem Darm geblasen?«

»Ja«, antwortete der Stallmeister verblüfft. »Ja, das hat es! Und seitdem wird es immer dünner!«

»Ihr Barbaren!« Lupin küßte das Pferd auf die Stirn. »Wenn ich hier bleibe, heile ich es.«

Es war eine denkwürdige Stunde. Alexander Grigorjewitsch Lupin wurde von Nikita Stroganow höchstpersönlich als Pferdearzt angestellt, nachdem der Stallmeister den jungen Herrn gerufen hatte, um sich das anzuhören. Lupin bekam eine Kammer neben dem Stall, freies Essen und Trinken und jeden Sonntag einen Rubel als Lohn. Außerdem verpflichtete er sich, im Kirchenchor mitzusingen. Eine hervorragende Stellung, die ihn fast mit dem Stallmeister gleichsetzte. Ein Pferdearzt!

Zufrieden und mit der Absicht, gleich Gott in der Kirche zu danken, verließ Lupin die Stallungen. Der weite Platz vor dem Herrenhaus war leer, die Kosaken waren schon in ihre eigens für sie erbaute neue Stadt abgezogen. Einige Knechte kehrten den Pferdemist zusammen. In der warmen Sommerluft hing noch der beizende Geruch von schwitzenden Pferdeleibern und ungewaschenen Menschen.

Ein Junge kam zögernd auf Lupin zu und starrte ihn fragend an.

»Bist du Alexander Grigorjewitsch?« fragte er dann.

»Ja.« Lupin wunderte sich. »Du kennst mich?«

»Nein, aber ich soll dir etwas geben. Von einem der Kosaken, der Teufel hole sie alle, die Banditen!« Der Junge öffnete die Finger. Auf der schmutzigen Handfläche schimmerte eine goldblonde, schmale Haarlocke.

Lupin atmete tief. »Ich danke dir«, sagte er heiser, nahm die Locke und wandte sich ab. Dann rannte er zurück in den Stall, drückte sich in eine Ecke, wo ihn niemand sehen konnte, und preßte die goldenen Haare an seine Lippen.

»Marinuschka ...«, stammelte er. »Mein Engelchen! Mein Seelchen!«

Er weinte und küßte immer und immer wieder die schmale, armselige Locke.

Die »Kosakenstadt« erwies sich als eine Ansammlung von Holzhütten, umgeben von einem hohen Holzzaun. Es gab Straßen darin, einen weiten Platz, Stallungen, Lagerhäuser, die Kirche – im Augenblick noch ein kahler Schuppen, was dem Kosakenpopen fast das Herz abwürgte –, ein Schlachthaus und eine Küche, ein Magazin, in dem drei Stroganowsche Beamte mit bleichen Gesichtern saßen. Sie hatten die böse Aufgabe übertragen bekommen, hier mit den Kosaken Handel zu treiben. Das war typisch für die Stroganows und ihre Berechnungen: die Rubel, die man als Sold zahlte, sollten von hier aus wieder zurückfließen.

Ja, und dann gab es noch das sogenannte Frauenhaus, ein großes, besonders massives Gebäude aus Rundstämmen und mit einem Steinfundament. Die Bewohnerinnen standen auf der Straße, als die Kosaken in mustergültiger Ordnung einritten, und winkten. Es waren Mädchen aller Rassen, meistens jedoch zartgliedrige Wogulinnen und Udmurtinnen. Sie trugen weite Blusen und weite Röcke, auf den schwarzen Haaren saßen gestickte bunte Käppchen.

»Mein Herz geht auf wie eine Schweinsblase!« schrie Muschkow, um Marina zu ärgern. »Da! Diese Hübsche mit dem blauen Käppchen! Sie ist reserviert für Iwan Matwejewitsch!«

»Es sind zu wenige«, sagte Jermak böse. »Was schätzt du? Fünfundvierzig, mehr nicht. Was sollen fünfhundertvierzig Kosaken mit fünfundvierzig Mädchen? Sie werden sich gegenseitig umbringen, die Kerle, nur um einmal ran zu können!«

Er ritt zur Seite und ließ wie auf einer Parade seine Truppe an sich vorbeiziehen. »Wer zu den Mädchen geht, den hänge ich auf!« schrie er über seine Kosaken hinweg. Die wilden Gesellen stierten ihn voller Unverständnis an. Ihnen wurde schon vom Zusehen der Sattel zu rauh. »Ich hänge jeden auf!« wiederholte Jermak. »Morgen sind dreimal soviel Mädchen hier, oder wir holen sie uns aus der Stadt!«

»Hoi! Hoi!« brüllten die Kosaken. Ihre Arme flogen hoch. Der Schrei gellte bis zur Stadt und bis zum Kreml der Stroganows. Die Mädchen vor dem großen Haus scharten sich zusammen wie verschreckte Hühner, die Beamten im Magazin bekreuzigten sich mit leinenweißen Gesichtern.

»Ist das ein Leben, he?« schrie Muschkow und hieb Marina auf die Schulter. Sie zuckte zusammen und biß die Lippen aufeinander. »Sind das Weiberchen? Such dir eine aus, Milchgesicht, und laß dich anlernen!« Er lachte meckernd und dachte zufrieden: Jetzt habe ich es ihr gegeben! Was kann sie antworten . . . Sie ist doch Boris Stepanowitsch, haha!

Marina ritt ganz nahe an Muschkow heran und beugte sich zu ihm hinüber. »Nimm dein Hürchen mit dem blauen Käppchen«, sagte sie scharf. »Ich habe im Kremlhof einen Jungen gesehen, der mir gefällt. Stark – und vor allem jung! Ich werde ihn morgen treffen . . .«

»Ich werde ihn umbringen!« knirschte Muschkow und umkrallte seine Zügel. »Mit meinen Händen erwürgen werde ich ihn – wie eine Taube! Und dich nagele ich in der Uniform an die Wand! Du kommst hier nicht raus!«

Er gab seinem Pferd einen bösen Tritt, es machte einen Satz

nach vorn und raste an die Spitze der Kosaken. Jermak ritt nun am Ende des Zuges, ein unerbittlicher Wächter. Es war unmöglich, sich heimlich zu den Weiberchen zu stehlen.

Der einzige, der zurückblieb, war der Pope Oleg Wassiljewitsch Kulakow. Er durfte das, denn er bezog seine Kirche. Genau betrachtet machte er einen Umweg, umkreiste das Gotteshaus und stand plötzlich vor den buntgeschmückten Mädchen. Die Kosaken waren hinter den Ställen verschwunden, saßen ab und warteten darauf, daß Jermak und Muschkow die Quartiere zuteilten.

»Wer ist von euch voller Sünde?« fragte der Pope Kulakow und musterte freundlich die kichernden Mädchen. »Nur die sündigste von euch komme zu mir und hole sich Kraft!«

Es war ein stämmiges Mädchen vom Fluß, es hieß Lejla und war so sündig, daß das bärtige Väterchen ganz außer Atem kam. Alles verstehend, und daher verzeihend, muß man anmerken, daß die Kirche noch nicht eingerichtet war ...

In der Nacht, die darauf folgte, schlief kaum einer von Jermaks Männern.

Sie hatten ihre Häuser bezogen, die Sättel hereingeschleppt, ausgepackt und die Decken über die hölzernen Liegen gebreitet. Vier Schlächter fanden im Schlachthaus zwei Rinder vor, die sie sofort töteten. Die Köche der Gruppe standen vor angeheizten Kesseln. Es war eine gut eingerichtete Küche mit Fässern voller Sauerkohl, Bohnen, sauren Gurken, einem Brett voller frischer Brotlaibe, Gewürze in jeder Menge, die meisten unbekannt, mannshohe Tonkrüge voller Bauernbier ... Die Stroganows hatten gut für ihre Söldner gesorgt.

Aber als sie später alle satt waren und rülpsend herumlagen, sich von dem langen Ritt ausruhten und die Müdigkeit in allen Knochen spürten ... da schuf die Nähe der Mädchen Unruhe im Blut.

Ein paar Kosaken wagten es, sich wegzuschleichen, aber bereits bei den Ställen wurden sie von Jermaks Wachen aufgehalten, verprügelt und zurückgejagt.

Es war ein schwerer Dienst für die Wachen. Auch sie waren Männer und nicht anders als die, die sie zurücktrieben. Wenn sie die Nasen hoben und in den warmen Sommerwind steckten, war es ihnen, als könne man die Weiber schnuppern, so wie ein Hund ein läufige Hündin um sieben Ecken herum riecht.

Eine verdammte Nacht, das muß man sagen.

Jermak war bei den Stroganows, um sich über den Mangel an Mädchen zu beschweren; Muschkow, als sein Stellvertreter, mußte die Abwehraktionen leiten; und der einzige Kosak, der wirklich schlief, jenseits alles heißen Dranges, war Boris Stepanowitsch. Marina lag auf ihrem Bett in dem Haus, das Jermak, Muschkow und sie allein bewohnten, dem einzigen Steinhaus. Semjon Stroganow hatte es für Jermak errichten lassen. Die Wiege eines neuen Sibiriens ... wenn sich die Pläne der Stroganows verwirklichten.

Eine verdammte Nacht war es, man muß das wiederholen. Warm, samtig, still, so still, daß man das eigene Blut rauschen hörte, und es rauschte wie ein Strom nach der Eisschmelze, wenn man nur an die Mädchen dachte. So war es auch nur zu erklären, daß Iwan Matwejewitsch eine Fessel um sein Herz zerriß und er sich nach einer stummen Betrachtung der mit angezogenen Beinen schlafenden Marina mit einem tiefen Seufzer auf sie stürzte.

Es gibt Schrecksekunden, die wirklich nur Sekunden dauern. Und wer Marina Alexandrowna kennt, der weiß, daß sie schnell war in ihren Handlungen, auch wenn man sie aus dem tiefsten Schlaf riß ... Jetzt aber schien alles in ihr zu versagen, sie lag still, wehrte sich nicht und hielt die Augen geschlossen. Muschkow wußte nicht einmal, ob sie überhaupt wach war. Ihr schmales Gesicht unter dem struppigen Haar wirkte ganz gelöst.

Iwan Matwejewitsch seufzte von neuem, sein Atem flötete fast vor Erregung in seiner Kehle, mit zitternden Händen riß er Marinas Bluse auf und umfaßte ihre Brüste, sank in die Knie und verfluchte die Kosakenhose und die Stiefel, Hindernisse, die eigentlich nur mit Marinas Willen zu überwinden waren, es sei denn, man würgte und betäubte sie.

»Marinuschka ...«, stammelte Iwan. »Und wenn der Teufel hineinspuckt – ich liebe dich ... Ich schwöre dir, alles zu tun, was du willst! Habe ich nun nicht genug getan? Bin ich nicht der ärmste Kosak – und das als Jermaks Stellvertreter? Siehst du denn nicht, was du aus mir gemacht hast?«

Er küßte ihre jungen, festen Brüste und zerrte dabei an ihren Stiefeln. Er war wie toll vor Sehnsucht nach ihrem Leib.

Bis dahin, wie gesagt, lag Marina Alexandrowna still, mit geschlossenen Augen, schweigend, und wenn man behauptet, in jeder Frau stecke ein Stück Satan, so bekam Muschkow das jetzt zu spüren. Unverhofft, schnell wie ein Blitz, unsichtbar für den sowieso in den Nebeln seiner Leidenschaft eingehüllten Iwan Matwejewitsch, zuckte ihre rechte Hand hoch, der Krummdolch beschrieb einen Bogen ... und dann schrie Muschkow unterdrückt auf, ließ die Stiefel und die Brüstchen los, zuckte hoch und preßte beide Hände gegen seinen Hintern. Ein warmer, klebriger Fleck breitete sich unter seinen Fingern über dem Hosenstoff aus.

»Du hast mich gestochen ...«, stammelte er. »Du hast mich wirklich gestochen. Marinuschka, du hast ...«

Er konnte es nicht begreifen, preßte seinen Hintern gegen die Holzwand und verbiß den Schmerz, der über seine Lenden zog. Ein Kosak mit einem Stich im Hintern – das ist die letzte Stufe der Lächerlichkeit. Schon der angebliche Pferdetritt des träumenden Pferdes gegen seinen Schädel hatte breites Grinsen ausgelöst. Wie sollte er nun diese neue Verletzung an einer Stelle, die für einen Reiter die wichtigste war, erklären?

»Ich bringe dich um!« stöhnte Muschkow und klapperte mit den Zähnen. »Gott kann mich dafür nicht strafen, ich muß dich umbringen!«

»Dann tue es.« Marina Alexandrowna setzte sich im Bett auf, zog ihre Bluse über den Brüsten zusammen, schloß die Gürtelschnalle, die Muschkow aufgezogen hatte, und wischte die Klinge des Krummdolches an der Decke ab. Nur an der

Spitze war ein wenig Blut ... Marina hatte nur leicht zugestoßen, gewissermaßen als Erinnerung, daß sie kein Hürchen wie die anderen war, kein den Kosaken gefälliges Mädchen. »Los! Ziere dich nicht, Iwan Matwejewitsch! Ich halte still! Aus dir wird doch nie ein Mensch. Dann will ich lieber sterben ...«

Es gibt Konflikte, die tief in der Seele ausgetragen werden und die man nicht beherrschen kann. Eine total verrückte Liebe zum Beispiel gehört dazu, eine Liebe, die einen hin und her beutelt, die einem keine Ruhe läßt, die mit Hämmern auf einen einschlägt ... eine Liebe, die aus dem Klügsten einen Idioten macht und trotzdem immer wieder geschlürft wird wie süßer Honigschnaps ...

Iwan Matwejewitsch Muschkow erging es nicht anders. Warum auch? Tausende von Männern vor ihm, wenn sie in die Fänge eines solchen langhaarigen, betörenden Satans geraten waren, hatten es ihm vorgemacht: Muschkow brachte Marina Alexandrowna natürlich nicht um. Er lief vielmehr, die Hände gegen sein Gesäß gedrückt, aus dem Zimmer und wusch sich draußen das Blut von den Schenkeln. Es war ein Segen, daß Jermak sich noch mit den Stroganows herumstritt und nicht im Hause war. So gelang es Muschkow, ein Stück Leinen um seinen Hintern zu wickeln und ungehindert laut zu fluchen, Marina zu verwünschen und sie gleichzeitig – heimlich – um Verzeihung für seine rohen Redensarten zu bitten.

Ein total gespaltener Mensch war er, dieser Iwan Matwejewitsch.

Wir bitten um Mitleid für einen verliebten Mann ...

Fünfhundertvierzig Kosaken ruhig zu halten, wenn vor ihnen die Weite eines unbekannten Landes und der Rausch neuer Abenteuer liegen, ist eine ungeheuer schwere Aufgabe. Man mochte Jermak Timofejewitsch einen Halunken und den größten Gauner Rußlands nennen, eines konnte man ihm nicht absprechen: Er hielt Disziplin unter seinen Leuten und ließ sie in der Kosakenstadt ein gesittetes Leben führen – soweit das bei Kosaken überhaupt möglich ist.

Nach zwei Wochen hatten die Stroganows einhundertneunzig Mädchen beschafft – woher, war ihr Geheimnis. Ein großer Stall wurde geräumt und in Kabinen abgeteilt, und hier geschah nun das, was ein Kosak außer Reiten und Stehlen am liebsten tut, vor allem, wenn ihm die Langeweile die Lenden schwellen läßt.

Und langweilig wurde es den ganzen Sommer hindurch. Die Stroganows ließen Jermak und seine Gesellen nicht blindlings über den Ural ziehen, sie gingen kein Wagnis ein, denn das hätte ja ihr Geld gekostet. Der Zar in Moskau legte keine Kopeke dazu. Er wartete nur auf den Reichtum, der aus dem sagenhaften Mangaseja, dem Goldland des sibirischen Zaren Kutschum, ins Moskowiterreich fließen sollte.

Mit der Gründlichkeit von Feldherren bereiteten die Stroganows den Eroberungszug ins unbekannte Sibirien vor. Dazu gehörte der Ausbau der Privatarmee, deren Befehlshaber Jermak werden sollte, die Erkundung der Nachschubwege, die Planung von Stationen – immer einen Tagesritt voneinander entfernt, damit man ungehindert die vordringende Truppe erreichen konnte – und das Anlegen von befestigten Lagern, die die Grundstöcke neuer Siedlungen darstellten.

»Erst, wenn der Bauer im Neuland seine erste Ernte einbringt, gehört uns das Land!« sagte Semjon Stroganow, der Weise. »Wir wollen Sibirien nicht durchziehen, wir wollen es dem großen russischen Reich einverleiben.«

Werber ritten aus, von Orjol nach allen Himmelsrichtungen, um Soldaten zu suchen. Man fand sie bei den Kirgisen: Litauer und Deutsche, Kriegsgefangene dieses Volkes, die man ins Permer Land geschleppt hatte und die dort in den Kirgisendörfern die dreckigste Arbeit tun mußten. Für sie war der Ruf: »Kommt in die Armee der Stroganows!« nicht nur die Befreiung aus der Sklaverei, sondern die Summe aller Sehnsüchte überhaupt. Irgendwo hinter dem Ural ein neues Leben anfangen, ein freier Mensch sein auf einem eigenen Stück Land, geschützt von den mächtigen Stroganows und in Ruhe gelassen werden von Zar Iwan in Moskau – das war ein

Leben, das niemand sonst in dieser Zeit zu bieten hatte. Ein Leben, von dem man geträumt hatte ...

Mit den Deutschen und Litauern kamen aber auch die Konflikte. Nicht daß sie die Kosaken nicht mochten; sie wurden gute Kameraden. Und was den Deutschen an reiterlichem Können fehlte – wer kann schon wie ein Kosak reiten? –, das glichen sie aus durch technisches Wissen. Sie wurden die besten Kanoniere, erfanden ein höllisches Geschoß – eine Eisenbüchse mit Hunderten von Kugeln, die durch die Gegend spritzten –, und sie entdeckten die psychologische Kriegführung: Wenn man singend in eine Schlacht marschiert und singend stürmt, entnervt das den Gegner völlig.

Die Zusammenstöße mit den Kosaken jedoch erfolgten bei den Mädchen – konnte es anders sein? Ein Kosak kommt herein, zeigt auf eines der Weibchen, grinst breit und greift zu. Die Deutschen und Litauer dagegen behandelten auch die Hürchen wie Damen, machten schöne Worte, streichelten die verführerischen Körperchen und verliehen den Mädchen damit das Empfinden, nicht einfach genommen, sondern irgendwie geliebt zu werden. Das sprach sich bald herum. »Die Deutschen nisten sich bei den Weibern ein«, hieß es, »und ein Kosak wird bedient wie einer, der einen Löffel Sirup haben will.«

Die Schlägereien nahmen überhand, und als man eines Tages einen Deutschen mit aufgeschlitztem Unterleib an der Kama fand, ließ Jermak die beiden Schuldigen suchen und, als man sie gefunden hatte, mit Stricken umwickeln und in einen Sack stecken.

Was dann geschah, machte selbst den wildesten Kosaken stumm.

Schon seit zwei Tagen schaukelten am Ufer der Kama zwei Flöße mit dicken Tauen an Holzpflöcken festgebunden. Ganz einfache Flöße aus Rundhölzern waren es, keine handwerklichen Kunstwerke, nicht einmal für eine Flußfahrt geeignet, denn die Stämme waren nur lose miteinander verschnürt. Jede größere Welle mußte sie auseinanderreißen. Jermak, der den

Bau angeordnet hatte, sagte zu seinen Zimmerleuten, die den Bau ausführten: »Ich will auf den Flößen nicht wegschwimmen! Sie haben andere Aufgaben.«

Die ahnte man, als auf den Flößen eine Art Galgen errichtet wurde, ein Balken mit einem Querholz und einem dicken Strick daran. Muschkow zog ein nachdenkliches Gesicht, und als Marina ihn fragte, antwortete er dunkel: »Seit Jahren kenne ich Jermak. Er wird seinen Grund haben! Er tut nichts ohne Überlegung.«

Am Morgen nach dem Urteilsspruch des Kosakengerichts, dem auch der Pope Oleg Wassiljewitsch Kulakow angehörte – er segnete die beiden Verurteilten erst, dann spuckte er sie an –, ließ Jermak alle Kosaken sich am Ufer der Kama versammeln. Auch aus Orjol war eine Menge Menschen herübergekommen, Bauern und Handwerker, Angestellte der Stroganows, und als Semjon Stroganow dann selbst erschien, begleitet von seinen Neffen Nikita und Maxim, wußte man, daß sich am Ufer der Kama Großes vollziehen würde.

Auf einem Karren wurden die beiden Mörder herangeschafft. Sie steckten schon in viel zu großen Säcken, bloßhäuptig, die Schädel kahlrasiert, bewegungslos verschnürt wie zwei Bündel. Mit entsetzten Augen starrten sie auf ihre Kameraden und die beiden Flöße, die träge im Wasser schaukelten.

Maxim Stroganow ritt an Jermaks Seite und beugte sich zu ihm hinüber. Seine Lippen bebten. Man war in Rußland nicht kleinlich, wenn es galt, Bestrafungen durchzuführen. Wer sein Leben verlieren sollte, dem wurde es genommen. Niemand empfand etwas dabei, daß man jemanden aufhängte, enthauptete, vierteilte, blendete, entmannte, die Zunge und die Ohren abschnitt oder, an ein rasendes Pferd gebunden, zu Tode schleifte. Man sah dem allem zu und lobte Gott, daß man selbst nicht an Stelle des Delinquenten war. Verurteilt zu werden, war einfach – es gab tausend und mehr Möglichkeiten, den Mächtigen zu mißfallen. Aber was jetzt am Ufer der Kama stattfinden sollte, betrachtete selbst ein Stroganow mit Schaudern.

»Du brauchst eine harte Hand, das ist mir klar«, sagte Maxim Stroganow zu Jermak Timofejewitsch. »Aber es genügt, wenn du die beiden Männer aufknüpfst.«

»Ich töte keinen Freund.« Jermak blickte mit zusammengekniffenen Augen auf die Verurteilten. »Wir Kosaken sind alle Freunde und Brüder. Aber auch du weißt, was es heißt, über fünfhundert verschiedenen Köpfen das gleiche Denken beizubringen. Nein, ich töte keinen Freund.«

Muschkow und vier andere Kosaken standen mit auf dem Karren, der die in den Säcken steckenden Mörder bis zum Ufer brachte. Dort wurden die Verurteilten gepackt und hinabgehoben. Dann begannen Muschkow und seine Helfer zum maßlosen Erstaunen aller Zuschauer die Säcke mit trockenem Ufersand zu füllen. Bis an die Hälse der Gebundenen wurden die Säcke vollgestopft. Danach trugen je vier Kosaken, ächzend unter der Schwere der Last, die Verurteilten auf die Flöße und banden sie an den Stricken der Galgen fest.

»Macht die Flöße los!« schrie Jermak.

Der Kosakenpope begann laut zu singen, seine tiefe Stimme war überall hörbar, denn lähmendes Schweigen lag über den tausend Zuschauern. Nur ein leise rauschender Wind über allem war zu vernehmen, aber es war kein Wind, sondern der schwere Atem der Männer.

Die Seile wurden von den Pflöcken gerissen, und langsam trieben die Flöße vom Ufer weg in die Kama hinein. Dort, fast in der Mitte des Flusses, kamen die Flöße zum Halten, weil man Leinen mit schweren Steinen in die Kama warf und die Flöße so verankerte. Muschkow, der sich auf dem ersten Floß am Galgen festhielt und sich durchaus nicht wohl fühlte auf dem schwankenden Holzboden, durch dessen breite Spalten das Wasser quoll, sah wieder hinüber zu Jermak.

»Hinein mit ihnen!« brüllte Jermak Timofejewitsch und richtete sich in den Steigbügeln zu voller Größe auf. Sein Blick flog über die gesenkten Köpfe der Kosaken. »Sie sind die ersten! Und ich schwöre euch, jeden auf den Fluß zu schicken, der nicht die Ordnung hält, die ich befohlen habe! Hinein!«

Langsam senkten sich die sandgefüllten Säcke mit den beiden Verurteilten in die Kama. Bis knapp zum Hals ließ man sie in das Wasser, untersuchte noch einmal die Festigkeit der Stricke und stieg dann hinüber in den Kahn, der hinter den Flößen hergefahren war. Als letzter verließ Muschkow sein Floß, hockte sich in das Boot und stierte bleich in den Fluß.

Die zwei Verurteilten schwiegen. Sie schienen zu staunen: Man henkte sie nicht, man köpfte sie nicht, man tat ihnen eigentlich gar nichts. Man füllte ihre Säcke nur mit Sand auf und hängte sie ins Wasser. Es war zwar kalt und ein unangenehmes Gefühl, aber nicht vergleichbar mit demjenigen, seinen Hals in einer Schlinge zu haben ... Jermak, du bist ein wahrer Freund ... wir baden nur.

Nur war das ein Irrtum, den der Satan selbst erfunden hatte. Schon nach einer halben Stunde merkten es die Verurteilten. Der Sand sog sich mit Wasser voll und quoll auf wie Grießbrei in heißer Milch. Die Schwere erdrückte die Männer fast; überall, vom Hals bis zu den Zehen, begann ein unheimliches Pressen, wurde der Brustkorb eingeschnürt, das Atmen eng, zerquetschte der nasse Sand den Rücken und würgte an der Kehle.

Nach einer Stunde begannen die beiden Männer zu schreien. Schweigend standen die Kosaken am Flußufer und rührten sich nicht. Jermak ritt durch ihre Reihen; und wenn sich einer bewegte, fragte er laut: »Willst du der nächste sein?«

Die Leute von Orjol schlichen stumm, einer nach dem anderen, nach Hause. Das wilde, verzweifelte, heulende Schreien der beiden Männer in der Kama verfolgte sie und blieb ihnen im Ohr haften wie ein Geschwür.

Semjon und Nikita Stroganow waren schon weggeritten, als man die Verurteilten in den Fluß hinabließ; nur Maxim war noch am Ufer geblieben und überlegte, ob er mit seinen Leuten nicht in zwei Booten zu den Flößen hinüberrudern sollte, um diesen Jammer zu beenden.

»Laß das sein, feines Herrchen!« sagte Jermak, als er bei seinem Rundritt durch die Kosakenhorde auch zu Maxim Stroganow kam. Er ahnte, was der andere dachte. »Sie werden nicht getötet ...«

»Aber sie werden wahnsinnig«, erwiderte Maxim dumpf.

Jermak schwieg und ritt weiter.

Bis gegen Mittag brüllten die beiden Mörder, dann wurde ihr Schreien leiser, verebbte schließlich in einem Wimmern, das keiner mehr hören konnte, weil der Fluß lauter rauschte. Sie lebten noch, der Sand hatte sie nicht erdrückt, aber die Kälte des Wassers fraß sich in die Knochen, und auf die kahlen Schädel brannte unbarmherzig die Sonne.

Etwas abseits von den noch immer schweigend am Ufer stehenden Kosaken saß Alexander Grigorjewitsch Lupin, der neue Pferdearzt der Stroganows, und schielte zu seinem Töchterchen hinüber. Sie stand in der ersten Reihe am Fluß, breitbeinig, auf dem blonden struppigen Kopf die rote Mütze, ein kleiner, wilder Kerl, wenn man nicht wüßte, was sich wirklich unter der Uniform verbarg. Neben ihr stand Muschkow, bedrückt, mit einem fahlen Gesicht, und Lupin dachte: Das muß er sein! Dieses Kerls wegen läuft mir meine Marinuschka davon! Ein sauberes Früchtchen, dieser Kosak! War's nicht der, der die Verurteilten auf die Flöße brachte und die Henker anführte? Und so etwas liebt sie? Hat sie noch ein Gehirn, mein Töchterchen? Was denkt sich wohl so ein Mädchen, wenn es beschließt, das ist der Mann, für den es sich lohnt, aus seiner geborgenen Welt auszubrechen und Dummheiten zu machen? Was geht in einem solchen Herzchen vor?

Das Väterchen Lupin seufzte, steckte sich ein Stück harte Wurst in den Mund und kaute nachdenklich. Er wartete. Er wußte nicht, ob Marina ihn auch sah, aber einmal mußte dieser schreckliche Jermak den Befehl geben, in die Kosakenstadt zurückzukehren, und dann war es möglich, daß sie an ihm vorbeikam.

Am Ufer rührte sich noch niemand. Jermak saß als einziger auf einem Pferd. Er wartete, ob jemand um Gnade für die beiden Kameraden im Fluß bat. Doch alle schwiegen, Jermak hörte nichts. Wer allein sprach, leise, mit beinahe geschlossenen Lippen, aber für Muschkow trotzdem gut verständlich, war Marina Alexandrowna.

»Ich ziehe in ein anderes Haus!« sagte sie. »Ich werde nicht mehr mit einem Henker zusammenwohnen! Sieh mich nicht an! Jeder Blick ist Schmutz, den du auf mich wirfst!«

»Marinuschka!« stöhnte Muschkow. »Es war ein Befehl! Man kann keinen Befehl verweigern!«

»Man kann!«

»Nicht bei Jermak!«

»Auch bei ihm!«

»Ich wäre jetzt der dritte Mann in einem Sack!«

»Dafür würde ich mit Jermak in das nächste Bett fallen!«

»Marinuschka ...« Muschkow verdrehte die Augen, als falle er gleich in Ohnmacht. »Was hätte ich tun sollen? Es sind Mörder!«

»Hast du keinen Dolch?«

»Was soll ich mit einem Dolch?«

»Ich hätte sie auf dem Floß, als ich allein mit ihnen war, durch den Sack hindurch erstochen, um ihnen das hier zu ersparen.«

»So etwas sagst du?« stammelte Muschkow.

»Du hörst es.«

Muschkow schnaufte durch die Nase. »Man muß Angst vor dir haben!« sagte er dann tonlos.

Und Marina antwortete aus den Mundwinkeln: »Es ist gut, wenn du das begreifst, alter Bär!«

In der starken Mittagshitze ließ Jermak seine Kosaken zurück in ihre Stadt gehen. Sie trotteten wie geprügelte Hunde davon, in Gruppen, einzeln, auf schwankenden Beinen. Nur Jermak, der Pope und Muschkow blieben am Ufer zurück und ein paar Beobachter, die von den Stroganows zurückgelassen worden waren und denen es allein unter den Kosaken recht unbehaglich zumute war.

»Wann holen wir sie zurück?« fragte der Pope.

»Überhaupt nicht.« Jermak stieß Muschkow an. »Rudere

hinaus und schneide die Leinen mit den Steinen durch. Sie sollen den Fluß hinabtreiben. Wenn Gott für sie sorgt, überleben sie.«

Und so ruderte Muschkow noch einmal hinüber zu den Flößen, betrat die schwankenden Holzinseln und starrte auf die kahlen Köpfe der Verurteilten. Sie hatten die Augen offen, aber aus ihren aufgerissenen Mündern kam kein Ton mehr. Sie lebten, aber sie waren dem Wahnsinn nahe. Die Zerstörung ihrer Gehirne hatte begonnen . . .

Iwan Matwejewitsch Muschkow kappte die Leinen, und träge setzten die Flöße sich in Bewegung, von der Strömung des Flusses getragen. Die Säcke mit den Verurteilten schwammen im Wasser, tauchten unter, kamen wieder hoch, ganz so, wie die Flöße schwankten.

Plötzlich zuckte Muschkow zusammen und klammerte sich am Rand seines Bootes fest. Ein Verurteilter, der Kosak Andrej Petrowitsch, begann laut, schrill und irr zu lachen. Er lachte, bis ihm eine Welle in den aufgerissenen Mund schwappte und ihn fast erstickte.

»Es mußte sein!« sagte Jermak später, als Muschkow, bleich und am ganzen Körper zitternd, wieder landete. »Iwan Matwejewitsch, wie willst du tausend Mann im Zaum halten? Und nächstes Jahr werden wir tausend sein, das ist sicher. Und an diesen Morgen wird man noch lange denken!«

Unter den letzten, die vom Ufer weggingen, war auch Marina. Sie kam an dem am Wegrand sitzenden alten Mann vorbei und beachtete ihn nicht. Erst als er leise pfiff — den berühmten Lupin-Pfiff, den man in ganz Nowo Orpotschkow gekannt hatte —, zuckte ihr Kopf herum. Sie blieb stehen, schob die rote Mütze keck in den Nacken und tat so, als verhöhne sie den alten Mann — ein übermütiger junger Kosak, der mit jedem Streit sucht. Aber sie sagte, und ihre Stimme war dünn und zerbrechlich:

»Väterchen . . . O Gott, du hast alles gesehen?«

»Bis in die letzte Einzelheit, Töchterchen.« Lupin putzte das

Messer, mit dem er die Wurst geschnitten hatte, an seiner Hose ab. »Ein verteufeltes Kerlchen hast du dir ausgesucht, das muß man sagen!«

»Jermak hat es ihm befohlen!« Marina Alexandrowna spuckte ihrem Vater vor die Füße. Sie mußte es tun, weil drei Kosaken nahe an ihnen vorbeigingen und ihr zuriefen:

»Hat der Alte eine Tochter, die er dir verkaufen will? Boris Stepanowitsch, laß dich nicht betrügen! Leuchte ihr erst unter'n Rock, ob auch alles vorhanden ist!« Lachend gingen sie weiter.

»Iwan Matwejewitsch hat es nicht gern getan, Väterchen«, sagte sie stockend. »Und er wird es nie wieder tun! Dafür werde ich sorgen!«

»Du?« Lupin starrte seine Tochter an. »Auch du kannst aus einem Kosaken keinen fühlenden Menschen machen.«

»Man braucht Zeit.« Sie nahm ihre Mütze ab und schlug ihrem Vater damit in das faltige Gesicht, nicht fest, aber von weitem sah es doch so aus, als treffe sie den Alten und habe noch ihre Freude daran. Man mußte dieses Spiel treiben, denn Jermak sah gerade zu ihm herüber. »Wie lange braucht ein Bär, bis er nach der Fiedel im Kreise tanzt? Und Muschkow ist schwieriger als ein Bär!« Sie setzte die rote Mütze wieder auf. »Wie geht es deinen Pferden, Väterchen?«

»Gut, gut! Keines ist krank.« Lupin seufzte. Sein Vaterherz war schwer wie ein Mühlstein. »Wie kann man nur einen Menschen wie diesen Muschkow lieben!«

»Ich weiß es doch nicht, Väterchen. Es war plötzlich da!« Sie hob die schmalen Schultern, und als sich dabei ihre Kosakenbluse etwas spannte, sah Väterchen Lupin, daß sein Töchterchen ganz deutlich zu einer Frau wurde – ihre Brüste rundeten sich geradezu wundervoll.

»Wer kann erklären, woher die Sterne kommen?« fragte Marina.

»Gott hat sie gemacht, Marinuschka.«

»Und derselbe Gott hat auch die Liebe gemacht! Kann man mit Gott streiten?«

Sie ging weiter, nicht ohne dem Alten vorher einen Tritt gegeben zu haben, nur angedeutet zwar, aber für Zuschauer doch recht gemein. Lupin ließ sich auf den Rücken fallen – er war ein guter Schauspieler, wenn's drauf ankam – und blieb wie ein Käfer liegen.

Ich habe ein verdammt kluges Töchterchen, dachte er stolz. Auf alles hat sie eine Antwort. Nur eines wird sie nicht wissen: Wie sie auf dem langen Marsch nach dem sagenhaften Mangaseja verbergen soll, daß sie ein Mädchen ist.

Und die heiße Angst kroch wieder in Alexander Grigorjewitsch Lupin hoch.

Man kann über Muschkow denken, wie man will: Von Mann zu Mann betrachtet verdiente er Mitleid.

Der große Stall mit abgeteilten Kabinen war um einige Anbauten vergrößert worden, die fröhlichen Mädchen darin verdienten gut, und mit ihnen die Stroganows, die am Umsatz beteiligt waren.

Die Kosaken benahmen sich inzwischen auch wie menschliche Liebhaber und nicht wie gemästete Bullen, die sich schnaubend auf eine Kuh stürzen. Einige Dichter unter ihnen besangen bereits die Glutaugen der Olga Maxinowna oder die weißen Schenkelchen von Irina Grigorjewna – es entstanden Rundgesänge, die man allerdings kaum erwähnen kann, weil sie nicht druckreif sind. Kurzum, tiefe Zufriedenheit herrschte unter Jermaks Leuten, sie hatten zu essen und zu trinken, sie hatten williges Weiberfleisch zur Verfügung ... mit einer Ausnahme!

Muschkow lebte als einziger wie ein Mönch. Er betrachtete Marina mit schmachtenden Augen, dachte an den Messerstich, den sie ihm versetzt hatte, und hütete sich, ein zweitesmal zu versuchen, ihr die Stiefel und die Kosakenhose von den Schenkeln zu ziehen, um in seinen ganz privaten Himmel zu kommen.

Wenn Jermak und die anderen zu den Mädchen gingen, wenn sogar der Pope voller seelsorgerischer Mühe sich den

Neuankommenden widmete — denn die Stroganows sorgten für ständigen Nachwuchs und stramme Auffüllung —, saß Muschkow mißgelaunt herum und verfluchte den Tag, an dem er Nowo Orpotschkow gesehen hatte. Er pöbelte sein Schicksal an: »Ich bin ein Mann!« schrie er einmal eines Abends, als Jermak und der Pope Arm in Arm und ziemlich betrunken zu den Mädchen gezogen waren. »Weißt du Luder eigentlich, was ein Mann ist?«

»Da du sagst, du seist einer, muß er wohl so aussehen wie du!« antwortete Marina. Das waren solche Sätze, die Muschkow aus dem Gleichgewicht brachten. Er brauchte dann immer eine gewisse Zeit der Überlegung, um Marinas Geist zu bewundern.

Auch jetzt überlegte er, kam aber zu dem Entschluß, daß alles nur so dahergeredet sei, und so brüllte er los:

»Ich platze!«

»Das möchte ich sehen, Iwan Matwejewitsch!«

»Dir werden die Augen noch überquellen! Verdammt, du sollst es sehen, ich brauche nur die Hose herunterzulassen.«

Marina Alexandrowna lächelte mild. Sie griff nach dem Krummdolch in ihrem Gürtel und legte ihn auf die zusammengepreßten Schenkel. »Störende Äste schlägt man ab«, sagte sie ruhig. »Sieh dich vor, Iwan Matwejewitsch!«

»Das würdest du tun?« stotterte er und wich zurück.

»Ohne zu zögern.«

»Ich armer, armer Mensch!« schrie Muschkow und knirschte mit den Zähnen. »Wie lange soll das noch so gehen? Ich liebe dich! Hörst du, ich liebe dich! Im Traum reiße ich dich auseinander wie zwei Hühnerbeinchen! Marinuschka, wenn du wüßtest, was ein Mann ist, könntest du mich nicht so teuflisch quälen!« Er kam in die Mitte des Raumes, hielt sich aber in vorsichtiger Entfernung von ihrem Krummdolch. »Du liebst mich doch auch!«

»Ja!« antwortete sie. Es war das erstemal, daß sie es so klar aussprach. Muschkow zuckte zusammen, fuhr sich mit beiden Händen durch die struppigen Haare und seufzte ganz tief.

»Du ... du hast es gesagt«, stammelte er. »Du liebst mich wirklich?«

»Warum wäre ich sonst bei dir?«

»Und wie soll es weitergehen? Sollen wir uns bei aller Liebe nur ansehen und nur im Traum ... Marinotschka, kann eine Frau das denn aushalten? Ich weiß es nicht, ich weiß es nicht. Seid ihr Frauen denn anders als wir?«

»Nicht ein Tüpfelchen anders, Iwan Matwejewitsch.«

»Dann komm zu mir!« Er breitete die Arme aus, aber der Krummdolch, den sie umklammert hielt, warnte ihn, einen Schritt nach vorn zu tun.

»Noch bist du ein Kosak!« sagte Marina langsam.

»Ich werde niemals etwas anderes sein!« brüllte er.

»Dann wird es nichts mit uns, Bärchen«, sagte sie ruhig. »Dann mußt du platzen! Geh hinaus und tu's draußen ...«

Muschkow verließ laut fluchend und durch die Gegend schreiend, er werde jetzt fünf Mädchen auf einmal nehmen, das Zimmer. Aber draußen, vor dem Haus, setzte er sich auf eine Bank, streckte die Beine von sich und hieb mit den Absätzen seiner Stiefel blindwütig in die Erde. Es nutzte nicht viel, aber ein wenig von dem Überdruck aus Zorn, Sehnsucht und Verzweiflung blieb doch in der aufgewühlten Erde hängen.

VI

Man soll nicht glauben, wie schnell ein Jahr vergeht. Kaum war es Sommer und man konnte in einer saftigen Wiese liegen, schon fegte von Norden ein kalter Wind die ganze Sommerwohligkeit davon, es regnete eine Woche lang, das Land weichte auf, die Wege wurden unpassierbar, und der Himmel hing so tief, daß man beinahe in ihn hineingreifen konnte ... Und dann war der Schnee da, der Frost, die Kama fror zu, die Leute von Orjol hackten Löcher in das Eis, um darin zu fischen. Über das weiße Land legte sich tiefes Schweigen.

Jetzt waren die Jäger unterwegs – mit Schlitten, auf Schneeschuhen aus geflochtenen Ästen und mit abgerichteten Rentieren. Sie lauerten den Luchsen und Mardern auf, den Hermelinen und Zobeln, den Nerzen und den weißen Füchsen. Der Reichtum floß den Stroganows von vielen Seiten ins Haus.

Die Kosaken langweilten sich. War man ins Permer Land gekommen, um zu dösen und ab und zu mit willigen Weibchen zu schäkern? Hatten die Stroganows nicht reiche Beute versprochen in einem Land, das Mangaseja heißen sollte? Man war zum Erobern gekommen – oder, wie es vor dem Zaren hieß: zum Schutze des Christentums gegen den heidnischen Kutschum jenseits des Felsenriegels des Ural – man hatte von Gold und Edelsteinen geträumt, und was blieb nun übrig? Ein – mit Verlaub gesagt – zum Kotzen langweiliger Dienst, ein paar Reiterspiele, um nicht aus der Übung zu kommen, Schlägereien mit den Männern von Orjol, immer wegen irgendwelcher Kleinigkeiten, wozu selbstredend auch die Frauen gehörten, ja, und dann Jermaks verdammtes Exerzieren, eine Neuerung, die von seinen Kosaken mit sprachlosem Erstaunen ertragen wurde.

Es begann damit, daß die gesamte Truppe umgestellt wurde. Das Privatheer der Stroganows zählte jetzt 840 Mann, die Jermak in Reitergruppen einteilte, jede Gruppe von einem Hetman befehligt. Nach ihnen kamen die Jesaulen, was soviel wie Hauptmann hieß, dann die Hundertmänner und die Fünfzigmänner . . . Die alte Kosakenordnung, in den zurückliegenden wilden Jahren längst vergessen, lebte wieder auf. Oberbefehlshaber, Hetman aller Hetmane, war Jermak Timofejewitsch, sein Stellvertreter Iwan Muschkow, daran änderte sich nichts.

Neu war nur die Stellung eines Adjutanten von Jermak, der die Befehle zu den Jesaulen brachte, der überall sein mußte, und der – wenn es in die Schlacht ging – auf dem schnellsten und besten Pferd die Verbindung zwischen den einzelnen Abteilungen und dem Befehlshaber aufrechterhielt.

Jermak wählte für diesen wichtigen Posten den jungen Boris Stepanowitsch. Muschkow fielen bald die Augen aus dem Kopf, als Jermak Marina Alexandrowna beglückwünschend umarmte.

Sie war nun über sechzehn Jahre alt, und es gab nichts, was sich noch zur Frau hätte entwickeln müssen. Ihre Brüste waren hart und stramm, ihre Schenkel wohl gerundet, die schlanken Beine staken wie Rosen in einer Vase in den Kosakenstiefeln ... So poetisch konnte Muschkow werden, wenn er Marina betrachtete!

Das Gesicht hatte die kindliche Rundlichkeit verloren und wuchs in die Schönheit einer eigenwilligen, aparten Persönlichkeit hinein, mit lustigen blauen Augen, weich geschwungenen Lippen und zwei Grübchen in den Wangen, wenn sie lächelte. Dann leuchteten auch ihre Zähne, die Zunge strich schlangenschnell über die Lippen, und Iwan Matwejewitsch verlegte sich wieder aufs Träumen. Er träumte davon, diesen Mund zu küssen. Ich werde an ihr klebenbleiben wie eine Fliege am Leim, dachte er. Nicht mehr loskommen werde ich von diesen Lippen, ich werde unter ihrem Kuß ersticken. Heiliger Andrej, mir wird das Herz stillstehen, wenn ich sie endlich umarmen kann ...

Und nun zog Jermak Marina an sich, und Muschkow spürte das Entsetzen bis in seine Därme hinein. Wenn er nicht gefühllos ist, wird er jetzt merken, daß Boris ein Mädchen ist, durchfuhr es ihn. Er preßte sie an seine Brust – er muß doch den Druck ihrer Brüste spüren! Welcher Mann merkt das nicht, und Jermak ist ein Baum von einem Mann!

Doch nichts geschah. Jermak ließ Boris Stepanowitsch los, und dann drängten die neuen Jesaulen und die Hundertmänner heran, um den Kleinen – wie sie ihn nannten – ebenfalls zu beglückwünschen. Welch ein Erfolg! Vor einem Jahr noch Beute des Iwan Matwejewitsch und jeden Tag verprügelt, was ja zur Ausbildung gehörte, so fanden sie alle. Keiner konnte so reiten wie Boris Stepanowitsch, der selbst Jermaks Pferd zu einem Lämmchen gemacht hatte.

»Weißt du, wie nahe du dem Tode warst?« fragte Muschkow heiser vor angestautem Entsetzen, als er endlich mit Marina allein war. »Hätte Jermak dich als Mädchen erkannt . . .«

»Was hättest du dann getan, Iwan Matwejewitsch?« fragte sie zurück und stemmte die Arme in die Seiten. Die rote Mütze saß schief auf ihren blonden Haaren, die sie jetzt etwas länger trug, was ihrem Gesicht jene fromme Weichheit gab, vor der Muschkow hätte niederknien können.

»Nichts! Was hätte ich tun können?«

»Jermak töten!« Sie lächelte milde. »Muß man dir alles vorsagen?«

»Du bist verrückt!« stotterte Muschkow. »Marinotschka, du bist verrückt. Das ist doch vollkommen unmöglich . . .«

»Wenn man einen Menschen liebt, gibt es das Wort unmöglich nicht mehr.«

»Würdest du denn für mich sterben, wenn mir etwas geschieht?« fragte Muschkow. Sein Atem ging schwer.

»Jederzeit, Iwan Matwejewitsch. Immer! Wer dich tötet, wird von mir getötet.«

»So liebst du mich?«

»Das weißt du doch.«

»Ich weiß es nicht!« schrie Muschkow und raufte sich die Haare. »Ich darf dich nicht einmal anfassen!«

»Wer weiß . . .«, sagte Marina und drehte sich weg. Sie warf den Kopf keck in den Nacken und ging davon mit einem wiegenden Gang, der Muschkow das Blut heiß in den Kopf und in andere Stellen seines Körpers trieb.

»Langsam wirst du ein Mensch«, rief sie über die Schulter zurück. »Nur überleg dir, wie wir unsere Liebe verbergen sollen! Du kannst doch nicht mit Jermaks Adjutanten in einem Bett liegen! Jermak Timofejewitsch würde dich sofort in einem Sandsack in den Fluß hängen . . .«

Sprachlos, mit aufgerissenem Mund, einem Riesenfrosch nicht unähnlich, starrte Muschkow ihr nach.

Der Frühling kam; man schrieb nun das Jahr 1581, und die Bäume blühten; auf den Feldern stand noch das Schmelzwasser, denn unter der aufgeweichten Erdschicht klammerte sich der Frost noch tief in den Boden. Auf der Kama fischten wieder die Leute aus Orjol, und die Stroganows machten ihren Geschäftsbericht fertig über einen fetten Winter . . .

Das war aber auch alles, was sich tat.

Nichts von dem Wunderland Mangaseja, nichts von einem Kriegszug, nichts von Reichtum für die Kosaken. Das Heer aus nunmehr tausend Mann stand erwartungsvoll bereit, gut ausgebildet, in eiserner Disziplin, nachdem Jermak noch viermal gezwungen worden war, Übeltäter in den Fluß zu hängen oder – in einem besonderen Fall – einen Kosaken, der einen Kameraden ermordet hatte, lebendig zu begraben.

Das Furchtbare dabei war, daß Marina Alexandrowna als Adjutant die Urteile im Namen Jermaks verlesen mußte. Jedesmal nach dieser schrecklichen Pflicht gab sie dem unschuldigen Muschkow laut weinend ein paar kräftige Ohrfeigen, und er ertrug sie stumm, wohl wissend, daß sie ihre ganze innere Qual damit aus sich herausschlagen mußte. Wen sollte sie auch anders schlagen als ihn? Er gehörte zu ihr, und ihr Kummer war auch sein Kummer.

Dann rannte Marina zum Kreml der Stroganows, suchte ihr Väterchen und weinte dort weiter. Der weise Lupin aber, dieses einmalige Vaterherz, faßte sie unter, ging mit ihr in die Stroganow-Kirche, stiftete dort eine geweihte Kerze und bat den Popen um Vergebung der Sünden dieses jungen Kosaken und um seinen Segen.

»So geht es nicht weiter«, sagte Jermak endlich im Mai zu Maxim und Nikita Stroganow. Ihr Onkel Semjon, der letzte einer Generation, die dem Zaren Iwan dem Schrecklichen noch in die Augen blicken konnte, während jüngere nur auf dem Gesicht lagen, hatte sich in ein Kloster zurückgezogen und starb dahin.

Das übrigens war Tradition bei den Stroganows: Am Ende ihrer Tage, und sie fühlten genau, wann das war, verließen sie allen ihren ungeheuren Reichtum und lebten in einer armseligen Klosterzelle, um Gott in Demut nahe zu sein, wenn er sie rief. So hatte es auch Anika Stroganow getan, der große weise Mann, der aus einer einfachen Handelsfamilie eine russische Großmacht werden ließ: Als er den Tod nahen fühlte, trat er in das Kloster bei Solwytschegodsk ein und nannte sich »Mönch Joasaph«.

»So geht es auch nicht weiter, Jermak Timofejewitsch«, antwortete Nikita Stroganow. Er war der militärische Führer der Sippe; Maxim kümmerte sich mehr um den Handel und die Vermehrung des Vermögens. »Du hast ganz recht, aber bedenke: Sibirien zu erobern und Kutschums Heer zu vernichten, ist ein Vorhaben, das selbst der Zar nicht wagt.«

»Der Zar ist ein alter Schwätzer«, rief Jermak stolz. »Er soll sich um seine Huren kümmern und uns Sibirien überlassen.«

»Aber die Schlagkraft unserer Truppe . . .«

Jermak unterbrach Nikita: »Ein Furchtloser zählt mehr als hundert Wankelmütige! Wir sind tausend Männer – hat Kutschum hunderttausend Krieger?«

»Wir werden es sehen.« Nikita Stroganow ging zu einem breiten Tisch. Eine große Karte, gezeichnet auf einem riesigen Pergament, bedeckte die Tischplatte: Das Permer Land mit allen Flüssen und Hügeln, mit Bergen und Seen, Siedlungen und befestigten Plätzen, Wegen und Sümpfen.

»Wir haben Sorgen, Jermak«, sagte Maxim Stroganow, der bisher geschwiegen hatte.

»Sorgen? Bei tausend Kosaken?«

»Hier . . .« Nikita Stroganow deutete mit dem Zeigefinger auf ein Gebiet der riesigen Landkarte. »Die Flüsse Sylwa und Tschussowaja. An ihren Ufern befinden sich gute Siedlungen, Boden, den wir einmal urbar gemacht haben, mit reichen Pelzjägereien. Seit vier Tagen brennen dort neun Ortschaften! Mit etwa siebenhundert Wogulen und Ostjaken ist Mursa Beguly darüber hergefallen und hat alle Siedlungen geplündert.«

»Wer ist Mursa Beguly?« fragte Jermak ruhig. Er betrachtete die Karte.

»Ein Gebietsfürst, der bisher Tribut zahlte und ruhig war. Und plötzlich steht er auf, erkennt den Zaren nicht mehr an und zieht durchs Land.«

»Er kommt wie gerufen!« sagte Jermak und lächelte breit. »Nikita Stroganow, die Kosaken werden beweisen, was sie unter einem Sieg verstehen!«

»Ich verlasse mich darauf.« Nikita Stroganow faltete die Hände über der Karte, so daß die Fingerspitzen über den Ural zeigten. »Wenn du siegst, Jermak, ist der Weg frei nach Sibirien . . .«

Der 22. Juli war ein Tag voller Sonne und Licht. Das Land glänzte wie poliert, aber es staubte, wenn man darüber ritt. Welch eine Wolke von Staub aber steigt in den Himmel, wenn tausend Kosaken auf ihren schnellen Pferdchen daherreiten, vorweg die Lanzenträger mit den Wimpeln, dahinter die Hornisten und dann die wogende Menge der Männer und Pferdeköpfe! Es ist, als wenn die Erde aufbräche und jedes Staubkorn Gestalt annähme – das Herz bleibt einem stehen beim Anblick von soviel wilder, geballter Kraft.

Auf einem steppenähnlichen Gelände an der Sylva begegneten sie sich zum erstenmal, die kleinen, schlitzäugigen Ostjaken und Wogulen und die Kosaken des Jermak, die sich vor Freude nicht zu lassen wußten, daß es wieder ans Kämpfen ging!

Sie standen sich gegenüber, zwei kleine Heere, und es gab zwischen ihnen für beide nur die Vernichtung.

Mursa Beguly, wie Jermak an der Spitze seiner Truppe, hob die Hand vor die Augen, um besser gegen den Sonnenglast sehen zu können. Er wußte nicht, was ein Kosak ist . . . Für ihn waren das da drüben berittene Bauern, die sich wehren wollten, Männer der Stroganows, wie man schon viele aufs Haupt geschlagen hatte.

»Wir reiten sie nieder!« schrie Mursa Beguly. »Vorwärts!«

Im gleichen Augenblick rief Jermak mit zusammengezogenen Augenbrauen: »Zum Angriff schwärmt auseinander! Hornisten, blast das Signal!« Er stellte sich in die Steigbügel und streckte die Faust hoch in den heißen Himmel. »Boris Stepanowitsch, hinüber zur dritten und vierten Hundertschaft! Wir machen den Fächer! Kosaken — los!«

Ein greller Aufschrei zerfetzte den Sonnentag. Von gegenüber antwortete ihnen das helle Geheul der Ostjaken und Wogulen. Marina riß ihr Pferd herum und sah im gleichen Augenblick, wie Muschkow die Beherrschung verlor. Die Angst um Marina schien ihm alles zu rauben, was er in langen Kosakenjahren gelernt hatte. Statt an der Seite Jermaks zu bleiben, der vorwärts galoppierte, lenkte er sein Pferd zur Seite, um Marina nachzureiten.

Um sie herum brauste schreiend die Attacke, wehten die Pferdemähnen, jagten die brüllenden Kosaken mit gefällten Lanzen, standen die Gewehrschützen in den Steigbügeln und schossen im vollsten Galopp auf die ihnen entgegenstürmenden Krieger Begulys.

Auch ohne Marinas Befehlsübermittlung entfaltete sich der berühmte Kosakenfächer. Die Hundertschaften ritten weit auseinandergezogen und gestaffelt wie rasende Teufel gegen den Feind. Hufe donnerten über den staubenden Boden, Hörner klangen, die Klingen der Säbel und die Lanzenspitzen blitzten.

»Marina!« brüllte Muschkow. Er vergaß alle Vorsicht und schrie sein ganzes Herz aus sich heraus. »Bleib stehen!«

»Iwan!« rief sie hell zurück. »Bleib bei mir!«

Dann wurden sie mitgerissen und galoppierten vorwärts. Ihre Pferde überholten die anderen, und, da sie die besten und schnellsten Gäule neben Jermak hatten, ritten sie plötzlich wieder an der Spitze der Kosaken, ohne es zu wollen.

Ihnen entgegen, in einer gelben Staubwolke, kreischend wie eine Horde von Affen, jagten die Ostjaken und Wogulen heran.

»Du sollst nicht sterben!« schrie Marina. »Iwan, ich liebe dich!«

Und dann geschah etwas, das im allgemeinen Trubel unterging, was niemand sah, weil Staub alles einhüllte und weil die Augen nur nach vorn blickten, begierig, den Mann zu sehen, den man töten wollte . . .

Muschkow wurde durch einen heftigen Ruck aus dem Sattel gerissen, kugelte über den Boden und lag dann ganz ruhig, die Arme über dem Kopf verschränkt und darauf wartend, daß hundert Pferdebeine ihn tottrampelten. Aber er überlebte es. Er bekam zwar einige heftige Tritte, einige Püffe mit, doch dann war nur noch Staub um ihn, der ihn völlig einhüllte. Er hörte deutlich, wie in einiger Entfernung die Heere aufeinanderprallten und wie die ersten Todesschreie gellend durch die Staubwolken drangen.

Er setzte sich auf, sah sein Pferd hinter sich stehen, daneben Marinas Pferd, und sie selbst stand mit gespreizten Beinen auf der Erde, eine Pistole in der Hand, die rote Mütze weit im Nacken, und starrte auf die Kämpfenden.

Iwan Matwejewitsch Muschkow stand mühsam auf und humpelte auf sie zu. »Ich bin vom Pferd gefallen . . .«, sagte er und spuckte Staub aus. »Zum erstenmal in meinem Leben falle ich bei einer Attacke vom Pferd! Ich begreife es nicht . . .«

»Man hat dich heruntergestoßen!« sagte Marina ruhig. Ein Wogule, der allein den Kosakenfächer durchbrochen hatte, jagte schreiend auf sie zu. Marina hob die Pistole, zielte kurz und schoß den kleinen gelben Mann aus dem Sattel. Muschkow riß ihr die Waffe aus der Hand und starrte sie fassungslos an.

»Heruntergestoßen?« wiederholte er.

»Ja. Ich habe dich vom Pferd geworfen! Du sollst weiterleben – und du lebst! Ich liebe einen Mann, aber kein Kreuz auf einem Hügel. Iwan Matwejewitsch, ich bin so glücklich, daß mir das gelungen ist . . .«

Sie stellte sich auf die Zehenspitzen und küßte ihn.

»Ich bin vernichtet!« sagte Muschkow dumpf. »Bei allen Heiligen – ich bin kein Kosak mehr . . .«

Das kleine Heer des Mursa Beguly, diese schnellen, schrägäugigen Ostjaken und Wogulen, wurde vernichtend geschlagen. Jermaks Kosaken räumten unter dem Gegner auf als gälte es, einen Schwarm Ratten zu vertilgen. Im vollsten Galopp feuerten sie in die feindlichen Reiterscharen, fällten dann die Lanzen oder schwangen die gebogenen Säbel – und das alles mit sieghaftem Gebrüll, mit einer wahrhaft teuflischen Lust am Töten.

Über ein Jahr hatten die Kosaken gerostet, hatten nur diesen langweiligen Exerzierdienst getan, hatten für diesen Fall geprobt, bis ihnen das Attackereiten gegen Holzpfähle und Strohpuppen zum Halse heraushing. Jetzt mähten sie mit ihren Säbeln die kleinen Ostjaken aus den Sätteln, wie ein Bauer das reife Korn mäht; sie spalteten ihnen die Köpfe, zerhieben ihre Schultern, spießten sie auf und schrien dabei: »Hoi! Hoi!«

So etwas hatten die Männer von Mursa Beguly noch nicht erlebt. Widerstand der überfallenen Siedler – das war selbstverständlich. Wilde Kämpfe mit den Schutztruppen der Stroganows an den befestigten Plätzen – es waren ehrliche Schlachten. Aber was hier geschah, was da brüllend und lachend und voller unaufhaltsamem Vernichtungswillen herangaloppiert kam, das war nicht mehr menschlich, das konnte nicht von dieser Welt sein! Da gab es nur noch eins: sich retten, auch wenn es feige war. Ist der feige, der vor einem Kosaken davonläuft? Darf man nicht auch vor dem Satan flüchten?

Das Reiterheer des Mursa Beguly zerfiel, nach allen Seiten ritten die Männer weg, über den Hals ihrer kleinen Pferde gebeugt, sich in den Sätteln verkriechend, auch wenn das unmöglich war. Die Kosaken begannen, die Flüchtenden einzeln zu jagen wie Schnepfen. Sie stachen die kleinen Männer von ihren Pferdchen.

Auch Muschkow und Marina saßen wieder auf ihren Gäulen, und sie mußten schießen und mit den Säbeln zuschlagen, wenn einige von Mursa Begulys Reitern an ihnen vorbei wollten und in panischer Angst die Weite der Steppe suchten. Dann deckte Muschkow Marina mit seinem Leib, und sie benutzte diesen Schutz, um die Pistolen nachzuladen und über seine Schulter hinweg zu schießen.

Jeder Schuß traf, aber eine Reiterpistole, neben dem Ohr abgefeuert, das gibt einen Knall, dem kein Trommelfell standhält. Nach vier Schüssen hörte Muschkow nichts mehr vom Schlachtenlärm. Fast lautlos zog vor seinen Augen die Vernichtung wie ein stummer Traum ab, und selbst als Marina ihm in einer Pause ins Ohr brüllte: »Ich liebe dich, alter Mann!« verstand er nur »alter Mann« und fragte sich, was er nun wieder falsch gemacht habe.

Umgeben von schreienden Verwundeten und einigen Toten des gegnerischen Heeres traf Jermak die beiden an. Er ritt herum und suchte seinen Stellvertreter und seinen Adjutanten.

»Die Truppe ist ohne Führung!« brüllte er. »Was steht ihr hier herum?«

Muschkow hörte wieder nichts und grinste Jermak dämlich an. Er glaubte, Jermak habe ein Lob ausgesprochen. Dafür antwortete Marina, und zwar ebenso laut: »Wir haben uns nicht hinter einem Busch verkrochen und uns aus Angst die Hosen vollgemacht, sondern gekämpft wie du!« Sie zeigte auf die Toten und Verwundeten. »Glaubst du, die haben sich freiwillig hier hingelegt?«

»Mein Adjutant hat neben mir zu sein!« brüllte Jermak.

»Ist der Fächer nicht entfaltet worden?« rief Marina zurück.

»Ich habe neue Befehle gegeben – aber wer war nicht da, um sie weiterzuleiten? Boris Stepanowitsch!« Jermak ritt nahe an sie heran, seine dunklen Augen waren kalt und mitleidslos. »Willst du auch im Fluß hängen, Bürschchen?«

»Man hat Iwan Matwejewitsch aus dem Sattel gestoßen!« sagte sie ruhig. »Ich habe ihm geholfen, und als wir wieder im Sattel saßen, wart ihr schon weg! Sollte er zertrampelt werden, he? Ist das deine Freundschaft, Jermak Timofejewitsch?«

Dieser starrte sie entgeistert an. Solange er Kosakenhetman war, hatte niemand gewagt, so mit ihm zu reden. Sein Wort allein galt – es gab keinen Widerspruch. Einen König der Kosaken hatte es nie gegeben – aber Jermak herrschte wie ein König.

»Laß die Hornisten zum Sammeln blasen!« befahl Jermak hart. »Wer von Mursa Begulys Leuten noch lebt, soll flüchten und verkünden, daß eine neue Zeit angebrochen ist. Wir werden diese neue Zeit schaffen, nicht wahr, Boris Stepanowitsch?«

»Vielleicht«, antwortete Marina und versetzte damit Jermak wieder einmal in Staunen. »Aber eine neue Zeit braucht nicht nur starke, sondern auch kluge Männer!«

Damit riß sie ihr schnelles Pferd herum und galoppierte davon. Jermak starrte ihr nach, dann hieb er dem grinsenden Muschkow auf die breite Schulter.

»Das Kerlchen wird frech«, sagte Jermak. »Wir müssen auf ihn aufpassen, Iwan Matwejewitsch.«

»Ich höre nichts mehr, Brüderchen!« entgegnete Muschkow und lächelte entschuldigend. Er vernahm in beiden Ohren nur ein Rauschen, als läge sein Kopf in den Wellen des Schwarzen Meeres. Sicherlich sagte Jermak etwas Gutes, denn der Schulterhieb drückte pure Freundschaft aus – er kannte das.

»Lach nicht so dämlich!« schrie Jermak. »Wie konntest du aus dem Sattel fallen?«

»Ja, ja!« antwortete Muschkow, der wieder nichts verstanden hatte und grinste weiter.

»Bist du blöde geworden?« brüllte Jermak.

»Ich kann wirklich nichts mehr hören!« schrie Muschkow zurück. Er hatte eine gewaltige Stimme, die Jermak wanken machte, aber wer nichts hört, der hat auch seine eigene Stimme nicht mehr unter Kontrolle. »Feuert Schuß um Schuß neben meinen Ohren ab, dieser Boris Stepanowitsch! Welches Gehör hält das aus?«

Jermak verzichtete darauf, Muschkow einen speicheltropfenden Idioten zu nennen, riß sein Pferd herum und sprengte

Marina nach, die an den Hornisten den Befehl: »Blast zum Sammeln!« weitergab.

Er erreichte sie, als sie gerade mitten im Getümmel von über fünfzig Pferden, um sich schlagenden Kosaken und flüchtenden Wogulen einem Fahnenträger den Lanzenwimpel entriß, weil dieser, von einem Pfeil getroffen, im Sattel schwankte.

»Angst kennst du wohl nicht, Bürschchen?« schrie Jermak. »Und töten ist für dich eine Lust, was?«

»Töten ist furchtbar, Jermak Timofejewitsch!« sagte Marina Alexandrowna und stellte die Lanze mit dem Wimpel in den Steigbügel. Jetzt glich sie einer Johanna von Orléans der Kosaken ... aber wer kannte schon in Rußland das in den Flammen lodernde Mädchen aus Domrémy? »Ich habe es nur getan, um Muschkow und mich zu schützen! Ich hasse den Krieg!«

»Wir kämpfen für das Christentum!« sagte Jermak dunkel.

»Ich weiß.« Sie lachte ihn an, und einen Augenblick lang dachte Jermak: Das könnte ein Mädchen sein! Dieser Boris Stepanowitsch ist fast zu schön für einen Mann ... Kein Wunder, wenn ihn manche ansehen und merkwürdige Gedanken bekommen. Die Grübchen in den Wangen funkelten. »Es gibt keinen Kosaken, der nicht schamlos lügt ...«

Da lachte auch Jermak, schrie »Hoi! Hoi!« und galoppierte einem Trupp nach, der noch einige Ostjaken verfolgte.

Es war ein vollkommener Sieg, und die Stroganows waren sehr zufrieden.

Sie zahlten Jermak als Prämie fünftausend Goldrubel – ein Vermögen im Jahre 1581.

Nikita und Maxim Stroganow konnten feststellen, daß die Probe gelungen war, die Schlagkraft der kleinen Armee war bewiesen. Gut ausgerüstet, konnte man es wagen, den Ural zu überqueren und in das sagenhafte Land Mangaseja einzubrechen. Sibirien war reif für die Eroberung.

Alles, was man über das unendliche Land wußte – von Pelztierjägern, von wandernden Mönchen, aus den Erinnerungen des heiligen Stephanus, der als erster Priester allein in die Wildnis gezogen war, wurde noch einmal zusammengestellt. Man zeichnete Karten nach diesen Angaben, man wußte, daß es die großen Flüsse Tobol und Irtysch gab, die sanfte Tura und die steinige Tunguska. Man wußte von den unübersehbaren Wäldern und Sümpfen, von dem unfaßbaren Reichtum an Bibern, Zobeln und Füchsen. Man munkelte von Goldfunden an den Flüssen ... dort sollte der Reichtum einfach im Sand liegen – und niemand nahm ihn auf!

Dieses Land für das Christentum zu erobern – so lautete die offizielle Begründung – in Wahrheit aber unermeßlichen Reichtum zu sammeln für den Zaren in Moskau, für die Stroganows, für Jermak und seine wilde Bande ... das war eine Aufgabe, wie sie noch keinem Menschen gestellt worden war.

Sogar der alte, weise Semjon Stroganow kam aus seinem Kloster Solwytschegodsk zurück an die Kama, so wichtig erschien ihm dieser geschichtliche Moment – die Verwirklichung dieses Vorhabens. Was Zar Iwan mit seinem Dekret im Jahre 1574 den Stroganows zugesagt hatte – freie Hand bei der Eroberung Sibiriens – das sollte nun endlich Früchte tragen. Die reichsten Männer der Welt – das würden die Stroganows sein, wenn Jermaks Sibirienzug erfolgreich war.

Eines Abends kam ein Bote aus dem Kreml von Orjol und bat Jermak Timofejewitsch als Gast zu den Stroganows.

»Ihr kommt mit!« sagte Jermak zu Muschkow und Marina Alexandrowna. »Und laßt eine Hundertschaft vor dem Kremltor warten. Es gibt keinen, der Jermak überlisten könnte!«

Im Audienzsaal der Stroganows war ein riesiger Tisch gedeckt. Es gab Wein aus Frankreich, ein ganzes gebratenes Schwein, Hühner und Platten voller Gemüse und Obst. Zierliche blonde Mädchen aus Livland versahen statt der Diener den Dienst an der Tafel. Eine kleine Kapelle – Holzbläser, Gitarristen und Zimbelschläger – saß hinter einem großen Vorhang aus chinesischer Seide und begleitete das Essen mit leiser Musik.

Jermak war auf der Hut. Wie ein in einem goldenen Käfig gefangenes Wild lauerte er, wog jedes Wort ab und wartete auf die große Enthüllung. Gastfreundschaft allein bestimmte diesen Abend nicht, so gut kannte er die Stroganows bereits. Und die Anwesenheit des alten Semjon bewies ihm vollends, daß heute noch eine große Entscheidung getroffen werden sollte.

Maxim, der Kaufmann, begann das Vorgeplänkel, nachdem man sich zum wiederholten Mal mit Wein in geschliffenen französischen Pokalen zugetrunken hatte. Nikita hatte abseits, noch durch einen Gobelin verdeckt, einen Tisch mit Karten aufgebaut. Semjon, der alte Fuchs, saß in Mönchskleidung am Tisch, scheinbar weltentrückt – und doch der große Geist, der alles bestimmte und dirigierte. Er hatte die Verträge entworfen und fertig geschrieben, nur die Unterschriften fehlten noch. Was ein Stroganow auch tat – es war immer durch Verträge abgesichert.

»Jermak Timofejewitsch«, begann also Maxim Stroganow, »heute ist ein großer Tag!«

»Ich habe schon manches Schwein gegessen«, entgegnete Jermak schlagfertig.

»Du wirst einmal essen können wie ein Bojar!«

»Ein Bojar ist ein Nichts!« sagte Jermak stolz. »Wenn es heißen würde: Jemand kann leben wie Jermak, dann hat er den Himmel in der Hand!«

»Richtig!« sagte Muschkow laut und warf einen Schweineknochen hinter sich auf den Boden. Marina trat ihn gegen das Schienbein. Er verzog das Gesicht, schielte zu ihr und begriff sofort, daß man sich so an der Tafel vornehmer Herren nicht benimmt.

»Wann ziehen wir nach Sibirien?« fragte Marina mit ihrer hellen, kräftigen Stimme, die jeder für eine Jungenstimme hielt.

Maxim Stroganow nickte ihr lächelnd zu. »Sofort, wenn die Ausrüstung ausgegeben worden ist.«

»Es liegt alles bereit, Jermak Timofejewitsch. Wir haben in den vergangenen Wochen vor allem aus der livländischen Provinz die besten Waffen herangeholt.«

»Die Deutschen, Livländer und Schweden verstehen zu kämpfen«, bestätigte Jermak. »Ich war selbst ein paar Jahre als Jüngling im Norden, habe Lasten geschleppt, Kähne beladen und mich als Flußmatrose verdingt. Damals war es an der Wolga sehr unruhig.«

Damals jagten dich die Soldaten des Zaren, dachte Semjon Stroganow und lächelte breit. Was sie an Kosaken greifen konnten, wurde aufgeknüpft. War das nicht die Zeit, als ihr die Nogaier überfallen habt? Saraitschik hieß die Hauptstadt des Nogaier-Khans, und ihr habt sie geplündert, die Moscheen zerstört, die Läden aufgebrochen, die schönen Mädchen geschändet, ihr habt sogar die Toten aus ihren Gräbern gescharrt und ihnen den Schmuck entrissen. Damals küßte man sich, wenn man einen Kosaken getötet hatte ... Ein Teufelchen weniger auf der Welt, hieß es damals! Aber du konntest nach Livland entkommen, Jermak Timofejewitsch. Wir kennen deine Geschichte genau.

»Nikita wird euch nachher den Plan im einzelnen erläutern«, sagte Semjon, der Alte, laut. »Wir werden jetzt darüber verhandeln, was jeder Mann, der nach Sibirien zieht, von uns bekommt.«

»Einen gerechten Anteil an der gesamten Beute!« verlangte Jermak sofort und legte beide Fäuste auf den Tisch. Und Muschkow ergänzte laut und klar:

»Versprechungen gelten nicht. Wir wollen es vertraglich haben, nicht wahr, Boris Stepanowitsch?«

Marina schwieg. Jermak sah sie aus den Augenwinkeln an, und es war besser, als Jüngster in dieser Runde den Mund zu halten.

»Die Verträge sind ausgestellt.« Semjon, im Mönchsgewand, zeigte auf eine dicke Ledermappe mit goldenen Schlössern und dem Wappen der Stroganows auf dem Deckel. »Zuerst aber die Ausrüstung. Ich lese vor.« Er nahm das Blatt Pergament, das ihm Maxim reichte, führte es nahe an die Augen und begann:

»Für die ganze Truppe drei Kanonen neuester Bauart, von deutschen Kanonenbauern entworfen. Die besten Flinten, die es gibt. Für jeden Mann: drei Pfund Pulver und genügend Blei. Dann drei Pud Roggenmehl, ein Pud Zwieback, Salz, zwei Pud Buchweizen und zwei Pud Tolokno.«

Semjon schwieg und sah Jermak über den Rand des Pergaments an. Tolokno, das war für jeden Soldaten eine Kostbarkeit vom Ural bis zum Adriatischen Meer. Tolokno, das ist gerösteter und gemahlener Hafer, aus dem die herrlichsten Dinge gebacken und gekocht werden können. Mit Tolokno in den Vorratsbeuteln hatten die Russen ihr Riesenreich erobert. Auch Sibirien würde da keine Ausnahme machen . . .

»Das ist wenig«, sagte Jermak nach einer Weile des Nachdenkens.

»Viel zu wenig!« bestätigte Muschkow, einem Echo gleich.

»Ein Kosak frißt wie drei Ochsen!« ergänzte Marina Alexandrowna.

Das war nicht gerade höflich, und Jermak überlegte sich, ob er den Jungen nicht vom Tisch prügeln sollte. Muschkow erbleichte und blickte starr zu der getäfelten und bemalten Decke empor. Madonna, heiliger Stephan, sie redet sich um ihren Hals, dachte er voller Panik.

»Es geht weiter.« Semjon Stroganow beugte sich wieder über die Liste. »Für jeden Mann außerdem noch Butter und ein halbes Schwein.«

»Johei!« brüllte Muschkow. »Das ist gut!«

»Und für die Pferde?« fragte Jermak.

Die Stroganows sahen sich an. Nikita, der Stratege, erhob sich schließlich und zog den Gobelin zur Seite. Der große Tisch mit den Karten wurde sichtbar. »Wir haben die besten Boote konstruiert, die je auf einem Fluß gefahren sind«, sagte Nikita Stroganow. »Wir haben alle Erfahrungen gesammelt und daraus etwas Neues gemacht. Breite, aber leichte Boote, die viel an Mann und Material aufnehmen, aber selbst ohne Schwierigkeiten getragen werden können . . .«

»Boote?« Jermak stand langsam auf und stützte sich auf seine Fäuste. »Sollen wir etwa Boote tragen?«

»Es gibt nur einen sicheren Weg über den Ural, und der ist, die Tschusowaja hinaufzufahren bis zur Wasserscheide im Ural. Dann müßt ihr die Boote auf den Rücken nehmen und hinübertragen auf die andere Seite des Gebirges, bis ihr die Tura erreicht. Dort schifft ihr euch wieder ein, fahrt die Tura hinunter und erreicht den Tobol. Dann seid ihr schon mitten im Gebiet des sibirischen Zaren Kutschum.« Nikita schwieg, fügte aber dann schnell hinzu: »Des Gottlosen!«

»In Ewigkeit, Amen!« antwortete Jermak sarkastisch. Er starrte die Stroganows an, als seien es Geister. »Und unsere Pferde?« fragte er schließlich.

»Nach Sibirien kommt man nur über die Flüsse. Die Pferde müßt ihr hier lassen!«

Man kann einem Kosaken erzählen, daß die Sonne mit dem Mond zusammenstößt, daß die Wolga statt ins Schwarze Meer nach Norden fließt, daß man Weizen aussät, aber Kohl erntet . . . Er nimmt es hin und zuckt nur mit den Schultern. Einem Kosaken aber zu sagen, er dürfe nicht mehr auf dem Rücken eines Pferdes sitzen, ist der Untergang der Welt.

»Ohne Pferde?« fragte Jermak heiser.

»Ich kann nicht nach Sibirien reiten?« stotterte Muschkow.

Und selbst Marina sagte leise: »Ohne Pferde? Unmöglich!«

»Gehen wir!« sagte Jermak nun laut. »Die Herren Stroganow brauchen Leute, die mit dem Wind pissen! Wir aber pissen gegen den Wind und besiegen ihn! Die Herren brauchen andere Leute!«

»Sieh dir die Karten an, Jermak Timofejewitsch!« erwiderte Nikita Stroganow. »Wenn du einen anderen Weg weißt, sag ihn uns! Wir sind bereit, alles umzustellen!«

Jermak ging zu dem großen Tisch. Lange studierte er die

Karten, beugte sich über die Zeichnungen, überlegte, kaute an den Nägeln, schloß die Augen und dachte nach. Niemand störte ihn . . .

Maxim Stroganow las in den Materiallisten, Nikita stand abseits an dem Gobelin, Semjon, der Alte, trank genußvoll von dem französischen Wein. Muschkow kaute an der Unterlippe, er hätte zu gern Marina berührt, das beruhigte ihn immer, glättete auf seltsame Weise seine erregten Nerven. Nachts tat er es heimlich, wenn Marina schlief. Dann legte er seine Hand ganz vorsichtig auf ihre feste Brust, und aller Kummer glitt von ihm. Es war ein herrliches, mit nichts zu beschreibendes Gefühl . . .

»Die Tschusowaja hinauf, mit den Booten durch den Ural und dann die Tura hinunter zum Tobol, das ist der einfachste Weg«, sagte Nikita, als Jermak immer noch schwieg. »Weiter südlich sind die Gebirge höher, die Schluchten tiefer, die Pfade unpassierbar, weder mit Booten noch mit Pferden. Bis man da einen guten Weg entdeckt hat, ist Sibirien nur zu Fuß oder über die Flüsse zu erobern. Kutschums Leute haben es einfacher. Es ist ihr Land, sie kennen es. Wo ihre Reiter hinüberkommen in unser Gebiet, weiß niemand. Auch der heilige Stephan hat zu Fuß . . .«

»Ich bin kein Heiliger!« sagte Jermak grob. »Ich brauche Pferde, um meine Beute wegzubringen! Sollen wir alles auf dem Rücken schleppen? Sollen wir Sibirien auf den Schultern wegtragen? Ein Kosak ohne Pferd . . .«

»Drüben, in Mangaseja, wird es wieder Pferde geben.« Semjon Stroganow, der Alte, erhob sich ächzend. Seit einem Jahr plagte ihn die Gicht. »Aber du wirst so klug sein, auf den Flüssen zu bleiben, Jermak Timofejewitsch. Ein Pferd kann verrecken, aber ein Fluß fließt ewig!«

»Ich muß es überlegen.« Jermak wandte sich von dem Kartentisch ab. »Selbst ich habe nicht den Mut, meinen Männern zu sagen, daß sie nicht nach Sibirien reiten dürfen.«

»Dann erkläre ich es ihnen«, sagte Nikita Stroganow.

»Versuch es, feines Herrchen.« Jermak lächelte böse. »Sie

werden dich in Stücke zerreisen wie Bröckchen für eine Suppe! Ein Kosak ohne Pferd ist kein Mensch.«

Muschkows Gesicht glänzte. »Hörst du«, flüsterte er Marina zu, die vor ihm stand, »wir sind doch Menschen.«

»Man kann darüber streiten«, flüsterte sie zurück. »Und das werden wir nachher, Bärchen.«

Muschkow seufzte, ging zu Jermak und sagte recht laut: »Jermak Timofejewitsch, ich bin dafür, daß wir zum Don zurückreiten, aber erst Orjol zerstören. Man hat uns betrogen!«

Die Stroganows hielten den Atem an. Jetzt fiel die Entscheidung ... Sie wußten genau, daß gegen tausend gut ausgebildete Kosaken ihr Reich aus Handel und Geld verloren war.

»Nikita Stroganow hat recht«, sagte Jermak mit langsamer, schwerer Zunge. Es war doch sehr schwer, die Wahrheit einzusehen. »Sibirien erreichen wir nur über die Flüsse! Mit unseren Pferden kommen wir nie durchs Gebirge, nicht über den Ural ... Das ist ein Felsriegel des Satans!«

»Gott wird helfen!« sagte der greise Semjon fromm. »Ihr werdet hinter gestickten Fahnen mit den Bildern der Mutter Gottes und der Heiligen ins Unbekannte ziehen.«

»Und unsere Beute?« fragte Muschkow hartnäckig.

»Alles, was ihr wegtragen könnt!« Semjon Stroganow faltete die Hände über seinem Mönchsgewand. »Eure Ausrüstung hat uns zwanzigtausend Goldrubel gekostet, die hat nicht einmal der Zar zur Verfügung für seine Truppen! Ihr seid die beste Armee der Welt!«

VII

Es dauerte zwei Wochen, bis sich Jermaks Leute damit abgefunden hatten, daß sie nicht nach Sibirien reiten sollten. Sie standen am Ufer der Kama, betrachteten die breiten, flachen und leichten Boote, eine geniale Konstruktion deutscher Bootsbauer, fluchten und verwünschten die Stroganows. Und dann setzte Jermak sogar Übungen an, exerzierte das Tragen der Boote auf Rundhölzern, die man über die Schulter legte und fand dabei heraus, daß es am besten war, wenn alle Bootsträger gleich groß waren und den gleichen Schritt hatten. Es schwankte dann am wenigsten. Das Geschrei war groß, als Jermak begann, den »deutschen Schritt« einzuüben.

Auch Alexander Grigorjewitsch Lupin, der Pferdearzt der Stroganows, rüstete sich zum Aufbruch. Er hatte die schwere Aufgabe, den Kosaken zu erklären, er müsse mit der Truppe ziehen, weil es nötig sei. Ein Pferdearzt, wo es keine Pferde gibt! Schließlich gelang ihm sein Vorhaben aber doch, indem er darauf hinwies, daß er auch Menschen behandeln und kurieren könne. Und auf welchem Kriegszug wurden keine Feldschere mitgenommen?

Der Mann, der am meisten beschäftigt war und dabei abnahm an Fleisch und Kraft, als zerstöre ihn die Auszehrung, war Oleg Wassiljewitsch Kulakow, der Kosakenpope. Bei ihm lieferten die fleißigen Stroganowschen Näherinnen die Fahnen mit den Heiligenbildern, der Mutter Gottes und dem Christuskopf ab. Meisterwerke der Stickkunst, unter vielen Tränen Stich für Stich entstanden ... Aber man weinte nicht um die schwere Arbeit, sondern um die Kosaken, die heimlich nun auch in die Scheunen und Häuser schlichen und ihre eigenen Kunstfertigkeiten den Näherinnen beibrachten. In einundeinhalb Jahren kennt man hundert verschwiegene Wege, die zu einem Ziel führen. Und sonntags fand ja die Aussegnung statt ...

Der Kosakenpope nahm die fertigen Fahnen ab, begutachtete sie und die dazugehörigen Weißnäherinnen mit strengem Blick, und gefiel ihm eine Fahne besonders gut – oder auch die Näherin –, beschloß er, sie sofort zu segnen. Das hält auch ein Pope nicht aus, und Kulakow beklagte sich bei Jermak, daß die Stroganows mehr Fahnen sticken ließen, als vielleicht Männer da waren, um sie zu tragen.

»Für jede Fünfzigschaft eine Fahne!« befahl Jermak. »Wir kämpfen im Namen der Christenheit, Väterchen.«

»O Gott!« Der Pope schlug die Hände zusammen, zerwühlte seinen Bart und verließ Jermaks Haus. Einen Tag lang segnete er keine Fahnen, sondern saß am Ufer der Kama und erholte sich. Als er am nächsten Tag die Kirchentür öffnete und sieben Fahnen mit sieben hübschen, jungen Näherinnen ehrfürchtig in den heiligen Raum traten, hob er den Blick gen Himmel. »Herr . . .«, sagte er. »Es muß Märtyrer geben, ich weiß es! Mache mein Herz und alles andere stark . . .«

Auch für Muschkow und Marina Alexandrowna gab es einige Schwierigkeiten. Obwohl – oder gerade, weil er Marina liebte, sagte Muschkow entgegen aller Vernunft: »Du bleibst hier! Du wartest, bis ich zurückkomme! Du ziehst nicht mit nach Sibirien! Ich lasse es nicht zu!«

Und sie antwortete ebenso fest: »Ich bin Jermaks Adjutant. Außerdem – du gehst doch auch?«

»Ich bin ein Mann!« rief Iwan Matwejewitsch.

Das hätte er nicht sagen dürfen. Sie lachte ihn an, ihre Grübchen tanzten auf den Wangen, ihre blauen Augen blitzten. Muschkow wußte genau, warum sie lachte, und knirschte mit den Zähnen.

»Du bist gegen das Töten!« schrie er. »Aber wir ziehen aus, um zu töten!«

»Ich weiß es, Iwan Matwejewitsch. Deshalb komme ich mit. Ich will verhindern, daß du tötest!«

»Willst du mich jedesmal aus dem Sattel stoßen?«

»Wenn es keine andere Möglichkeit gibt, muß ich es tun, Alterchen.«

»Und Beute soll ich auch nicht machen?«

»Nicht einen geflickten Schuh, der nicht dir gehört!«

»Gott verfluche Nowo Orpotschkow!« brüllte Muschkow unbeherrscht und schüttelte die Fäuste.

»Zu spät! Ihr habt es niedergebrannt, und du hast mich dabei erobert. Du hast mich zu deiner Beute gemacht!« Marina lachte hell und drehte sich um sich selbst, so zierlich und grazil, daß sich Iwans Herz zusammenkrampfte. »Nun mußt du deine Beute herumschleppen, Iwan, mein Liebling! Es gibt Krankheiten, die heilen nie. Die Liebe gehört dazu.«

»Einmal zerreiße ich dich im Bett«, sagte er dumpf. »Ich werde dein Körperchen einstampfen wie sauren Kohl! Oh, wird das eine Freude sein!«

»Du wirst mich küssen und weich wie Butter in der Sommersonne sein«, sagte sie und reckte sich. Ihre Brust zeichnete sich durch die Kosakenbluse deutlich ab. Er sah die Brustwarzen und schluckte krampfhaft.

»Wann?« stammelte Iwan. »Wann, meine goldene Rose? Wann, du herrliches Teufelchen?«

»Vielleicht ...«, sie sah ihn mit schief geneigtem Kopf an, »wenn du aus einer eroberten Stadt mit leeren Händen zu mir kommst.«

Dann ließ sie ihn stehen.

Am 25. August 1581 lagen die Boote am Ufer der Tschusowaja.

Das Stroganowsche Heer war bester Laune, trotz der Aussicht, diesen verdammten reißenden und steinigen Fluß mit seinen Stromschnellen hinaufzurudern, statt auf den schnellen Pferdchen nach Osten zu reiten. Wenn hier auch noch Steppe war, bei klarem Wetter sah man doch schon in der Ferne das drohende Gebirgsmassiv des Ural, eine Felswand, die sich hoch in den Himmel schob.

Alexander Grigorjewitsch Lupins Anwesenheit bei der Truppe fiel nicht auf, denn außer den Männern des Jermak war noch eine kleine Heerschar anderer Menschen am Ufer der Tschusowaja versammelt: Abenteurer, Jäger, Beamte der Stroganows, die überall Niederlassungen gründen sollten, Dolmetscher, die die merkwürdigen Idiome der Ostjaken, Wogulen, Tataren, Tagilen und anderer asiatischer Völker beherrschten, Flußlotsen, die jede Biegung des Stromes kannten, und ... Priester!

Sie kamen vor allem aus dem Kloster Uspensk zu Jermaks Armee, und der Kosakenpope Kulakow betrachtete sie nachdenklichen Blickes und mit zusammengekniffenen Augen. Die Kollegen zogen heran mit goldenen Fahnen, Vorsängern und Meßdienern, als handele es sich nicht darum, ein wildes unbekanntes Land zu erobern, sondern eine Osterprozession durchzuführen. Sogar der Bischof von Uspensk war mitgekommen – nicht, um nach Sibirien zu ziehen, sondern um die Boote, die tapferen Männer und die weinenden Frauen und Mädchen zu segnen und eine Rede zu halten, daß es bei diesem Kriegszug nur darum ginge, den gottlosen sibirischen Zaren Kutschum zu vertreiben und den Heiden das Kreuz zu bringen. Von den Zobeln, Silberfüchsen, Nerzen, Bibern und Eichhörnchen sprach niemand. Jede Eroberung hat einen gewissen Abfall . . .

Es ist schon ein großes Unterfangen, ein Heer von tausend Mann auf Booten unterzubringen, mit Waffen, drei Kanonen, aller Ausrüstung und Verpflegung, und vor allem mit den von den Stroganows bewilligten halben Schweinen pro Kopf. Das waren fünfhundert ganze Schweine, die man unmöglich transportieren konnte. Die Stroganows hatten das im voraus gewußt, und ihr hochherziges Angebot war deshalb von Anfang an ein Windei gewesen.

Muschkow fluchte gottserbärmlich, raufte sich die Haare und rechnete aus, daß man ja allein zehn Boote für die Schweine gebraucht hätte.

»Auch wenn wir sie salzen und in Stücke schneiden«, sagte Marina Alexandrowna, »nützt das gar nichts. Wir haben genug zu schleppen . . . wir müssen ja auch noch die Boote über den Ural tragen!«

»Gauner! Alles Gauner!« schimpfte Muschkow und blickte auf die quiekende Schweineherde am Ufer. Das Herz zerbrach ihm fast. Einige Kosaken waren dabei, ein paar der Tiere zu schlachten, aber das reichte nur als Verpflegung für die ersten zwei Tage. »Du bist doch ein kluges Mädchen, Marinuschka. Fällt dir nichts ein?«

»Nein.« Sie rückte die rote Mütze in die Stirn. »Es sei denn, wir reiten heute nacht heimlich nach Süden.«

Vom Ufer her winkte ihr Jermak, er brauchte wohl seinen Adjutanten.

»Jermak verlassen? Meine Kameraden betrügen? Nie!« schrie Muschkow.

»Dann wirst du eines Tages Äste fressen wie die Biber ...«, sagte Marina und ließ Muschkow stehen.

Am 1. September legten endlich die Boote unter dem Gesang aus tausend rauhen Kehlen vom Ufer der Kama ab. Der Bischof von Uspensk segnete, seine Diener schwenkten die Weihrauchkessel, die Kirchenfahnen knatterten im Wind, die Weiber heulten laut und die Männer waren froh, daß diese wilde Horde endlich verschwand. Wenn Gott ein gütiger Vater war, wie es immer hieß, ließ er sie für immer verschwinden! Sibirien möge sie verschlucken – das waren die frommen Wünsche, die den Booten nachfolgten.

»Ziehe hin in Frieden!« hatte Nikita Stroganow beim Abschied zu Jermak gesagt, hatte ihn wie einen Bruder umarmt und dreimal auf die Wange geküßt. Er übersah die Lage klarer als der Kosakenhetman. Für die Stroganows blieb das alles ein ungeheures Abenteuer mit einer geringen Chance. So siegessicher Jermak war, so unsicher waren sich die Stroganows. Sie spielten va banque ... schon oft im Laufe der Jahrzehnte hatte ein Stroganow mit höchsten Einsätzen gespielt – und hatte immer gewonnen!

Aber diesmal war es ein Spiel mit lauter Unbekannten. Man hatte nur einen Trumpf in der Hand: Jermak Timofejewitsch, der sich vor keinem Teufel fürchtete.

Aber war das genug, um Sibirien zu erobern?

Der Abschied der Kosaken von ihren Pferden war herzzerreißend gewesen. Alle Gäule standen, wie zur Parade aufgestellt, in Zehnerreihen am Ufer des Flusses, und jeder Kosak war zu seinem Pferd gegangen, hatte es umarmt und geweint. Noch nie hatte man tausend Männer auf einmal gesehen, die so laut schluchzten und sich die Bärte rauften, während sie Pferdenüstern streichelten und zärtliche Worte in die Pferdeohren flüsterten, Worte, die sie zu keiner Frau gesagt hätten, und wenn sie noch so hübsch gewesen wäre.

Dann hatte Jermak zum Aufbruch blasen lassen, und als die Männer alle in den Booten saßen und die Priester fromme Lieder sangen, waren sie wieder die alten wilden Kerle und übertönten die Kirchengesänge mit schweinischen Reiterliedern. Die großen Ruder tauchten in die rauschenden Wasser der Tschusowaja. Als erstes Boot legte das von Jermak ab, dann folgten Muschkow und Marina ... in jedem Boot danach zwanzig Mann und das Material. Es war schon eine riesige Flotte, die dem Ural entgegen fuhr, die bis dahin größte Invasion in ein unbekanntes Land.

Ein kalter Wind wehte ihnen entgegen, auch wenn die Sonne blank am Himmel stand und der Herbst gerade erst begonnen hatte. Der Ural schickte seinen ersten Gruß ...

Im ersten Boot neben Jermak saßen die Flußlotsen und der Pope Oleg Wassiljewitsch Kulakow. Der rhythmische Gesang aus tausend Kehlen, mit dem jeder Ruderschlag begleitet wurde, erfüllte die Luft. Noch war die allgemeine Begeisterung mitreißend ...

»Wie lange werden wir auf diesem elenden Fluß sein?« fragte Jermak einen Lotsen.

»In vier Tagen müßten wir den Rand des Gebirges erreicht haben.« Der Lotse, ein alter, vollbärtiger Schiffer und Fischer, blickte zurück auf die riesige Flotte. »Wir haben zuviel mitgenommen, Jermak Timofejewitsch.«

»Das weiß ich, Alter«, antwortete Jermak und starrte in das rauschende Wasser. »Aber nur so habe ich sie in die Boote bekommen, meine Männer. Nachher, im Ural, werden sie aufwachen. Es ist gut, daß es keine Umkehr gibt ...«

Dem Blickfeld der Stroganows entkommen, wurden aus den bisher kasernierten Kriegern bald wieder die alten wilden Kosaken. Um zu räubern, brauchten sie keine Pferde, und um Frauen zu jagen, waren ihre eigenen Beine schnell genug.

Allerdings hatten sie dazu in den ersten drei Tagen keine Gelegenheit. Die Tschusowaja erwies sich als ein recht gefährlicher Fluß, voller Untiefen und Steine. Ein paarmal saßen einige Boote fest. Dann mußte man in das kalte Wasser steigen und mit den Schultern den Kahn aus der Umklammerung von Steinen und Sand drücken. Bei Einbruch der Dunkelheit schlug man am Ufer das Lager auf; die Feuer loderten, der Geruch von Fleisch und Kohl lag wie eine schwere Wolke über dem Heer. Kleine Trupps schwärmten aus, erkundeten das Land, stießen auf freundliche Eingeborene, die ahnungslos die Fremden begrüßten und dafür verprügelt wurden.

Am vierten Tag – der Fluß wurde immer schmaler und steiniger – hatte man das Uralgebirge erreicht. Die Felsen waren nicht so hoch, wie man geglaubt hatte, die mächtigen Berge begannen erst weiter südlich. Hier, am Oberlauf der Tschusowaja, türmten sich Geröllhalden auf, kahle, bizarr geformte Berge, unwegsam, eine steinerne Wüste, über die man nun die Boote tragen mußte. Die Fahrt war zu Ende ... der große lange Marsch sollte beginnen. Das einmalige Ereignis, daß Kosaken zu Fuß ein Land eroberten ...

Jermak, Muschkow, Marina, die Hundertmänner und die Priester brüteten über den Karten, die ihnen die Stroganows mitgegeben hatten. Sie waren von den besten Kartographen gezeichnet und doch so unvollkommen, wie eben die Kenntnis von diesem Land war. Man wußte nur eins: Hier gab es den alten Sibirischen Weg, den die Mönche und Jäger schon gegangen waren, die »Serebrjanka«. Es war ein Pfad, der sich um Felsnasen herumwand, durch kleine Schluchten führte, unter überhängenden Felsen, an Abgründen vorbei ... der Weg nach Norden, wo irgendwo ein Felsentor in die Weite Sibiriens führen sollte.

Und das alles mußte man überwinden, mit den Booten auf dem Rücken!

An diesem Abend, als Jermaks Truppen ein neues Lager bauten, und sie bauten es so aus, daß es schon fast eine kleine Festung war, trafen sich Iwan Matwejewitsch Muschkow und

Alexander Grigorjewitsch Lupin beim Schleppen von dicken Felsbrocken. Sie gingen nebeneinander, jeder einen riesigen Stein auf der Schulter, und ächzten unter der Last.

»Sag mal, Alterchen!« keuchte Muschkow und schielte Lupin an. »Bist du nicht der Vater unseres Adjutanten Boris Stepanowitsch?«

»Der bin ich«, erwiderte Lupin.

»Dachte ich mir's doch! Steht immer bei dir, und einmal bin ich euch nachgeschlichen und habe euch belauscht. Die Eifersucht hat mich zerfressen. Und was höre ich da? ›Väterchen‹, sagt sie zu dir. Das will zwar nichts bedeuten, denn mich nennt sie Alterchen – mich, einen Mann von dreißig Jahren ... Aber es beruhigt mich, daß du ihr Vater bist.«

»Und du bist ihr Geliebter«, sagte Lupin. Es kam ihm schwer über die Lippen, man kann's glauben.

»Wäre ich das!« seufzte Muschkow sehnsuchtsvoll, warf den Felsstein weg und ging zur Seite. »Laß uns miteinander reden, Väterchen. Du hast ein Töchterchen, das zwischen den Beinen wie mit Eisenplatten beschlagen ist! Ich bin verzweifelt!«

Sie setzten sich auf einen Hügel aus Geröll, wischten sich den Schweiß von den Stirnen und atmeten rasselnd.

»Wir sollten zusammenhalten, Alter«, sagte Muschkow nach einer Weile. »Ich liebe Marinuschka, und deshalb muß etwas geschehen, bevor wir den Ural hinter uns haben. Ich habe Angst, daß sie in Sibirien getötet wird.«

Es war ein dunkler Abend, der Himmel hing wolkenschwer über dem Ural, das steinige Land war in der dumpfen Schwärze versunken. Fernab, dort, wo das Lager der Kosaken war, loderten zwar die Flammen und breitete sich der Widerschein der Feuer über die Felsen aus, aber hier, wo Muschkow und Lupin hockten, war es still. Man sah die beiden nicht, weil sie sich hinter eine kleine Felsnase gesetzt hatten. Es war ein Plätzchen so richtig zum Schwatzen und Überlegen.

Marina Alexandrowna, die Muschkow vermißte, denn jede Bootsmannschaft bildete auch eine Lagerfeuergruppe, war unterdessen auf der Suche nach ihm, fragte vergeblich bei den Steineschleppern nach ihm und fand ihn auch nicht bei den Bautrupps, die auf Befehl Jermaks einen steinernen Ringwall auftürmten, einen befestigten Platz, wie man es bei den Stroganows geplant hatte: Stationen auf dem Weg nach Sibirien, die man später zu Kolonien, Handelsplätzen und Wehrburgen ausbauen wollte. Ein genialer Plan: ein gesicherter Nachschubweg, eine Handelsstraße durch den Ural. Ruheplätze und Zufluchtsstätten zugleich!

»Ich liebe Marinuschka«, wiederholte Muschkow. »Und ich brauche nicht zu fragen, ob das Väterchen sie auch liebt. Bleib zurück, Alexander Grigorjewitsch, und halt sie fest. Das ist alles. Wir müssen sie retten.«

»Halt sie fest!« Lupin hob die Schultern. »Du sagst das so daher, als wäre es die leichteste Sache der Welt! Kannst du sie festhalten, he?«

»Du bist der Vater.«

»Und dich liebt sie!«

»Es ist wirklich alles sehr kompliziert.« Muschkow seufzte tief, holte ein Stück Fladenbrot aus der Tasche und teilte es mit dem Alten. Stumm kauten sie, vom Lager her ertönte trauriger Gitarrenklang. »Man müßte sie betäuben. Du bleibst mit ihr zurück, und wenn sie aufwacht, sind wir weg . . .«

»Sie wird euch nachlaufen wie der Wolf einer Spur.« Lupin wischte sich den Mund ab. »Sie liebt dich, gut. Aber sie liebt dich mehr, als ein Mensch normalerweise einen anderen Menschen lieben kann! Warum? Ich weiß es nicht. Gibt es Erklärungen für die Seele einer Frau?«

»Dabei behandelt sie mich wie einen stinkenden Hund.« Muschkow lehnte sich gegen den Felsen und starrte in den Nachthimmel. »Väterchen, was hältst du von mir?«

»Muß ich das sagen?« fragte Lupin vorsichtig zurück.

»Ich habe Marina das Leben gerettet.«

»Das wäre ein Grund, dich zu umarmen! Aber wieviele hast du schon getötet und geschändet?«

»Genau betrachtet – niemanden!«

»Du lügst, Iwan Matwejewitsch!«

»Ich habe nie eine Frau getötet! Oder ist an der Liebe schon einmal eine Frau gestorben?«

»Was ihr Kosaken Liebe nennt, ist Mord!« versetzte Lupin ruhig.

»Ich bin nicht solch einer, Väterchen! Beim Kampf ... muß man da nicht töten, um nicht selbst umgebracht zu werden? Aber wenn ich ein Weibchen eroberte, ich schwöre es dir, Alter, ich habe es behandelt wie ein Täubchen!«

»Man dreht auch Tauben den Hals herum!« sagte Lupin mutig.

»Nicht ein Muschkow! Ach, Alexander Grigorjewitsch ...« Iwan seufzte und biß wieder in ein Stück Brot. »Wenn ich eine Frau unter den Händen habe, schäme ich mich selbst vor meiner Zärtlichkeit. Das alles ist aber nichts gegen das, was ich empfinde, wenn ich Marinuschka nur ansehe! – Wir müssen einen Ausweg finden. Es ist Wahnsinn, sie mit nach Sibirien zu nehmen.«

Sie redeten noch eine Weile über ihren gemeinsamen Kummer und merkten nicht, daß hinter ihnen im Geröll Marina Alexandrowna lag und alles mithörte. Sie rührte sich auch nicht, als die beiden aufstanden, ihre dicken Steine wieder auf die Schultern wuchteten und zu der Ringmauer weitertrotteten. Erst als sie außer Sichtweite waren und die Dunkelheit sie verschluckt hatte, stand auch Marina auf und kehrte in einem Bogen zu den Lagerfeuern zurück.

Dort setzte sie sich neben Jermak, der an einem Stück Braten kaute, und schnitt sich auch ein Stück aus dem gepökelten Schweinebauch.

»Ich glaube, Muschkow ist neidisch!« sagte sie plötzlich.

Jermak zuckte zusammen. Man hört nicht gern so plötzlich über seinen besten Freund etwas Schlechtes.

»Wieso?« fragte er. Der Bratensaft lief ihm an den Mundwinkeln hinunter.

»Seit ich dein Adjutant geworden bin, sieht er mich manchmal an, als wollte er mich erdolchen.«

»Er hat dich nie leiden können«, sagte Jermak und lachte.

»Ist das wahr?« Marina starrte Jermak an. Ihr Herz zuckte plötzlich und in ihrem Kopf begann das Blut zu hämmern. Eine unendliche Wehmut breitete sich in ihr aus . . .

»Er hat es selbst gesagt! ›Ich hätte das Kerlchen in Nowo Orpotschkow in das Feuer werfen sollen!‹ sagte er einmal zu mir. ›Herrje, wie belasten mich die Sorgen um den Burschen!‹ Und ich habe ihm geantwortet: ›Ich weiß und sehe es, Iwan Matwejewitsch. Das Bürschchen hat dreimal soviel Gehirn wie du. Das regt dich auf!‹ Und was antwortet er mir, mein bester Freund Muschkow: ›Ha, wenn's ein Mädchen wäre, kriegte ich es klein! Aber es ist ein Teufelchen, verdammt!‹«

Jermak blickte Marina an und lachte wieder mit fettigen Lippen. »Er ist nicht neidisch, Boris Stepanowitsch. Aber sieh dich vor! Du bist so hübsch, daß er doch eines Tages vergessen könnte, daß du ein Junge bist! Er wird tatsächlich immer sonderbarer. Warten wir es ab, aber wenn wir die Tura oder den Tobol erreicht haben, fangen wir für ihn ein Tatarenmädchen und zwingen ihn, sie vor unseren Augen zu lieben! Das wird ihn heilen . . .«

»Bestimmt, Jermak Timofejewitsch!«

Nachdenklich aß Marina Alexandrowna weiter. Ihre so klug ausgedachte weibliche List, Muschkow bei Jermak anzuschwärzen und ihm dadurch die Gelegenheit zu nehmen, sich mit Väterchen Lupin weitere Möglichkeiten zu überlegen, wie man Marina zurücklassen könne, schien sich ins Gegenteil zu verkehren. Wenn Jermak sagte, er wolle für Muschkow ein Tatarenmädchen fangen, dann tat er es auch . . . und sie sollte zusehen! Dann würde es keinen Ausweg geben – sie mußte es ertragen!

Zum erstenmal spürte sie, daß sie Iwan Matwejewitsch keiner anderen Frau gönnte, auch wenn sie selbst noch nicht die Seine geworden war. Warum liebe ich ihn nur, warum? So einen Klotz, so einen Kerl, so einen Frauenjäger? Warum?

Wer in der Liebe nach dem Warum fragt, bekommt wohl nie eine Antwort ...

Am dritten Tag, nachdem sie die Tschusowaja verlassen und den alten Sibirischen Weg eingeschlagen hatten, diesen Höllenpfad, den nach der Legende nur Priester gehen durften, weil sie gegen den Teufel gefeit waren, sahen sie das Flüßchen Scharawlja vor sich. Um sie herum war steinige Wüste, und die paar Eingeborenen, die sie trafen, harmlose Wogulen, wurden von den Kosaken begrüßt, indem sie sie ausplünderten, die Hütten zerstörten und die wenigen Frauen untereinander auswürfelten. Dann schleppten sie sie weg und taten mit ihnen das, was man in der Kosakensprache »Hochzeit unter der Birke« nennt – ein poetischer Name für eine widerliche Sache. Dann zogen sie weiter.

Der Marsch war grausam. Jede Bootsmannschaft mußte ihren Kahn auf den Schultern schleppen, über weglose Felsen, durch Schluchten, an Abgründen vorbei ... ächzend, aber im gleichen Schritt, denn jedes Schwanken war gefährlich. So wuchteten sie die breiten Boote durch den Ural, stundenlang, tagelang, in zwei Gruppen, klaglos und gebadet im eigenen Schweiß. Auch Jermak schleppte mit; er war das Vorbild, das alle mitriß. Solange er durch die Felsen ging, gab es auch für die anderen kein Anhalten. Sogar die Priester keuchten unter ihren Kähnen; Jermak duldete keine Ausnahme. Wer mit nach Sibirien wollte, mußte schleppen. Das Beten war für die Erholung am Abend oder während der Rastpausen.

Trotz aller Beschwernisse ging alles gut. Es gab keine Toten, denn was man an Eingeborenen traf, wehrte sich nicht. Verletzungen, meistens Quetschungen, Hautabschürfungen oder blutig gelaufene Füße, heilten am Abend die Feldschere mit Salben und kühlendem Pflanzenbrei. Hier tat sich wiederum der alte Lupin hervor. Er kannte gute Mittel aus der Pferdepflege, und jeder Kosak sah ein, daß alles, was einem Pferd guttut, auch einem Menschen zum Nutzen gereicht.

Und so kochte Lupin Breie und Salben, die fürchterlich stanken, aber halfen. Er verwendete dafür alles, was grün war, vom Moos bis zum fauligen Tümpelgewächs. Daß niemand der Behandelten an Blutvergiftung starb, beweist die gesunde Natur der Kosaken, dieser wilden Kerle.

Es ging langsam voran. Man baute Höhlen aus und legte neue Befestigungen an, und als man endlich den Fluß Tagil erreichte, war es, als hätte sich das Wunder des Moses an Jermak und seiner Schar wiederholt: Vor ihnen lag das ersehnte, erträumte, unbekannte, unermeßlich reiche, gelobte Land!

Sie hatten die steinerne Barriere des Ural durchbrochen, rund tausend Männer mit Booten auf den Schultern. Am Ufer des Tagil sanken sie alle auf die Knie, und die Popen gingen durch die Reihen, segneten die Männer und besprengten sie mit Weihwasser. Dann sangen sie, um die flatternden Fahnen mit den Madonnen- und Heiligenbildern geschart, und blickten über das riesige Land, das vor ihnen lag, über Steinwüsten und Steppen, Sümpfe und Wälder ... Darüber wölbte sich ein Himmel, wie es ihn so weit und so unendlich nur in Sibirien gibt. Ein Himmel, in den man hineinblicken kann und mitten in Gottes Auge sieht ...

Muschkow kniete neben Marina Alexandrowna, als der Gottesdienst am Fluß Tagil begann. Sie hielt eine der Fahnenlanzen fest, und der Wind riß an ihren blonden Haaren, die auf dem Marsch gewachsen waren und sich zu kleinen Locken kringelten. Am Abend mußte man sie wieder einmal mit dem Messer stutzen, um einen Jungen, den Boris Stepanowitsch, zu behalten ...

»Nun, alter Bär?« fragte sie leise. Kopf an Kopf knieten sie, die Stirnen zur Erde gesenkt. »Diesen Tag wolltest du mir nicht gönnen?«

»Marinuschka ...«, stammelte Muschkow und tastete nach ihrer linken freien Hand.

»Laß das, du Rindvieh!« zischte sie. »Wenn das Jermak sieht ...«

»Kutschums Heer wird uns angreifen. Irgendwo dort hinten.«

»Hast du Angst, Alterchen?«

»Denk daran, was man sich erzählt. In Mangaseja leben Menschen, die ihren Mund auf dem Kopf haben. Sie fressen sich gegenseitig auf. Samojeden nennt man sie deshalb, Selbstfresser. Marinuschka, ich will nicht, daß man dich auffrißt!«

»Gelobt sei Jesus Christus!« rief der Kosakenpope Oleg Wassiljewitsch Kulakow. Er hatte die lauteste Stimme von allen Popen und zelebrierte deshalb die Messe. »In seinem Namen werden wir die Heiden dieses Landes auf den rechten Weg führen oder vernichten. Lasset uns beten ...«

»Die Samojeden fressen die Menschen roh«, flüsterte Muschkow. »Marinuschka, kehre um! Folge deinem Väterchen!«

»Wenn es um das Gefressenwerden geht, bin ich beruhigt«, sagte sie sanft. »Sie werden dich nicht anrühren, du stinkst zu sehr!«

Darauf badete Muschkow nach dem Gottesdienst im eiskalten Wasser des Tagil, tauchte prustend unter und kroch dann, zitternd vor Kälte, wieder ans Ufer. Der alte Lupin rieb ihn mit einer rauhen Decke ab, bis seine Haut glühte.

»Gott im Himmel, was hast du für eine Tochter!« sagte Muschkow, als er sich wieder angezogen hatte. »Sie könnte selbst dem Teufel beibringen, auf einer Engelsharfe einen Choral zu spielen!«

Sie blieben drei Tage am Tagil, reparierten die vom Transport beschädigten Boote, bauten wieder ein befestigtes Lager und ein Haus aus Steinen – bei zweihundert Männern, die zum Bau abkommandiert wurden, geht so etwas schnell –, ließen einen Teil der Vorräte, einen Popen mit sieben Jägern und drei kranke Kosaken dort. Die drei wackeren Gesellen klagten zwar jämmerlich, bissen die Zähne zusammen und schwankten einher, um zu beweisen, daß sie marschieren könnten –

aber Jermak ließ sich nicht täuschen und befahl, sie hätten zurückzubleiben.

Die erste Kolonie war gegründet, nach guter, alter russischer Sitte mit einem Priester als Mittelpunkt, dem die ganze Last zufiel, hier in der Einsamkeit für das Christentum und den Zaren auszuharren und notfalls auch ein harter Kämpfer gegen die Eingeborenen zu sein.

»Von jetzt an werden wir wieder auf den Flüssen bleiben«, sagte Jermak zu seinen Hundertmännern und Hetmanen. Über die Sitze in seinem Boot hatte er die Stroganowschen Karten ausgebreitet; es war die letzte große Besprechung aller Kosakenführer vor der Besetzung des fremden Landes. Man ahnte, daß es später keine langen Überlegungen mehr geben würde. Vor ihnen lagen nicht nur Reichtum und Ruhm, sondern auch die Truppen des sibirischen Zaren Kutschum, der es gewagt hatte, den Zaren Iwan IV. mit Spott zu beleidigen. So mächtig dünkte sich Kutschum, so unangreifbar, geschützt durch ein Heer von Tausenden von Reitern. Was sind dagegen knapp tausend Kosaken zu Fuß, in breiten plumpen Booten?

»Wer Angst hat, kann umkehren!« sagte Jermak hart. »Ich halte keinen!«

Die Hundertmänner schwiegen. Umkehren, dachten sie. Ein paar hatten es auf dem Zug durch den Ural gewagt, hatten sich weggeschlichen, einzeln oder zu zweit, im ganzen zwanzig Mann. Jermak hatte sie alle wieder einfangen lassen und lebendig in den nächsten Fluß – es war die Scharwlja – versenken lassen. Ein Kosak rettet seine Haut in der Not – das Herzklopfen vor einem unbekannten Land gehört nicht dazu!

Wieder wurden die Boote zu Wasser gelassen, aber diesmal war es kein Freudenfest wie beim Aufbruch von der Kama. Die Verpflegung wurde knapp. Was die Stroganows der Truppe mitgegeben hatten, wäre genug gewesen, aber man hatte ja nicht alles tragen können und deshalb einen Großteil zurückgelassen. Und die Kosakengruppen, die jetzt ausschwärmten, um die Siedlungen der Eingeborenen heimzusuchen, fanden die armseligen Dörfer verlassen, die Vorratshäuser leer, das

Vieh weggetrieben in Verstecke. Aber tausend Mann wollen essen!

»Wir müssen so schnell wie möglich den Fluß hinunter zum Tobol!« sagte der Kosakenpope. »Dort gibt es große Dörfer des Kutschum. Der Herr strafe die Heiden ... wir brauchen endlich wieder eine richtige fette Plünderung!«

Die Fahrt den Tagil hinab verlief ruhig. Ab und zu sahen die Kosaken am Ufer einige berittene Tataren, die eine Weile den Booten folgten, die Menge der Kähne bestaunten und dann in der Steppe verschwanden. Da hob bei den Kosaken ein großes Seufzen an. Sie zogen die Ruder ein und starrten die schnellen, kleinen gelben Reitersleute an.

Pferde! O heiliger Stephan, sie haben Pferde! Sie dürfen in einem Sattel sitzen und über das Land galoppieren! Laß uns anlegen, Jermak, und sie aus dem Sattel holen! Ein rudernder Kosak – das ist wie eine geschwärzte Sonne!

An einem Abend – sie lagen mit den Booten am Ufer des Tagil, kurz vor der Einmündung in die Tura – hielt Jermak eine Rede.

»Weint nicht, Brüder!« sagte er ernst. »Auch wir werden wieder auf Pferden sitzen. Wenn wir den Tobol erreicht, wenn wir Kutschums Hauptstadt Sibir erobert haben, werden wir die schönsten und schnellsten Pferde der Welt haben! Was nützen uns hundert Pferde für tausend Mann? Mit unseren guten Booten schwimmen wir mitten hinein in Kutschums Reich, und keiner kann uns daran hindern! Das ist eine Kriegslist, die unser Leben rettet! Weint nicht mehr, Kosaken ...«

»Amen!« brüllte Oleg Wassiljewitsch Kulakow, der Pope.

Dann sang man wieder ein frommes Lied und träumte von der Plünderung Sibirs, der Goldenen Stadt des Zaren Kutschum.

Anfang Oktober schwammen sie auf der Tura, dem breiten Fluß, der in den Tobol mündet. Währenddessen ritten durch das ganze Reich des sibirischen Zaren die Boten und riefen die Männer zu den Waffen. Die Dörfer und Städte wurden mit dreifachen Erd- und Steinwällen befestigt, Fallgruben, mit mörderisch zugespitzten Hölzern gespickt, wurden angelegt, zehntausend Reiter standen unter dem Kronprinzen Mametkul bereit, Jermaks Kosaken am Tobol aufzuhalten. Das Hauptheer befehligte Kutschum selbst und hielt es zunächst am Irtysch zurück, zum Schutze der Hauptstadt Sibir. Der Gebietsfürst der Region Tura, Jepantscha, erhielt den Befehl, die Boote aufzuhalten.

Und plötzlich waren sie da ... Das hohe Ufer der Tura wimmelte von Menschen, als sei es von Ameisen überkrochen, ein Regen von Pfeilen flog den Kosaken entgegen, und schrilles Geschrei begleitete das Schwirren in der Luft.

»Ein Idiot, der dort drüben befiehlt!« sagte Jermak spöttisch. Seine Boote schwammen in der Mitte des breiten Flusses, und die Pfeile erreichten nur selten ihr Ziel, und wenn, dann so müde, daß die Kosaken sie lachend mit den Händen auffingen.

»Die Scharfschützen bereit!« brüllte Jermak. Der Ruf flog von Boot zu Boot, und überall, wo die deutschen und livländischen Söldner mit ihren Gewehren hockten, kam Bewegung in die Männer, die Schützen drängten sich an den Bootsrand, schütteten das Pulver in die Pfannen und spannten die Hähne.

»Feuer!« befahl Jermak.

Drei Gewehrsalven zerrissen die Stille des klaren, schönen Herbsttages. Die Kugeln trafen auf diese Entfernung nur vereinzelt, aber die Wirkung war ungeheuer. Die kleinen, schlitzäugigen Männer am Ufer der Tura fielen auf den Rücken, als habe ein gewaltiger Windstoß sie umgeblasen. Dann rollten sie auf den Bauch, vergruben das Gesicht im Steppengras und rührten sich nicht mehr.

Sie begriffen nicht, was da geschah. Der Himmel war blank, die Sonne schien hell, und trotzdem fiel der »Donner des Himmels« auf sie nieder. Ein Donner, wie sie ihn vorher noch nie gehört hatten, und ein paar Hagelkörner aus diesem klaren Himmel durchschlugen mit solcher Wucht die Körper von einigen ihrer Kameraden, daß sie bluteten und schrien, sich im Gras wälzten und starben.

Selbst Jermak war von der Wirkung verblüfft. Bis heute hatte er nicht gewußt, daß Kutschums Männer weder Pulver noch Blei kannten. Wie in alten Zeiten kämpften sie ausschließlich mit Pfeilen und Speeren, Krummschwertern und Äxten.

»Wir haben Sibirien bereits erobert, Brüderchen«, sagte Jermak zu seinen Hetmanen und Hundertmännern. Sie waren inzwischen gelandet, hatten das Ufer der Tura besetzt und sahen in der Ferne eine große Siedlung liegen. Es war Tschinga-Tura, das heutige Tjumen. Vor der Stadt warteten die tatarischen Krieger, zuerst die Bogenschützen, dahinter die Reiter. Von den Materialbooten schleppten die deutschen Kanoniere die drei kleinen Kanonen an Land und brachten sie in Stellung. »Bevor sie sich an den Knall des Pulvers gewöhnt haben, marschieren wir in Sibir ein! Das Land ist unser!«

Muschkow hatte unterdessen Lupin gesucht, der im letzten Boot bei den Kranken und Verletzten saß. Marina war mit Befehlen Jermaks unterwegs und gab die Aufstellung der Schlachtordnung weiter, wie Jermak sie sich ausgedacht hatte.

»Jetzt ist es soweit, Väterchen!« sagte Muschkow. »Du mußt Marina zurückhalten! Die Tataren sind Meister im Bogenschießen, ich kenne sie aus vielen Feldzügen. Sollen wir Marinuschka gemeinsam überwältigen?«

»Jermak wird sie suchen.«

»Man muß ihr den Fuß ausrenken, damit sie nicht mehr laufen kann!«

»Barbar!« fuhr Lupin auf. »Willst du mein Töchterchen verstümmeln?«

»Soll ich Witwer werden, bevor ich sie geheiratet habe?«

»Und du?« fragte Lupin. »Wo willst du dich verstecken? Ist eine Witwe etwas anderes als ein Witwer?«

»Alexander Grigorjewitsch«, sagte Muschkow beinahe feierlich, »ich passe auf mich auf. Aber ich will endlich, endlich ...«, jetzt brüllte er, »auch einmal wieder Beute machen!

Überlege dir, was wir mit Marina tun können, oder ich bringe dir dein Töchterchen verschnürt wie ein Deckenbündel!«

Bei Jermak, der auf einem umgestülpten Boot saß und darauf wartete, daß seine Männer sich formierten, lagen drei Tataren im Gras, mit zerfetzten Kleidern und blutigen Striemen auf der Haut. Man hatte sie durch Zufall in einer kleinen Höhle in der Uferböschung entdeckt und wie Dachse herausgeholt. Ein Dolmetscher verhörte sie gerade, und sie gaben zögernd Antwort.

»Der Anführer der Tataren, der Idiot vor uns, heißt Jepantscha«, berichtete Jermak, als Muschkow sich neben ihn auf das Boot setzte.

Marina kam ebenfalls zurück, erhitzt vom Laufen. Die deutschen Kanoniere hatten ihre Eisenkugeln gestapelt, die Rohre geladen, die Zündstöcke griffbereit. Neben den Kanonen flackerten kleine Feuer, in die man die Lunten tauchen würde. »Es sollen dreitausend Mann sein, die uns gegenüberstehen.«

»Wir werden sie wegblasen, Jermak«, sagte Muschkow großzügig. »Sie kennen unsere Kanonen noch nicht.«

»Es wird ein wichtiger Kampf werden!« Jermak legte die Hand über die Augen und blickte hinüber zu den Tataren. »Ich habe mich entschlossen, alle Gefangenen, die wir machen werden, wieder freizulassen, damit sie im ganzen Land verbreiten, wie unbesiegbar wir sind.« Er streckte den Arm aus, so plötzlich, als schleudere er einen Speer von sich. »Außerdem werden wir in dieser Stadt überwintern! In zwei Wochen wird es schneien, und die Tura friert zu. Boris Stepanowitsch!«

»Jermak?« Marina trat vor ihn.

»Heb die Fahne hoch! Wir marschieren!«

Muschkow durchfuhr es eiskalt. »Laß mich die Fahne tragen!« schrie er. »Jermak Timofejewitsch, ich bin dein Stellvertreter!«

Er stieß Marina Alexandrowna zur Seite, sie stolperte, fiel und schlug mit der Stirn gegen das umgestülpte Boot. Ein wenig benommen blieb sie liegen und starrte Muschkow an. Plötzlich war auch Lupin da, kniete neben seinem Töchterchen nieder, tat so, als wollte er es aufrichten, aber statt dessen drückte er Marina auf den Boden zurück. Es war die einzige Möglichkeit, sie festzuhalten, ohne daß Jermak Verdacht schöpfte.

»Zum Kampf!« brüllte Muschkow, riß die Fahne mit der heiligen Mutter Gottes hoch und stürmte nach vorn. In breiter Front entfalteten sich jetzt die anderen Fahnen der Hundertschaften, und die Priester sangen laut. Dann donnerten die Kanonen los, und die Gewehrschützen feuerten die erste Salve. Durch den Nebel des Pulverdampfes marschierten die Kosaken vorwärts, ein imponierendes Bild, das den Tataren in die Knochen fuhr. Noch bevor ihre Bogenschützen abziehen konnten, lagen hundert von ihnen sterbend im Gras.

Mitten unter seinen Truppen lag Jepantscha auf den Knien und betete. »Allah«, sagte er, »o Herr im Himmel, breite deine Hand über uns. Mohammed, du Sieger in allen Schlachten, steh uns bei . . .«

Aus Tschinga-Tura flüchteten unterdessen die Frauen und Kinder. Auf Karren und wannenartigen Schlitten, die man gut über das Steppengras ziehen konnte, brachten sie ihre Habe in Sicherheit. Sie zogen den Fluß hinab zum Tobol, wo Mametkul mit seinen zehntausend Reitern wartete. Mochten die Fremden auch Tschinga-Tura erobern – nach Sibir kamen sie nie! Kutschum war unbesiegbar!

Sie wußten nicht, daß Jermak das gleiche von sich behauptete.

Keiner kümmerte sich während des Angriffs um Marina Alexandrowna und den alten Lupin. Nach wenigen Minuten waren sie allein an dem Boot. Die Reservetruppen warteten am Fluß, die Priester standen zusammen, beobachteten die Schlacht und wunderten sich über ihren Bruder, den Kosakenpopen, der die schwarze Priesterkappe mit einer Kosakenmütze vertauscht hatte, statt des Kreuzes plötzlich einen gebogenen Säbel in der Hand schwang und in der ersten Reihe mitstürmte. Kulakow brüllte neben Muschkow am lautesten. Sein Blick hing an der Kuppel der kleinen Moschee und dem armseligen Minarett, das in den blauen Himmel ragte. Muschkow kannte den Popen zu gut, um diesen Blick nicht richtig zu deuten.

»Was gibt es dort?« keuchte er im Laufen. »Silberne und goldene Lampen?«

»Und Teppiche, Seidenstoffe und mit Edelsteinen verzierte Gefäße!« schnaufte der Pope. Um sie herum krachte die zweite Salve, dazwischen dröhnten die Kanonenschläge.

»Denk auch an mich, Väterchen!« brüllte Muschkow begeistert.

»Halt dich an meiner Seite, mein guter Sohn!« Oleg Kulakow beschleunigte seinen Lauf. »Der Gläubige hungert und durstet nicht!«

Dann fiel der Regen der Pfeile über sie, Verwundete sanken in die Knie, und die ersten Toten lagen verkrümmt im Steppengras.

Nur zwei Stunden dauerte der Kampf, zuletzt Mann gegen Mann, und auch hier waren die Kosaken den kleineren Tataren überlegen. Jermaks Truppen ergossen sich wie eine Woge in die alte Stadt, stürmten die Häuser und begannen mit dem, was ein Kosak den Sinn seines Lebens nennt: sie plünderten.

Unterdessen saßen Lupin und sein Töchterchen Marina noch an dem umgestülpten Boot, allein und verlassen. Am Ufer wurden die Gefangenen gesammelt und die Reserve kümmerte sich darum, die wie die gehetzten Hühner herumlaufenden Tataren einzufangen. Sie wurden, wie immer, zu zweit, Rücken an Rücken, zusammengebunden und dann auf die Erde geworfen.

»Wenn Iwan Matwejewitsch getötet worden ist, siehst du mich nicht mehr wieder, Vater«, sagte Marina Alexandrowna tonlos. Lupin hatte ihr mit einem Tuch die Füße zusammengebunden. Wer nicht genau hinsah, konnte glauben, der Adjutant Boris Stepanowitsch sei verletzt und eine Wunde am Fuß umwickelt worden. Außerdem war ja der alte Lupin bei ihm – ein Beweis also, daß er ärztlichen Rates bedurfte!

»Er kommt wieder, Marinuschka, beruhige dich«, sagte Lupin und beobachtete mit gerunzelter Stirn, wie aus der fernen Stadt die ersten Rauchwolken aufstiegen. Hohlköpfe alle, dachte er grimmig. Der Winter naht, sie suchen feste Quartiere, und was machen sie? Sie brennen die Häuser nieder, in denen sie den Frost gut überstehen könnten! Wenn das so weitergeht, werden sie unter die umgestülpten Boote kriechen müssen, um überhaupt ein Dach über dem Kopf zu haben. Aber so sind sie, die Kosaken! Berauschen sich am Zerstören und wundern sich hinterher, daß es ihnen trotz aller Siege so dreckig geht.

Gott im Himmel, womit habe ich einen solchen Schwiegersohn verdient!

»Du hast mich festgehalten«, sagte Marina verbissen. »Ein Vater, der seine Tochter zu Boden drückt!«

»Es war Notwehr, mein Täubchen. Jetzt lebst du aber ... Wer weiß, was dir im Hagel der Pfeile geschehen wäre!« Lupin strich ihr über die kurzgeschnittenen blonden Haare, die Muschkow wieder mit dem Messer gestutzt hatte. Eine besonders lange, gekräuselte Locke hatte Iwan heimlich behalten, in ein Ledersäckchen gesteckt und um den Hals gehangen. Er war nicht abergläubisch, o nein, aber irgendwie hatte er die Hoffnung, daß ihn diese goldene Locke vor allen Gefahren bewahren würde wie jener Zauberstein, von dem die Märchen berichteten.

»Ein Vater darf alles, um seine Tochter zu retten!« sagte Lupin, und vor Rührung schossen ihm dabei die Tränen in die Augen. »Bin ich den ganzen Weg mitgezogen, um dich den Tataren zu überlassen?«

»Es ist, als wenn du gegen den Sturm kämpfen wolltest, Väterchen.« Sie richtete sich auf und starrte den Trupps entgegen, die zurückkamen. Verwundete, darunter Kosaken, die ihre toten Kameraden trugen. Eine Schar von etwa dreihundert Tataren wurde zum Fluß getrieben. Sie waren durch den Kampf entnervt, verschüchtert und hatten mit dem Leben abgeschlossen. Sie rechneten damit, noch vor Sonnenuntergang enthauptet zu werden, wie es mongolische Sitte war.

»Hilf mir jetzt auf die Beine«, sagte Marina Alexandrowna.

»Töchterchen . . .«, bettelte Lupin. »Du bist verwundet . . .«

»Hilf mir hoch!« schrie sie hell. »Oder ich schreie es hinaus: Dieser Lupin, dieser hinterlistige Hund, hat mich festgebunden!«

Da knüpfte Lupin das Tuch von ihren Füßen, und sie stand auf. Er kämpfte noch mit seinem Vaterherzen, ob er Marina verstoßen oder züchtigen sollte.

»Wo ist Iwan Matwejewitsch?« rief sie den Zurückkehrenden zu. »Hat ihn einer gesehen? Lebt er noch? Weiß jemand, wo er jetzt steckt?«

Die Verwundeten zuckten mit den Schultern. Nur einer, ein Kosak mit einem Pfeil in der Schulter, den er steckengelassen hatte, weil die Widerhaken sonst ein großes Loch gerissen hätten und nur ein geschickter Feldscher den Pfeil herausschneiden konnte, blieb stehen und zeigte auf die Frage des Adjutanten mit dem Daumen zur Stadt.

»Muschkow stürmt mit dem Popen die Moschee! Ich habe sie gesehen, wie sie einen Mullah, der ihnen entgegentrat, durch die Luft warfen, als sei er ein Steinchen.«

Er zeigte auf den Pfeil in seiner Schulter, blickte Lupin wehmütig an und taumelte näher.

»Kannst du ihn herausholen, Alterchen?«

»Mit oder ohne Betäubung?«

»Bin ich ein Weib, he?«

»Setz dich!« Lupin holte aus dem Gürtel seinen Dolch, wetzte ihn an einem Stein und prüfte mit dem Finger die Schneide. Dann steckte er dem Kosaken ein Stück Holz zwischen die Zähne und nickte ihm zu. »Beiß drauf und halt das Maul!«

Er riß die Bluse des Kosaken herunter, betastete den Pfeil und sah, daß er nicht sehr tief zu schneiden brauchte. Darüber vergaß Lupin einen Augenblick sein Töchterchen, und als er sich wieder umdrehte, sah er sie weglaufen – der brennenden Stadt entgegen!

»Boris Stepanowitsch!« brüllte er verzweifelt. »Dein Fuß! Du bist verletzt!«

»Jermak sucht nach ihm!« sagte der Kosak mit dem Pfeil. »Es ist schon das zweitemal, daß sein Adjutant bei einem Kampf nicht an seiner Seite war.«

Lupin schwieg. Er erkannte die Gefahr, in der Marina schwebte, und spürte die Angst in sich hochsteigen. Wieviele Tage und Wochen lagen noch vor ihnen, und es war unmöglich, jedesmal, wenn es ans Kämpfen ging, den Adjutanten zurückzuhalten.

Dann schnitt er zu, schälte die Pfeilspitze aus der Schulter des Kosaken, und dieser biß knirschend auf das Holz zwischen seinen Zähnen.

VIII

Iwan Matwejewitsch Muschkow war zufrieden.

In der Moschee lagen die Schätze zu Haufen. Goldene Lampen, edelsteinverzierte Ölgefäße, silberne Kästen und Teppiche, aus Seide geknüpft. Man brauchte so einen Teppich nur an den vier Enden zusammenzuraffen, dann konnte man die Schätze darin wegbringen.

Muschkow entschied sich für einen goldenen Leuchter, einen silbernen Schrein und einen Dolch mit einer Scheide, die von Edelsteinen funkelte. Es kam dabei leider zu einer Meinungsverschiedenheit mit dem Kosakenpopen Kulakow, die Muschkow gewann, indem er das heilige Väterchen einfach gegen den Bauch trat.

»Gut!« sagte Oleg Wassiljewitsch, nachdem er Luft geholt hatte. »Behalte den Dolch! Aber ich prophezeie dir: Du wirst ihn bald der heiligen Kirche opfern!«

»Den Hintern ritze ich dir damit ein!« rief Muschkow fröhlich. Dann rannte er aus der Moschee.

Man sollte einen Popen nie gegen den Bauch treten! So etwas gehört sich nicht, ein geweihter Mann hat das Recht auf bessere Behandlung – und auch Gott mißfällt solche profane Methode.

Muschkow sah es deshalb als eine Strafe des Himmels an, daß Marina Alexandrowna ihn aufspürte, bevor er seinen Raub verstecken konnte. An einer Hausecke prallten sie zusammen. Sie mußten sich anschreien, denn der Lärm der Plünderung war so stark – aus allen Häusern scholl das Krachen der Vernichtung –, daß ein normaler Ton vollkommen unterging.

»Was hast du da?« fragte Marina und zeigte auf den Teppichsack, den Muschkow über die Schulter geworfen hatte.

Ihr Herz schmerzte vor Erleichterung, daß Iwan lebte, doch ihre blauen Augen blitzten gefährlich.

»Ich soll es wegbringen!« erwiderte Muschkow.

»Mach den Teppich auf, Iwan Matwejewitsch!«

»Marinuschka, ich wollte es doch nur vor der Vernichtung retten!«

»Leg es auf den Boden!«

Sie standen sich gegenüber, der große, breite Kosak und das zierliche Mädchen in Männerkleidern. Sie starrten sich an wie zwei hungrige Wölfe, die sich um ein Kaninchen balgen wollen ...

»Wir haben Krieg!« brüllte Muschkow verzweifelt und umklammerte die Teppichzipfel.

»Dreh dich um und geh zur Moschee zurück!« befahl Marina kalt.

»Was sagst du da?«

»Zur Moschee zurück!«

»Ich war nicht in der Moschee. Mein Täubchen, meine Rose, hör mich an ...«

»Es hat keinen Sinn mit uns, Iwan Matwejewitsch«, unterbrach ihn Marina. »Ich gehe jetzt zu Jermak, reiße meine Bluse auf und zeige ihm, daß ich ein Mädchen bin.« Sie wehrte ihn ab, als er sie festhalten wollte und ging an ihm vorbei. »Bleib, was du bist!« rief sie. »Ich will dich nicht mehr!«

»Ich gehe zur Moschee!« brüllte Muschkow mit letzter Kraft. »Sieh es dir an ... ich gehe zurück. Marinuschka, bleib stehen! Mein Engelchen ...«

In der Moschee trafen sie den Kosakenpopen noch an. Er hatte inzwischen die mohammedanischen Kollegen aus ihren Kammern geholt, vor sich aufgestellt und sie mit Genuß geohrfeigt, um weitere Verstecke des Kirchenschatzes zu erfahren. Dabei brüllte er sie mit seiner mächtigen Baßstimme an, was beinahe noch eine größere Wirkung hatte als seine breite Hand.

»Mein lieber Sohn ...«, sagte er milde zu Muschkow, der den Teppich vor ihm ausbreitete und die Schätze mit saurer Miene enthüllte. »Ein wahrer Christ opfert der Kirche sein Bestes!«

Er umarmte Muschkow zum Dank und biß ihn dabei ins Ohr. Iwan Matwejewitsch klapperte mit den Zähnen vor Wut und stieß Kulakow von sich.

Dann sah der Pope Marina an und schlug das Kreuz über sie. »Boris Stepanowitsch«, sagte er dunkel, »du wirst eine große Zukunft haben, wenn du weiterhin so an mich denkst.«

Am Abend war jeder Kosak zufrieden. Die Beute war gut, die Stadt Tschinga-Tura ein guter Platz zum Überwintern. In der Umgebung, das hatte man aus den Gefangenen herausgequetscht, gab es eine Kette von Lagerplätzen mit Lebensmitteln und Pelzen. Mametkul mit seinen zehntausend Reitern würde vermutlich erst im Frühjahr angreifen, man konnte sich also ausruhen von dem Marsch über den Ural und nach der Schneeschmelze mit frischer Kraft den sibirischen Zaren Kutschum vernichten und seine goldene Stadt Sibir erobern.

Der Eingang nach Sibirien, nach Mangaseja, war jedenfalls aufgerissen ...

»Ich habe alles getan, was du wolltest«, sagte Muschkow an diesem Abend zu Marina. Sie hatten zusammen mit Jermak das Haus des geflüchteten Fürsten Jepantscha besetzt und saßen nebeneinander auf einem Diwan, der mit chinesischer Seide bezogen war. Aus einem Nebenzimmer klangen Kichern und zwitscherndes Lachen, tiefes Seufzen und leise, piepsende Schreie. Jermak belustigte sich mit einer jungen, eingefangenen Tatarin. Muschkow beneidete ihn maßlos.

»Wann tust du endlich das, was ich will?« fragte er heiser.

»Was willst du, alter Bär?«

»Hör nach nebenan«, seufzte Muschkow.

»Ich höre ein Vögelchen zwitschern«, sagte Marina leichthin. »Was ist dabei?«

»Sei auch ein Vögelchen«, stammelte er. »Ein Tierchen, das sein Nest in meinen Armen hat . . .«

Sie beugte sich vor, umfaßte plötzlich mit beiden Händen sein Gesicht und küßte ihn auf den Mund. Muschkow schloß selig die Augen, hielt ganz still, und als sich Marina an ihn schmiegte und ihre feste Brust gegen die seine drückte, vergaß er fast das Atmen vor Glück.

Eine Minute unsagbaren Glücks kann ein ganzes Jahr aufwiegen . . . Für Muschkow war Marinas erster wirklicher Kuß mehr als hundert Segnungen des Popen. Nur als er glaubte, nun sei das Eis um ihr Herz endlich gebrochen, als er begann, mit seiner Hand unter ihre Bluse zu tasten und als seine bebenden Finger ihre Brust umfassen wollten . . . da stieß sie ihn wieder von sich und schüttelte den Kopf.

»Das nicht, Iwanuschka«, sagte sie leise, zärtlich, aber sehr bestimmt. Aus dem Nebenraum ertönte noch immer das Kichern des Tatarenmädchens, dazwischen Jermaks schnaufende Stimme und ein Gemisch von anderen Geräuschen, das jeden Zuhörer zu wilden Phantasien anregte.

»Du quälst mich zu Tode!« stöhnte Muschkow. »Überall feiern sie den Sieg, sitzen auf Bergen von Beute – und was habe ich? Der Pope, der Halunke, sammelt alles ein!«

»Willst du auch ein Halunke sein, Iwan Matwejewitsch?«

Muschkow schwieg. Marina ordnete ihre verrutschte Bluse, stopfte sie wieder in den Gürtel der Kosakenhose und stülpte die kecke rote Mütze auf das gestutzte blonde Haar. Nebenan kreischte jetzt die kleine Tatarin, und Jermak grölte laut, als säße er im Sattel seines Pferdes und jage Füchse in der Steppe. Muschkow verdrehte die Augen, rang die Hände und starrte gegen die mit Lehm beworfene Decke. Wer kann das aushalten, dachte er. Wenn ich sie nicht so liebte, risse ich ihr jetzt einfach die Uniform vom Leibe. Es wäre leicht, sie zu besiegen, aber das wäre auch das Ende aller Zukunftsträume.

Durch die Straßen von Tschinga-Tura zogen singend die Kosaken. Die Nachhut war jetzt eingetroffen, dieser Haufe aus Abenteurern, Mönchen und Stroganowschen Beamten, die sich bei allen Kämpfen im Hintergrund hielten, aber um so aktiver wurden, wenn alle Gefahren vorbei waren. Die Überquerung des Ural hatte der Nachhut gewaltig zugesetzt.

Auch sie hatte ihre Boote durch die Felsstiegen schleppen müssen, über Abgründe und durch Schluchten, über Felsspalten und reißende Wildwasser, auch sie hatte kleine Felsenburgen erbaut, um einen Rückzug, wenn er nötig werden sollte, zu sichern. Gerade für die Priester, die nur gewohnt waren, einen Weihrauchkessel oder ein Kreuz zum Segnen zu heben, war diese Bezwingung des Gebirges eine Tat, die kaum ihresgleichen fand.

Wer kann es ihnen daher verübeln, daß sie jetzt in der eroberten Stadt als erstes zu einem Dankgottesdienst aufriefen? Die Kirchenfahnen wurden entfaltet, die besten Kosakensänger, die den Kirchenchor bildeten, wurden zusammengerufen, und im mohammedanischen Tempel, den Oleg Wassiljewitsch Kulakow besetzt hielt, versammelten sich die Mönche und bestätigten zunächst, daß sie keinen Anspruch auf die wertvollen Geräte von Allahs Haus erhoben, sonst hätte wohl auch das stämmige streitbare Väterchen um sich geschlagen.

»Von hier aus wird Christus durch Sibirien ziehen . . .«, sagte der Abgesandte des Bischofs von Uspensk. »Gott erbarme sich der Heiden und führe sie in die Arme des wirklichen Glaubens.«

Jermaks Kosaken verstanden diesen heiligen Auftrag anders. Sie erbarmten sich der Vorräte der Tataren und Wogulen, streiften durch die Umgebung, schleppten aus den Verstecken Haufen von Pelzen und Eßwaren heran, und wo sie Frauen fanden, nahmen sie das bischöfliche Wort von »in-die-Arme-führen« wörtlich und vermittelten den zierlichen, schlitzäugigen Weibchen einen neuen Begriff von ungestümer Männlichkeit. Das sprach sich herum bis in die Hauptstadt Sibir und bis zu Kutschum.

»Wir werden sie vernichten!« sprach der sibirische Zar. »Laßt den Winter vorbei sein. Am Tobol werden wir sie jagen wie die Schneehasen!«

Das winterliche Leben in der eroberten Stadt wurde langweilig. Schnee fiel in Massen, dann ließ der Frost alles erstarren. Die Tura fror zu, überall hackte man Löcher in die Eisdecke, um an die Fischschwärme heranzukommen, die so dicht waren, daß man ein Netz nur einzutauchen brauchte und dann Hunderte von Fischen herauszog, als schöpfte man aus einem Kessel. Die Jäger zogen die Tura hinunter bis zum Zusammenfluß mit dem Tobol und stießen hier auf die Truppen des Mametkul, die den Sperriegel zum Land Mangaseja bilden sollten. Es kam zu kleinen Scharmützeln, und auch zum Ural hin blieb es nicht ruhig. Hier hatten sich Gruppen von Ostjaken und Wogulen gebildet, die alle überfielen, die ahnungslos durch die Ausläufer des Gebirges streiften.

Jermak ordnete an, nur noch in Kosakenbegleitung zu jagen. Gefangene, die man machte, köpfte man nicht, sondern ließ sie laufen, was sich schnell herumsprach.

»Wir haben nichts gegen euch!« sagte Jermak nach einem Verhör zu ihnen. Die Gefangenen hatten mit dem Leben abgeschlossen und warteten auf den Henker. »Ihr seid für uns liebe Brüder! Aber wir wollen Kutschum verjagen, diesen gottlosen Tyrannen, der selbst in goldenen Räumen lebt, euch aber behandelt, als wäret ihr Ratten! Unter unserem Zaren Iwan seid ihr alle freie Bauern! Bekennt euch zum Kreuz und ziehet hin in Frieden . . .«

Selten wurde so schamlos gelogen. Die Untertanen Kutschums behielten zwar ihr Leben, und sie ließen sich taufen, sie standen in langen Reihen vor den Popen, bestaunten die prunkvollen Priestergewänder und hörten mit Erstaunen die Kirchenchöre. Fassungslos starrten sie die Kruzifixe mit dem nackten Mann an, der da anscheinend auf ein paar Balken festgenagelt war; die Dolmetscher erzählten ihnen von Jesus, der aus lauter Liebe zu den Menschen sich hatte töten lassen ... was sie als ausgesprochenen Unsinn empfanden, denn bevor man sich töten läßt, schlägt man erst um sich, das ist doch das Selbstverständlichste im Leben ... Jedoch bemühten sie sich, dieses Ereignis gebührend zu bewundern und zu glauben und empfingen dann Taufe und Segen.

Die große Überraschung kam erst hinterher: Ihre neue Kirche, ihre neuen Priester verlangten ein Zehntel von allem, was sie besaßen. An den Mann am Kreuz zu glauben, war eben ziemlich kostspielig – das hat sich ja bis zum heutigen Tag nicht geändert.

Aber dafür durften sie weiterleben, zeigten den Kosaken die reichen Jagdgebiete und bauten ihnen die leichten, schnellen Schlitten aus Flechtholz, mit denen man über Schnee und Eis so mühelos gleiten konnte, so wie ein Schwarzfuchs rennt.

Die zur Hälfte zerstörte Stadt Tschinga-Tura wurde wiederaufgebaut. Über tausend Mann wollten warm wohnen, und als die Schneestürme aus dem Osten heulten, als aus Tundra und Taiga die Kälte herbeikroch und sich bis in die Knochen fraß, als das Land unpassierbar wurde und selbst die Ostjaken ihre Jagd einstellten und sich in ihren Hütten unter dem Schnee begraben ließen wie Murmeltiere ... da nahte eine schlimme Zeit für die Kosaken.

Alexander Grigorjewitsch Lupin brachte das Kunststück fertig, bei dem Kosakenpopen Oleg Wassiljewitsch Kulakow angestellt zu werden. Es war die einzige Möglichkeit, in der Nähe Marinas zu bleiben, denn das große Haus des Fürsten Jepantscha lag neben der Moschee, und Jermak, Muschkow und der Pope bildeten so etwas wie eine Kumpanei oder – um es höflicher zu sagen – einen Generalstab der Kosaken. Zwischen diesen dreien wurde besprochen, wie man den grausamen Winter überstehen könnte, und da der Adjutant Boris Stepanowitsch auch immer bei den Besprechungen saß, konnte Lupin sein Töchterchen oft sehen und ab und zu auch sprechen.

Lupin hatte, das wissen wir, eine laute Stimme. Außerdem konnte er hervorragend pfeifen, eine Kunstfertigkeit der Lippen und der Finger, die seinerzeit auch dazu beigetragen hatte, ihn zum Starosten von Nowo Orpotschkow zu machen. Man wundere sich darüber nicht ... es gibt viele Bürgermeister, die mit weit weniger Fähigkeiten diesen wichtigen Posten bekleiden! Für Lupin war es blankes Kapital: Er ließ sich bei dem Kosakenpopen melden und baute sich vor ihm auf, direkt vor der neu errichteten Ikonostase. Es waren Bilder, die der Pope zusammengeklaut hatte; jetzt jedoch zeigte es sich, daß alles wirklich nur zum Lobe Gottes geschehen war. Die erste Ikonostase in Sibirien flößte allen Gläubigen tiefste Ehrfurcht ein.

»Ich habe keine Pferde, Roßdoktor!« sagte der Pope, der Lupin nur als Arzt der Stroganows kannte. »Und krank bin ich auch nicht.«

»Gelobt sei der Herr!« erwiderte Lupin, stemmte dann die Arme in die Seiten, bog den Kopf in den Nacken, riß den Mund auf und donnerte ein Kyrie eleison in den Raum, daß dem Popen der Bart zitterte. Um keinerlei Diskussion aufkommen zu lassen, setzte Lupin sogleich einen Ostergesang hinterher, brüllte: »Christ ist auferstanden! Wahrhaftig, er ist auferstanden!« und schloß seine Darbietung mit einem Lobgesang, den man bis auf die Straße hörte.

Oleg Wassiljewitsch Kulakow starrte Lupin entgeistert an, kämmte mit gespreizten Fingern seinen Bart und sagte dann: »Zum Satan, hast du drei Lungen?«

»Vier, ehrwürdiges Väterchen«, antwortete Lupin mutig. »Paß einmal auf.« Er steckte nun zwei Finger zwischen die Zähne und stieß einen Pfiff aus, der den Popen wirklich zusammenschrecken ließ. Dann spitzte Lupin die Lippen und pfiff ein Lied von der Amsel, die im Kirschbaum sitzt und ein verliebtes Mädchen tröstet. Jeder Kosak vom Don kennt dieses Lied, und dem Popen, Lupin bemerkte es mit zitternder Freude, stiegen die Tränen in die Augen vor Heimweh. Der Don! Die bunt bemalte Kirche von Blagodornje, die fröhlichen Weibchen dort, die zur Beichte in das kleine Hinterzimmer kamen ... Wie weit ist das weg! Sieht man es wohl jemals wieder?

Die Amsel auf dem Kirschbaum ...

»Was willst du, Alexander Grigorjewitsch?« fragte der Pope wehmütig. »Einen besonderen Segen?«

»Ich möchte Kirchendiener werden, ehrwürdiger Vater«, sagte Lupin und senkte demütig den Kopf. »Vorsänger und dein Gehilfe. Ich beherrsche noch mehr als Singen und Pfeifen, Krankheiten heilen und Pferde pflegen. Es wird ein länger Winter kommen ...«

»Du bist ein gläubiger Mensch, nicht wahr?« fragte Oleg Wassiljewitsch vorsichtig. Lupin hörte den besorgten Unterton und lächelte fast freundschaftlich zurück.

»Man muß zwischen Gebet und Menschlichkeit unterscheiden, ehrwürdiger Vater.«

»Das ist ein kluges Wort, Alexander Grigorjewitsch.« Der Pope schlug Lupin so kräftig auf die Schulter, daß dieser in die Knie knickte und heftig nach Atem rang. »Und ein kluger Mensch ist immer für die Kirche zu gebrauchen.«

So wurde Lupin also der Gehilfe des Kosakenpopen Oleg Wassiljewitsch Kulakow. Keine leichte Aufgabe, wie man sich vorstellen kann, denn die Meßgeräte zu putzen, die Kleidung des Popen in Ordnung zu halten, die Ikonen abzustauben, den Tempel, der zur Kirche umbenannt worden war, zu säubern, denn welcher Kosak tritt sich schon die Stiefelsohlen ab, wenn er eine Kirche betritt ... das alles waren Aufgaben, die Lupin am Rande erledigen mußte. Seine vordringlichste Aufgabe bestand darin, für den Popen eine ganz besondere Sorte Weibchen herbeizuschaffen: schlanke, ranke, weißhäutige Tatarinnen, eng in der Taille, aber doch wohlgewölbt in den Brüsten, nach Rosenöl duftend und nicht nach ranzigem Fett, wie die meisten der wogulischen Bäuerinnen.

Den Kosaken war das gleichgültig, sie liebten nicht mit der Nase, aber Väterchen Oleg Wassiljewitsch war ein Ästhet, und sein Bedarf an weiblicher Schönheit war enorm. Es mochte daher kommen, daß gerade der Pope immer das beste und meiste Essen erhielt; die Kosaken brachten ihm am Sonntag Eier, Fleisch, Kuchen, Käse und Milch – alles Dinge, die wohltätig in die Knochen gehen.

Außerdem hatte der Pope den berühmten Erlaß der Zehntabgabe an die Kirche sofort im ganzen Umkreis von Tschinga-Tura verkündet und schickte jede Woche seine Einsammler auf den Schlitten herum.

Ein anderer Schlitten, dick mit Pelzen und Felldecken bestückt, war immer unterwegs, mit Lupin auf dem Fahrersitz, um tatarische Mädchen einzufangen. Hatte er eine nach Olegs Geschmack aufgetrieben, packte er sie in die Felle, und so kamen sie alle gut gewärmt und gewissermaßen vorbereitet in der Kirche an.

»Du bist ein guter Geselle!« sagte Väterchen Oleg Wassiljewitsch lobend zu Lupin und beschenkte ihn mit mongolischen Armreifen aus gehämmertem Silber, besetzt mit bunten Steinen, deren Namen keiner wußte. »Wenn du so weitermachst, ernenne ich dich noch zum Diakon. Ich habe ein gutes Herz, Brüderchen.«

So war es möglich, daß Lupin jeden Tag sein Töchterchen Marina sah und ab und zu auch sprechen konnte ... neben der Kirche, im Kirchengarten und im Hause des Fürsten Jepantscha.

»Es ist eine schreckliche Arbeit«, stöhnte Lupin einmal. Er saß mit Marina um einen warmen Steinofen, dessen Steine glühten und eine solche Hitze verbreiteten, daß Jermak halbnackt herumlief und jedem Besucher seine dicken Muskeln zeigte. »Wie andere Füchse und Zobel, so fange ich Tatarinnen ein. Welch ein Niedergang der Familie Lupin! Immer ehrliche Menschen, immer gottesfürchtig, arm – aber mit Ehre in der Brust ... und was mache ich jetzt? Trage einem schändlichen Popen, der täglich hundertmal Gott beleidigt, Weiber ins Bett! Manchmal weine ich, Marinuschka.«

Dann umarmten sie sich und gaben sich ganz dem seligen Gefühl hin, in dieser fremden, feindlichen Welt zusammen zu sein und sich sagen zu können, woran man sonst erstickt wäre. Die Liebe zu Muschkow war für Marina etwas Herrliches, aber ebensoviel Glück bedeutete es für sie, mit ihrem Väterchen am heißen Ofen sitzen zu können und zu wissen, daß man nicht allein ist mit seinem Glauben an einen einzigen, wilden Mann, den man zähmen will ...

Ein Winter voller Schnee und eisigem Frost, mit dick zugefrorenen Flüssen und unpassierbaren Wäldern, deren Bäume im Eis erstarrt waren und manchmal mit lautem Krachen auseinandersprangen, wenn der Frost von innen heraus die Stämme spaltete ... ein solcher Winter ist für jeden Kosaken etwas Fürchterliches, auch wenn er in festen Häusern wohnen und seinen Hintern an einem heißen Ofen wärmen kann. Die Langeweile regte zu Schlägereien an. Man stritt, betrog sich beim Spiel, raufte sich um die wenigen Frauen, die man aufgreifen konnte ... Tausend wilde Gesellen in einer toten Stadt, monatelang dazu verurteilt, auf engstem Raum miteinander zu leben – das war ein Problem, über dessen Lösung Jermak Timofejewitsch vergeblich nachdachte.

In Orjol war das anders gewesen. Da hatte man seine eigene Kosakenstadt gehabt, das große Steinhaus mit den fast zweihundert Mädchen, dann gab es einmal Tänze in der Stadt, Magazine, in denen man kaufen konnte, Jagdausflüge ins Permer Land, die Möglichkeit, zu exerzieren.

Und früher am Don? O Brüder, laßt uns nicht an den Don oder an die Wolga denken, nicht an den Donez oder das Kaspische Meer, nicht an die Steppen im Süden und die herrlichen Mädchen der Nogaier! Die Tränen schießen einem in die Augen, und man könnte heulen wie ein Wolf vor Heimweh.

Jermak, Muschkow und Marina erkundeten in den nächsten drei Wochen die Umgebung von Tschinga-Tura. In einem großen Schlitten, gezogen von drei Renhirschen und gelenkt von einem Ostjaken, den sie gefangen hatten und der bei ihnen geblieben war, glitten sie an den sturmfreien Tagen über das weiße, gestorbene Land und stießen, die Tura weiter hinunter, bis zum Tobol vor, dem Ziel des nächsten Frühjahrs. Auf dem Tobol wollten sie dann zum Irtysch und Kutschums goldene Stadt Sibir vernichten.

Lupin rang jedesmal die Hände, wenn er von solchen Ausflügen erfuhr. Gefährlich waren sie schon, diese Fahrten, denn man traf öfters mit Mametkuls Reitern zusammen. Späher waren es, die im Land umherritten und Kosaken, die sich zu weit vorwagten, mit ihren lautlosen Pfeilen abschossen wie Hasen. Das war ihnen bisher dreimal gelungen, bis Jermak verbot, mit weniger als fünfzig Mann und fünf Gewehrschützen die Bauern zu »besuchen«. Fünfzig Mann aber wollten fünfzig Pferde haben oder mindestens zehn Schlitten — das aber war unmöglich, also blieben die Kosaken in der Stadt und prügelten sich untereinander weiter, wurden mit Dunkelhaft bestraft oder — in schlimmen Fällen — mit Wasser übergossen und eine Stunde lang in den klirrenden Frost gestellt.

Die meisten überlebten solche Abkühlungen nur mit Mühe . . . dann mußten Lupin und die Feldschere kommen. Sie amputierten erfrorene Zehen und Finger, zweimal sogar ein Ohr, und es zeugt von der geradezu unwahrscheinlichen Robustheit der Behandelten, daß sie das überlebten.

Auch die Schlittenfahrten Jermaks, bei denen ihn nur ein zweiter Schlitten mit Gewehrschützen aus Deutschland und Livland begleitete, hätten eines Tages, bald zehn Werst unterhalb von Tschinga-Tura, am Tobol geendet.

Es war ein klarer, sonniger, aber eisklirrender Tag. Der Schnee gleißte, der Himmel war eisblau und so unendlich klar im Glanz der kalten Sonne, daß Jermak und Muschkow sich einen Streifen Tuch aus grobem Leinen vor die Augen banden, durch den man zwar noch hindurchsehen konnte, der aber das grelle Licht filterte. Marina hatte sich ganz in die Felle gewühlt und die Pelzkappe tief über ihr Gesicht gezogen. Die Renhirsche trabten über den hart gefrorenen Schnee, jeder Tritt knackte, und die Kufen des Schlittens knirschten im Eis, als schreie der Boden auf wie ein Wesen, in das man Wunden schneidet ...

So kam es, daß weder Jermak noch Muschkow merkten, wie der kleine ostjakische Schlittenlenker plötzlich mit einem Satz in den Schnee sprang, sich ein paarmal überschlug und dann liegenblieb. Die Renhirsche, nun ohne die lenkende Kraft an den ledergeflochtenen Zügeln, hoben erstaunt die Köpfe, streckten sich dann und galoppierten schnaubend über das flache, eisige Land. Der nachfolgende Schlitten mit den Schützen fiel zurück, Geschrei erfüllte die Luft, aber Jermak, Muschkow und Marina, eingemummt in ihre Pelze, hörten es nicht. Sie wunderten sich nur, daß die Hirsche sich so ins Geschirr legten und ihr Schlitten dahinsauste, als flöge er.

»Ein schöner Tag!« rief Jermak seinem Freund Muschkow ins Ohr, indem er seinen Kopf heranzog. »Diese herrliche Sonne!«

»Und wie die Tierchen laufen!« schrie Muschkow zurück. »Das macht auch unserem kleinen Schlittenlenker Freude!«

Das war allerdings ein Irrtum. Der Ostjake hatte sich aufgerichtet, nachdem auch der zweite Schlitten an ihm vorbeigerast war, stand nun im Schnee, hatte die Hände zum Schutz gegen die Sonne über die Augen gelegt und starrte in die Ferne. Dort war ein dicker schwarzer Punkt auf dem sonst makellosen Weiß der Landschaft zu sehen.

Ein Punkt, der jetzt zerfloß und zu lauter kleinen Punkten wurde, die sich schnell vergrößerten und Gestalt annahmen.

Reiter in dicken, gesteppten Fellkleidern und Pelzmützen, nach oben spitz zusammenlaufend, waren es; Bogen, Pfeile und Lanzen vor sich über die Nacken der Pferde gelegt, mit Eiszapfen verhangen, aber innerlich glühend vor Haß und Vernichtungswillen.

Und genau auf diese Reiter jagte der führerlose Schlitten Jermaks zu.

Es war die Stunde, vor der Lupin immer Angst gehabt hatte und wegen der er immer zu Gott betete, daß sie nie kommen möge ... Aber Gott – kann man's ihm verübeln – hatte kein Ohr für Gebete aus der Kirche des Popen Oleg Wassiljewitsch Kulakow.

Hinter Jermak begannen jetzt schon die deutschen und livländischen Schützen zu feuern. Aber das war sinnlos, denn ihr Schlitten schwankte und hüpfte, sie mußten sich festklammern, und die Rentiere, die sie zogen und bisher brav dem ersten Leitschlitten nachgetrottet waren, galoppierten nun genausoschnell wie die vorderen.

»Die Idioten schießen!« brüllte Muschkow in Jermaks Ohr. »Hier gibt es doch gar keine Füchse!«

Sie schälten sich aus den Pelzen, rissen die Leinenbinden von den Augen und blinzelten in die grelle Sonne und den glitzernden Schnee. Die Renhirsche vor ihnen hatten die Kopfe mit den Geweihen weit vorgestreckt, und ihre schlanken Beine trommelten über das gefrorene Land.

»Der Kutscher!« schrie Muschkow plötzlich und rüttelte Jermak an den Schultern. »Jermak Timofejewitsch, unser Gelber sitzt nicht mehr da! Er muß vom Schlitten gefallen sein! Die Hirsche sind toll geworden!«

»Tataren!« rief hinter ihnen jetzt Marina mit heller Stimme. Sie hockte noch in einem Berg von Fellen und starrte auf die Linie der Reiter, die ihnen entgegengaloppierten. »Überall Tataren! Eine Falle, Jermak!«

Hinter ihnen feuerten wieder die Schützen, allerdings mehr, um sich selbst Mut zu machen oder die Tataren mit dem »Donner des Himmels« zu erschrecken, als mit der Aussicht, auf diese Entfernung etwas zu treffen. Nun sahen auch Jermak und Muschkow die auseinandergezogene Linie der kleinen, vermummten Reiter, die einen Halbkreis bildeten, in den die Schlitten unweigerlich hineinrasen mußten.

»Halt die Hirsche an!« brüllte Jermak. Er warf die Felle von sich, versuchte, die Lederzügel zu ergreifen, aber sie rutschten ihm weg. Als die Rentiere nun, von den Schüssen noch erregter geworden, mit den Köpfen in die Luft stießen, fielen die Zügel sogar ganz vom Schlitten und schleiften über den Boden.

»Die Schlitten müssen halten!« schrie Jermak. »Iwan Matwejewitsch, wir müssen an die Hirsche heran!«

»Ich kann sie nicht zurückpfeifen!« brüllte Muschkow und warf den Kopf herum. Hinter ihm hockte Marina auf dem Fellstapel und klammerte sich an der Schlittenwand fest. »Abspringen!« schrie Muschkow. »Jermak, wir müssen abspringen . . .«

»Die Tataren reiten uns nieder!« brüllte Jermak zurück.

Er kroch nach vorn, beugte sich über die hohen, gebogenen Kufen und kam immer noch nicht an die schleifenden Zügel heran. Schon hörten sie das Triumphgeheul der Tataren, der Schlitten mit den fünf Gewehrschützen raste jetzt auf gleicher Höhe mit Jermaks Schlitten dahin, aber die Männer lagen hilflos in den Pelzen, klammerten sich fest und schienen ihre letzten Gebete zu stammeln.

»Ich werde auf einen Hirsch springen!« schrie Muschkow jetzt. Die Angst um Marina ließ ihn an Unmögliches denken. Er kroch nach vorn, wo der Ostjake gesessen hatte, duckte sich und schätzte die Entfernung bis zum Rücken des mittleren Rentieres.

Aber er kam nicht mehr zum Sprung. Neben ihm stand plötzlich Marina, ohne Pelz und Kappe, nur in Bluse und Hose.

Jermak schrie: »Muschkow! Halt den Idioten fest! Er hat doch keine Kraft!« – doch Muschkow griff schon ins Leere. Er erhielt noch einen Faustschlag auf die Nase, der ihn einen Augenblick lang fassungslos machte . . . und dann sah er, wie Marina sich abstieß. Sie flog durch die sonnenglänzende, kalte Luft, die Arme weit vorgestreckt, die Beine in den Stiefeln gespreizt.

»Gott im Himmel!« brüllte Muschkow auf. Tränen stürzten

aus seinen Augen und gefroren sofort zu kleinen Eiskristallen.

Genau auf dem Rücken des mittleren Hirsches landete Marina Alexandrowna, krallte sich in dem Nackenhaar des Tieres fest, schlug ihre Beine gegen die Seiten des Tieres und saß auf dem Geschirr aus Lederriemen so sicher wie im Sattel eines Pferdes.

Der Renhirsch warf den Kopf weit in den Nacken, stieß ein dumpfes, röhrendes Brüllen aus und buckelte im Galopp. Aber das half ihm nichts. Marina hieb ihm die Absätze ihrer Stiefel in die Weichen, beugte sich dann weit vor und umklammerte mit beiden Händen die breit ausladenden Stangen des Gehörns, faßte in die Endsprossen und zerrte den Kopf des Tieres nach hinten.

Es war ein aussichtsloser Kampf, ein Mädchen gegen einen ausgewachsenen Hirsch. Die Nackenmuskeln des Tieres spannten sich, es brüllte wieder, aus dem Geäse quoll dichter Dampf, ein heißer Atem, der in der eisigen Luft sofort zu einer Dunstwolke wurde.

»Iwan!« schrie Marina schrill. »Iwan, hilf mir!«

Sie zog an dem Geweih, versuchte, den Widerstand der armdicken Nackenmuskeln des Hirsches zu brechen und den Kopf nach hinten zu biegen. Die Führungszügel nützten gar nichts mehr, die Tiere reagierten nicht, sie jagten über den Schnee, den jubelnden Tataren entgegen, die sich in den Sätteln hoben, die Bogen spannten, die Pfeile auf die Sehnen legten und die Lanzen fällten.

»Iwan! Ich kann ihn nicht halten!« schrie Marina wieder. »Iwan!«

Die Angst um Marina verlieh Iwan Matwejewitsch so etwas wie Flügel. Das behauptete er später jedenfalls, denn ohne Flügel, das war klar, hätte es ein so schwerer Mann nie geschafft, auf einen Renhirschrücken zu springen.

Er stieß sich ab, fast gleichzeitig mit Jermak, der es auch versuchte. Beide Körper flogen durch die Luft, und während Muschkow neben Marina auf dem linken Hirschrücken landete, verfehlte Jermak sein Ziel und stürzte schwer auf die harte, gefrorene Erde. Halb betäubt blieb er liegen, zugespritzt mit Schnee und Eisbrocken von dem Schlitten der Gewehrschützen, der nur um Zentimeter neben seinem Kopf vorbeiraste und ihn fast zermalmt hätte.

Muschkow hieb die Fäuste um das Geweih des Hirsches, brüllte: »Hoi! Hoi!« und riß den Kopf des Tieres mit einem ungeheuren Ruck nach hinten. Der Hirsch wehrte sich, Dampfwolken umnebelten Muschkow, das Tier stieg vorn hoch, aber Muschkow hielt eisern fest. Er knirschte mit den Zähnen, und seine Armmuskeln waren wie Dreschflegel, die man unter die Haut geschoben hatte.

»Bleib stehen, du Rabenaas!« heulte er. »Ha! Ich reiße dir den Kopf ab, du Luder! Stoj! Stoj! Du kennst Muschkow noch nicht!«

Der Hirsch gab nach einem dumpfen Brüllen auf, verlangsamte seinen Lauf, mit ihm die anderen Tiere, und stand dann tatsächlich still. Es war wie ein Signal ... auch die anderen Hirsche gehorchten, und Marina gelang es jetzt mühelos, den Kopf ihres Rens zurückzubiegen und das Geweih an sich zu ziehen. Neben ihnen hielt der Schlitten der Gewehrträger. Alles war eingehüllt in Wolken, die aus den Geäsen der Rentiere dampften.

Jermak lag noch immer im Schnee. Der Kopf zersprang ihm fast. Ein paarmal versuchte er, sich aufzurichten, aber da war etwas in seinem Schädel, das ihn sofort wieder zu Boden warf.

Die tatarischen Reiter heulten jetzt wütend auf. Ihre gebogene Kette schloß sich wieder, und dann galoppierten sie als lanzenstarrender Block auf die beiden Schlitten zu, einen Hagel von Pfeilen abschießend.

»Marinuschka ...«, stammelte Muschkow. Er saß schwitzend auf seinem Hirsch und starrte sie aus Augen an, aus denen noch immer die Tränen liefen und zu Eiskügelchen gefroren. Auch sein Schweiß erstarrte sofort und wurde zu einer weißlichen Schicht auf seinem Gesicht.

»Sei kein altes Weib, dem die Suppe überkocht!« schrie sie ihn an. »Hol lieber die Waffen! Ich halte die Hirsche fest!«

»Marinanka, versteck dich ...«, keuchte er.

»Geh!« rief sie streng zurück.

Neben ihnen begannen die Deutschen und Livländer endlich zu schießen. Jetzt saßen sie wieder gut und warm, vor den Pfeilen durch dicke Pelze geschützt, im Schlitten und konnten zielen. Die ersten Tataren fielen von den Pferden, der Schnee unter ihnen färbte sich rot.

Die Hirsche wurden von neuem unruhig. Marina sprang von ihrem Ren, stellte sich zwischen die Tiere und riß ihre Köpfe an den Nasenriemen herunter. Muschkow ließ sich einfach in den Schnee fallen und versuchte, Marinas Stiefel zu fassen und sie so zu Boden zu ziehen. Sie trat nach ihm, traf ihn an der Stirn, Muschkow grunzte und ließ ihre Stiefel los.

»Laß mich endlich!« schrie sie hell. »Kümmere dich um Jermak!«

»Die Tataren werden dich aufspießen!« brüllte Muschkow und erhob sich. Er rannte zum Schlitten, raffte einen Haufen Felldecken zusammen, lief zu Marina zurück und warf die Decken über Marinas vor Frost schlotternden Körper.

Dann stürzte er zurück, holte seine Reiterpistole und seinen Krummdolch, rannte zu Jermak, der jetzt im Schnee kniete und mit benommenem Kopf vor sich hinstarrte. Mit seinem Körper schützte Iwan den Freund, hob die Pistole und feuerte auf einen Tataren, der kreischend auf ihn zugaloppierte.

Ruhig, wie sie es gelernt hatten, schossen die Deutschen und Livländer. Die Pfeile machten ihnen nichts aus, und bis auf Lanzennähe, um zuzustechen, kam kein Reiter Mametkuls an sie heran.

Marina stand zwischen den Hirschen, geschützt durch deren Körper und die Felldecken, und hielt die Köpfe der Tiere fest. Es waren jetzt die bravsten Hirsche, glotzten auf den Wirrwarr von Pferden und Reitern, wackelten mit den Lauschern, erstaunt über den Lärm, und bliesen Dampfwolken von sich.

Der Überfall war gescheitert, das sahen die Tataren ein, als die Hälfte ihrer Männer verblutend im Schnee lag. Sie stießen noch einmal ihre grellen Kampfrufe aus, wendeten dann die Pferde und preschten davon.

Schnee, Sonne und die Blendung, die der Himmel verursachte, verschluckten rasch die Reiter. Die Pferde ihrer erschossenen Brüder hatten sie mitgenommen, die Toten ließen sie liegen, genauso wie die Verletzten. Es waren nur vier Reiter, die auf dem gefrorenen Boden umherkrochen, klaglos, stumm, mit jener Ergebenheit in das Schicksal, wie nur ein Asiate sie kennt.

Die livländischen Gewehrträger, zwei Männer, stiegen aus dem Schlitten, gingen zu ihnen hin und schossen sie durch den Kopf. Das war humaner, als sie im Schnee sterben zu lassen; es war auch besser, als sie in Tschinga-Tura gesund zu pflegen und dann aufzuhängen. Man kannte Jermak . . . Diesen Überfall, diese gemeine Falle, vergaß er nie!

Während die Schützen die Toten untersuchten, ihnen die Ringe von den Fingern zogen und sonst alles wegnahmen, was ein Kosak – und sie nannten sich jetzt alle so! – gebrauchen kann, humpelte Jermak, auf Muschkow gestützt, zu den Schlitten.

Er schwankte, sein Gleichgewichtssinn schien gestört, irgend etwas in seinem Hirn mußte zersprungen sein, als er auf die hartgefrorene Erde geprallt war. Vielleicht erklärt das auch manche spätere Tat Jermaks, der zwar immer ein Räuber gewesen war, aber nie eine Bestie.

»Sie haben goldene Ringe!« rief einer der Livländer, der gerade einen Tataren auszog. »Dicke, goldene Ringe!«

Muschkow seufzte, dachte an Marina, die noch zwischen den Hirschen stand, und beneidete die anderen, die keinen um sich hatten, der ihnen das Plündern verbot.

Es war eine beinahe historische Stunde, als Jermak gerührt Marina Alexandrowna umarmte, an sich zog und dreimal küßte. »Von heute ab bist du mein Bruder, Boris Stepanowitsch!« sagte er. Muschkow mußte heftig husten, denn er dachte an Marinas Brüste, die rund und fest waren und die Jermak anstoßen mußten ... Aber dieser war viel zu sehr in feierlicher Stimmung, um das zu merken. »Wir verdanken deinem Mut unser Leben. Iwan Matwejewitsch, es war der beste Einfall in deinem verdammten Leben, als du Boris aus dem brennenden Dorf mitbrachtest.«

»Ich sage es ja immer!« rief Muschkow und wollte Marina auch küssen, und diesmal mit Billigung Jermaks. Aber sie stieß ihn grob weg und blitzte ihn aus ihren blauen Augen böse an. »Ein Feiertag war's! Er wird mir immer im Magen liegen, als hätte ich mich überfressen!« Er versuchte noch einmal, Marinas Kopf zu umfassen, aber sie schlug ihm die Hände weg. »Ich bin ihm unsympathisch, Jermak ...«, sagte er. »Vielleicht habe ich ihn nicht genug geprügelt. Ein Bürschchen wie er wird erst durch blaue Flecken vernünftig.«

»Kehren wir um.« Jermak blickte über das glitzernde Land. »Und wer mir den Kopf meines Schlittenführers bringt, bekommt zehn Rubel!« Er stieg in den Schlitten und faßte nach den Lederzügeln. »Weiß jemand, wie man Renhirsche lenkt?«

»Ich setze mich auf den Leithirsch und reite ihn!« sagte Marina. »Ich glaube, ich weiß, wie man das macht.«

»Das übernehme ich!« widersprach Muschkow. »Jermak Timofejewitsch, das Kerlchen ist ja fast erfroren. Es wird den Ritt nicht aushalten, sondern ein Eisklotz sein, wenn wir es herunterheben! Boris Stepanowitsch soll sich in die Pelze rollen und sich wärmen! Was nützt dir ein erfrorenes Brüderchen, Jermak?«

»Ich reite!« beharrte Marina und schwang sich auf den Renhirschrücken. »Iwan Matwejewitsch ist zu dumm dazu! Er soll das Maul zuklappen, sonst zieht ihm der Frost noch in die Därme!«

Jermak lachte schallend. Er ging zum Schlitten, holte die dicksten Pelze und legte sie um Marinas Körper. Muschkow trottete grunzend um die Hirsche herum, blickte Marina mit flehenden Hundeaugen an und forschte in sich, was er falsch gemacht hatte, daß sie so wütend auf ihn war.

Er wußte es nicht, und so setzte er sich schließlich neben Jermak in den Schlitten und starrte Marina an, die mit heller Stimme das Kommando zum Aufbruch gab. Die Hirsche legten sich ins Geschirr, und die Schlitten glitten knirschend durch den verharschten Schnee.

Der zweite Schlitten mit den Schützen folgte ihnen. Die Männer lachten, zeigten sich ihre Beute und riefen Marina zu:

»Du bekommst deinen Anteil! Du kannst dir aussuchen, was dir gefällt! Ringe, Armspangen, verzierte Dolche, Schwarzfuchsmäntel, Mützen aus Zobelfell . . .«

»Das ist gut!« schrie Muschkow zurück. Die Schadenfreude kitzelte ihn. Jetzt muß sie einen Teil der Beute annehmen, dachte er und rieb sich die Hände. Wenn sie es ablehnt, wird sie nicht nur als Idiot gelten, sondern wird die anderen beleidigen. Haha, sie macht Beute, mein zartes Schwänchen! Wie will sie sich da herauswinden?

»Und vergeßt Iwan Matwejewitsch nicht!« rief Muschkow fröhlich. »Wer hat dem Hirsch den Kopf in den Nacken gebogen, he?« Und dann sang er mit seiner gewaltigen Stimme das Lied von der goldenen Nachtigall, die ein Kosak beim chinesischen Kaiser erobert hatte.

Marina Alexandrowna blickte sich einmal kurz um. Ihr Blick traf Iwan wie ein Musketenschuß. Muschkow stellte das Singen ein und bereitete sich auf eine böse Nacht neben dem warmen Ofen vor.

Man soll nicht sagen, Iwan Matwejewitsch Muschkow sei ein Feigling. Nein, er war einer der tapfersten unter Jermaks Kosaken. Aber als sie Tschunga-Tura im Glanz der Abendsonne auftauchen sahen und die ersten Patrouillen ihnen entgegenkamen, hatte Muschkow beschlossen, Marina aus dem Weg zu gehen.

Gleich nach der Ankunft vor dem Haus des Fürsten Jepantscha verzog er sich in die jetzt als Kirche dienende Moschee, wo sich Lupin auf ihn stürzte, ihn beschimpfte und sich die Haare raufte wegen der Gefahr, in die man sein Töchterchen gebracht hatte. Wie immer war der Pope als erster unterrichtet worden, und nun war Oleg Wassiljewitsch auf dem Weg zum Quartier der Deutschen und Livländer, um im Namen Christi einen Anteil der Beute für die Kirche zu sammeln.

»Kann ich bei euch bleiben?« fragte Muschkow müde und setzte sich hinter die Ikonostase auf einen Hocker.

»Warum bleibst du nicht bei Marinuschka?« brüllte Lupin. »Wo ist sie? Warum kommt sie nicht? Ist sie verwundet? O ihr Teufel! Ich lasse sie nie wieder mit euch fahren! Nie mehr! Ich werfe mich vor den Schlitten!«

»Sie sucht sich ihre Beute aus«, sagte Muschkow. Dabei schnaufte er tief.

»Was tut sie?« stotterte Lupin.

»Sie bekommt ihren Anteil. Wir haben die Toten ausgeraubt, Väterchen. Was soll ein Toter mit goldenen Ringen und Armreifen?« Er lauschte zur Tür, ob jemand hereinkam, und stemmte die Beine gegen den Boden. »Hier bleibe ich sitzen, und keiner kann mich hinausjagen! Ich brauche den Schutz der Kirche!«

Nach einer Stunde kam Oleg Wassiljewitsch, der Pope, zurück. Sein Bart war zerzaust. Es hatte Mühe gekostet, die Deutschen davon zu überzeugen, daß wahrer Glaube in erster Linie Opfer ist. »Aha!« sagte Oleg beim Anblick Muschkows. »Unser Iwan Matwejewitsch! Was hast du anzubieten?«

»Nichts! Man hat mich übergangen.«

»Lüge nicht!« donnerte der Pope. »Ein Muschkow klaut immer was!«

»Ein Muschkow! O Väterchen, wo ist er geblieben?« Iwan verdrehte die Augen und zuckte dann zusammen, als er vor der Ikonostase Marinas Stimme hörte.

»Ehrwürdiger Vater!« rief sie.

»Das Kerlchen!« sagte der Pope zufrieden. »Das ist ein guter Bursche, er bringt der Kirche, was sie erfreut.«

Während Oleg und Lupin um die Altarwand herumgingen, schielte Muschkow durch eine Ritze der Ikonostase. Marina Alexandrowna hatte ihren Anteil bekommen und auf die Altarstufen gelegt. Zwei mit Perlen besetzte Armreifen, einen Dolch mit goldener Scheide und herrlichen Ornamenten ...

»Mein Sohn«, sagte der Pope gerührt, »ich segne dich!«

Und Lupin weinte vor Glück, machte Marina hinter dem Rücken des Popen Zeichen und faltete dann die Hände.

»Das ist mein Anteil.« Marina zeigte auf den schönen Dolch. »Und das hier ...«, sie wies auf die perlenbesetzten Armreifen, »ist Muschkows Spende für die Seligkeit.«

»Halleluja!« jubelte Oleg Wassiljewitsch Kulakow.

Iwan sank zurück und schloß erschüttert die Augen. Ich werde sie heiraten und als Bauer leben müssen, dachte er. Ein Kosak hält so etwas nicht aus!

»Wo ist Muschkow?« hörte er mit heller Stimme Marina fragen. »Hinter der Ikonostase? Gib ihn heraus, Väterchen! Ich brauche ihn für einen Auftrag.«

Seufzend stand Muschkow auf und kam um die Ikonenwand herum. Der Pope betrachtete gerade die Armreifen und schnalzte mit der Zunge.

»Komm mit!« sagte Marina Alexandrowna und griff nach Muschkows schlaffer Hand. Sie zerrte ihn durch das Kirchenschiff zur Tür. Lupin lief neben ihnen her, rief, wie glücklich er sei, daß nichts Schlimmes geschehen war ... aber sie schien ihn gar nicht mehr zu hören.

Draußen, in der eisigen Nacht, nachdem die Kirchentür hinter ihnen zugefallen war, stellte sie sich vor Muschkow hin. Sie war ganz nahe bei ihm, und ihre Augen blitzten.

»Was willst du, Marina?«

»Ich liebe dich, du großer Bär«, sagte sie leise. »Ich liebe dich und weiß jetzt, daß ich bald deine Frau sein werde ...«

Dann lief sie weg und verschwand in der Nacht. Sie ließ einen Iwan Matwejewitsch Muschkow zurück, der innerlich verbrannte ...

Die ganze Nacht wartete Muschkow, daß Marina Alexandrowna zurückkam, aber sie blieb verschwunden. Von Liebe und Angst gemartert, rannte Iwan Matwejewitsch in dem großen Haus des Fürsten Jepantscha herum, stürzte, wenn er draußen einen Laut hörte, an die Tür, aber es waren nur Kosaken, die durch die Stadt strolchten und die Nachtruhe störten.

Mit Jermak konnte er nicht darüber sprechen. Die kleine süße Tatarin war wieder bei ihm und quietschte vergnügt, obgleich Jermak Timofejewitsch noch der Kopf brummte von dem Sturz aus dem Schlitten. Auch seine Glieder schmerzten, und jede Anstrengung, auch in der Liebe, schlug sich wie ein Bleigewicht auf seinen Körper nieder. Ihn jetzt zu stören mit der Frage, wo Boris Stepanowitsch geblieben sei, hätte selbst Muschkow Prügel eingebracht.

Irgendwo muß Marina doch untergekrochen sein, dachte Muschkow. Schläft sie jetzt in einem anderen Haus, vielleicht bei einem der Hundertmänner, oder liegt sie, in ein Fell gerollt, in einer verlassenen Hütte wie ein Hund, der keine Heimat mehr hat?

Aber warum nur ist sie weggelaufen? Heiliger Andrej, warum läßt sie mich jetzt allein?

Es war schon tief in der Nacht, als Muschkow hinüber zur Kirche ging, um seinen Kummer mit Väterchen Oleg Wassiljewitsch zu besprechen. Der Pope lag auf dem Diwan, auf dem einmal der mohammedanische Mullah geruht hatte, und schnarchte zum Erbarmen. Neben ihm lag ein vollbrüstiges Weib, das Muschkow müde und träge anblinzelte, sich dann umdrehte und ebenfalls weiterschlief.

»Wie allein ich bin!« sagte Muschkow erschüttert. »Niemand hilft mir. Nicht einmal sein Leid kann man mit einem vernünftigen Menschen besprechen.«

Er irrte durch die weitläufige ehemalige Tempelanlage, kam in Kammern und leere Gewölbe, und fand endlich Alexander Grigorjewitsch Lupin, der sein Lager in der Schatzkammer aufgeschlagen hatte und merkwürdigerweise noch munter war. Muschkow überflog mit einem langen Blick die hier angehäufte Beute, schätzte die Gold- und Silberwaren, die Pelze und Stoffe auf einige tausend Rubel und setzte sich seufzend neben Lupin auf das Bett.

»Ich bin ein armer Mensch, Väterchen«, sagte er. »Deine Tochter zerstückelt mein Herz.«

»Das sagst du nun schon seit fast zwei Jahren, Iwan Matwejewitsch.« Lupin zupfte eine große Decke aus Wolfsfell zurecht, zog sie über das Bett bis auf den Boden und setzte sich vorsichtig neben Muschkow, so vorsichtig, als lasse er sich auf Eiern nieder, die er ausbrüten wollte.

»Marina ist weg!« stöhnte Muschkow. »Sagt zu mir: ›Ich werde bald deine Frau‹, rennt davon und in die Nacht hinaus. Soll ich Haus für Haus durchsuchen, um sie zu finden?«

»Es würde wenig nützen. Du findest sie nie.«

»Sie hat nie richtig gesagt, daß sie mich liebt. Es war heute zum erstenmal.«

»Eine Stunde der Verwirrung, Iwan Matwejewitsch.«

»Was hast du nur für eine Tochter, Väterchen! Springt auf den Rücken eines Hirsches und rettet uns allen das Leben. Jermak hat sie zu seinem Bruder gemacht. O Alexander Grigorjewitsch!« Muschkow schlug die Hände zusammen. »Wenn er entdeckt, daß Boris Stepanowitsch ein Mädchen ist . . . ich werde mich tatsächlich entscheiden müssen, ob ich Jermak töte oder Marinuschka ihm überlasse.«

»Und was würdest du tun, Iwan Matwejewitsch?«

»Ich glaube, ich müßte Jermak töten!« entgegnete Muschkow dumpf. »Das weiß ich jetzt. Mein Gott, bin ich ein armer Mensch!«

»Ich rate dir noch immer: Flüchtet zurück in die Heimat!« sagte Lupin nach einer Weile des Schweigens, in der Muschkow sich selbst zutiefst bedauerte. »Der Weg über den Ural ist doch jetzt leichter geworden. Ihr könntet von Station zu Station reiten, die wir angelegt haben . . .«

»Ein Kosak verläßt seine Truppe nicht!« sagte Muschkow fest.

»Dann vergiß endlich, daß du ein Kosak bist!«

»Und was bin ich sonst?«

»Marinas Mann . . .«

»Das Herz zerbricht mir, Väterchen.« Muschkow sprang auf.

Schnell nahm Lupin die Gelegenheit wahr, um die Wolfsdecke ganz über das Bett zu ziehen, damit man nichts mehr vom Bettgestell sehen konnte. Vor allem konnte man nicht mehr unter das Bett blicken, aber wer wirft schon in Muschkows seelischer Verfassung einen Blick in diese Gegend?

Er rannte also im Zimmer hin und her, raufte sich das Haar und benahm sich wie einer der heiligen Idioten, denen man in Rußland alles verzeiht, weil sie zwar wie ein Mensch aussehen, aber denken und reden, als seien sie gerade von einem anderen Stern gefallen . . .

»Ich muß mit Marina sprechen — sofort!« brachte Muschkow endlich hervor.

»Sie wird morgen wieder bei dir sein«, meinte Lupin hellseherisch.

»Im nächsten Frühjahr wird es zu einer großen Schlacht kommen . . .«

»Dann müßt ihr beide längst wieder hinter dem Ural sein, Iwan Matwejewitsch!« Lupin beugte sich vor. »Zehntausend Reiter soll Kutschum am Tobol stehen haben. Und Marina soll dann mit der Fahne neben Jermak an der Spitze reiten! Mein Atem steht still, wenn ich nur daran denke.«

»Du sprichst es aus, Väterchen.« Muschkow lehnte sich an die Wand. »Ich zittere wie ein Greis bei dem Gedanken.«

»Ohne dich wird sie aber nicht zurück nach Rußland gehen. Wenn du mit Jermak reitest, wird sie an deiner Seite sein, und wenn euch zehntausend Teufel gegenüberstehen. Wie kann man einen Mann nur so lieben? Unbegreiflich!«

Man kam zu keiner Einigung, und sie war tatsächlich unmöglich. Den Popen konnte man nicht fragen, er schnarchte neben seinem Weibchen und hätte vielleicht, wenn man ihn jetzt geweckt hätte, geantwortet: »Iwan Matwejewitsch, du schielendes Ferkel! Liebt einen Jungen! Hinaus mit dir, und Gottes Fluch fahre dir in die Lenden!«

»Es gibt keinen Rat!« sagte Muschkow traurig, küßte Lupin auf die Stirn und ging zur Tür. »Vielleicht ist Marina inzwischen zurückgekommen. Ich muß wieder hinüber ins Haus.«

Er hatte kaum das Zimmer verlassen, als sich die Felldecke bewegte und Marina unter dem Bett hervorkroch. Sie hatte ihre Stiefel ausgezogen und trug nur eine dünne, bestickte Bluse, denn im Zimmer war es heiß. Der Ofen strömte eine gewaltige Hitze aus, die Steine knackten leise, so fraß sich von innen die Glut des Holzes in sie hinein.

Wo auch immer Lupin war, stets hatte er einen Ledersack mit Marinas Mädchenkleidern bei sich; und wenn sie, wie jetzt, allein waren, zog sie ihre rauhe Kosakenuniform aus und streifte die weiche Bluse und einen weiten Rock über. Die Blusen hatte noch ihre Mutter Larissa bestickt – mit den uralten russischen Motiven, von denen heute keiner mehr wußte, wer sie vor Jahrhunderten einmal entworfen hatte . . .

Wie schön ist sie doch! dachte Lupin voller Vaterstolz. Wie groß und erwachsen in diesen einundeinhalb Jahren! Eine richtige Frau ist sie geworden, und wenn man als Vater überhaupt so etwas denken darf: sie hat die Brüste ihrer Mutter, die schlanken Hüften und die langen, geraden Beine. Jetzt, ohne Stiefelchen, geht sie herum wie ein Reh . . . Eine Wonne ist es, sie anzusehen!

»Bis das Eis auf der Tura schmilzt, ist Iwan Matwejewitsch ein anderer Mensch geworden«, sagte Marina und setzte sich auf das Bett. »Hast du's gehört, Väterchen? Er würde sogar meinetwegen seinen Freund Jermak töten!« Sie faltete die Hände zwischen ihren Beinen und blickte glücklich in die beiden Tranlampen, die dem Zimmer Licht gaben. »Ich habe es gewußt. Er kann ein guter Mensch werden. Es wird alles gut. Du wirst dich auch an Iwan gewöhnen, Väterchen.«

»Nie, mein Täubchen, nie!« Lupin lehnte sich gegen die Tür. Es war möglich, daß Muschkow zurückkam, wenn er sein leeres Zimmer sah. So konnte er hier nicht gleich hereinkommen, und Marina hätte Zeit, wieder unters Bett zu flüchten. »Er hat unser Dorf angezündet! Das kann ich nie vergessen!«

»Er hat nicht eine einzige Brandfackel geworfen!« rief sie. »Er war damit beschäftigt, mich zu beschützen!«

»Er wollte dich nach Kosakenart schänden!«

»Hat er's getan?«

Lupin schwieg. Über Muschkow mit Marina zu streiten, brachte keinen Gewinn. Man kann aus einem Bullen einen Ochsen machen – er bleibt trotzdem ein Rindvieh. Lupin hütete sich, das laut zu sagen.

»Warum versteckst du dich vor ihm?« fragte Alexander Grigorjewitsch nach einer Weile.

Marina starrte zuerst stumm vor sich hin. Dann antwortete sie langsam: »Ich verstecke mich vor mir ...«

»Das verstehe ich nicht.«

»Ich liebe ihn, und wäre ich vorhin nicht weggerannt, hättest du keine jungfräuliche Tochter mehr ...« Sie legte sich zurück auf das Wolfsfell und zog die schönen Beine an sich. »Du hast ihn nicht gesehen, wie er auf den Hirsch sprang und seinen Kopf zurückbog.«

»Ich denke, du bist gesprungen, Marinuschka?«

»Zuerst, aber ich hatte nicht genug Kraft gegen einen Hirsch. Doch Iwan packte in das Geweih, und man hörte es richtig knacken, als er den Nacken des Tieres zurückbog. Und dann saß Iwan auf dem Hirsch und weinte. Er weinte aus Liebe und Angst um mich. Und seine Tränen froren zu Kügelchen, die über seine Wangen rollten ... Ein Muschkow weint aus Liebe! Väterchen, ich hätte sterben können – vor Glück!«

»Und trotzdem hast du ihn angeschrien und geohrfeigt! Er hat es mir erzählt. Behandelt man so einen Menschen, der aus Liebe weint?«

»Ich konnte nicht anders.« Sie streckte sich aus und breitete die Hände über ihre Brust. Lupin setzte sich neben sie und streichelte zärtlich ihr stoppeliges, von Muschkows Messer mißhandeltes, blondes Haar. »Ich habe ihn geschlagen und habe ... mich gemeint! Sollte ich ihn küssen, vor Jermaks Augen? Ihm in die Arme fallen? Ich hätte alles getan in diesem Augenblick ... und um es nicht zu tun, habe ich ihn geschlagen. Da wurde mir wohler. Verstehst du das wohl, Väterchen?«

»Nein!« sagte Lupin ehrlich. »Die Liebe zwischen deiner Mutter und mir war einfacher. Ihr jungen Menschen seid ein Rätsel! Wo soll das noch hinführen, frage ich Gott . . .?«

Beim Morgengrauen schlich sich Marina Alexandrowna zurück in das Haus des Fürsten Jepantscha. Jermak schlief mit seiner süßen Tatarin den tiefen Schlaf des restlos Erschöpften.

Drei Zimmer weiter lag Muschkow vor dem Ofen auf der Erde, hatte einen Pelz unter sich geschoben und so umarmt und an sich gedrückt, als halte er ein Weibchen im Arm. Er lächelte im Schlaf und grunzte ab und zu aus tiefer Brust. Sein Traum mußte ein wirklicher Genuß sein . . .

Marina beugte sich über ihn, küßte ihn vorsichtig auf die Stirn und legte sich dann auf den seidenen Diwan. Sie trug wieder ihre Kosakenkleidung und legte den Krummdolch, wie immer, quer über ihren Unterleib. Die ständige Warnung an Muschkow, ein braver Mensch zu sein . . .

IX

Tags darauf erschien Muschkow in der Kirche, mit starren Augen, schweißverklebten Haaren und einer fast nicht mehr menschlichen Stimme:

»Ehrwürdiger Vater Oleg Wassiljewitsch!« klang es recht unheilig durch den Kirchenraum. »Alexander Grigorjewitsch! Hilfe! Boris Stepanowitsch hat das Fieber! Er erkennt mich nicht mehr! Er fühlt sich an wie ein glühender Ofen! Helft mir!«

Der Kosakenpope erschien mit bloßem Oberkörper, nur mit einer Hose bekleidet, hinter der Ikonostase und gab der Frau, die ihm folgte, eine so kräftige Ohrfeige, daß sie sofort wieder hinter den Heiligenbildern verschwand. Von der anderen

Seite stürzte Lupin in den Kirchenraum, die weißen Haare noch vom Schlaf zerwühlt.

»Boris Stepanowitsch stirbt mir unter den Händen!« schrie Muschkow. »Er redet schon irre!«

»Bete!« befahl der Pope kategorisch. »Er hat gestern zu lange schutzlos im Frost gestanden! Ohne Pelz auf einem Renhirschrücken! Das hat ihm die Lunge vereist! Laßt uns die Totenklage singen, Brüder!«

»Er darf nicht sterben!« brüllte Muschkow. »Jermak hat schon die besten Feldschere kommen lassen, aber sie wissen keinen Rat. Wunden können sie flicken, aber gegen das Fieber haben sie nichts! Alexander Grigorjewitsch, was gibt man Pferden, wenn sie Fieber haben?«

»Ich hole die Medizin!« rief Lupin und rannte in seine Kammer. Das Fieber, dachte er und spürte, wie ihn die Sorge taumeln ließ. So schweinisch der Pope auch ist ... in einem hat er recht: Wenn sich die Kälte in die Lungen gefressen hat, wenn die Lunge entzündet ist, werden wir hilflos zusehen müssen, wie Marina uns unter den Händen stirbt. Marinuschka, sie werden uns zusammen begraben ... Was soll ich noch auf der Welt ohne dich?

Im Hause des Fürsten Jepantscha saß Jermak mit düsterer Miene neben Marinas Bett und starrte ins Leere. Zwei Feldschere standen an der Wand, und ihre Hilflosigkeit hatte ihren sichtbaren Ausdruck in zwei Beulen, die auf der Stirn prangten. Jermak hatte sie mit einem Knüppel geschlagen, als sie sagten: »Wir können nichts mehr tun.«

»Hat ihn jemand berührt?« schrie Muschkow, als er ins Zimmer stürzte. Das war seine zweite große Sorge, als er Lupin zu Hilfe holte: Wenn die Feldschere die Uniform aufgeknöpft hatten, um das Herz abzuhorchen, wußte man jetzt, daß Boris ein Mädchen war. Aber so, wie Jermak vor dem Bett hockte und die Feldschere mit ihren Beulen an der Wand standen, hatte es nicht den Anschein, als ob das Geheimnis gelüftet worden wäre.

Muschkow atmete tief auf und betrachtete Marina, die mit

starren, offenen Augen dalag und vor sich hinmurmelte. Der Atem pfiff aus ihrem Mund als habe sie einen Schneesturm verschluckt.

»Die Lunge . . .«, sagte Lupin tonlos. »Mein Gott, es ist tatsächlich die Lunge! Gott habe Erbarmen mit uns allen!«

Er stellte seine Ledertasche mit der Pferdemedizin auf den Boden, beugte sich über seine Tochter und sah sie an. Sie erkannte ihn nicht . . . ihre glasigen Augen blickten in eine andere Welt.

»Hinaus!« befahl Lupin heiser. »Alle hinaus!«

»Warum?« stotterte Muschkow.

»Hinaus!« schrie Lupin. »Ich muß allein sein!«

Jermak stand wortlos auf, packte Muschkow am Ärmel und zerrte ihn zur Tür. Die beiden Feldschere folgten ihnen fluchtartig, ihre Beulen wuchsen zusehends. Die Lunge, dachten sie. Boris Stepanowitsch wird den morgigen Tag nicht mehr sehen. Das Fieber wird sein Herz und seine Lungen zersprengen. Man kann doch nichts mehr machen, wenn die Lungen entzündet sind! Jermak Timofejewitsch, suche dir einen neuen Adjutanten . . .

Die Tür klappte zu. Lupin schob eine Truhe davor und begann, sein Töchterchen auszuziehen. Er knöpfte die Kosakenbluse auf, entblößte ihre Brust . . . Er sah ergriffen, wieviel Schönheit er gezeugt hatte, was aus seinem Blut geworden war . . .

Er legte sein Ohr auf Marinas Herz und hörte es wie toll hämmern. Ihre weiße Haut war heiß, als sei sie in einem Ofen gebacken worden, und wenn sie atmete, schnell und zuckend, rasselte und pfiff es in ihrem Inneren.

Es klopfte an die Tür. Lupin fuhr hoch und zog schnell die Decke über Marina.

»Was machst du mit ihm?« schrie Muschkow verzweifelt von draußen. »Ich höre nichts . . .«

»Soll ich die Krankheit wegsingen, du Idiot?« schrie Lupin zurück.

»Hast du ihn untersucht?«

»Nein, ich spiele Schach mit ihm!« brüllte Lupin.

Muschkow fluchte, er gebrauchte Ausdrücke, die einen Christenmenschen ohne Umwege in die Hölle führen mußten, und hämmerte mit den Fäusten gegen die Tür. »Wenn er stirbt, bringe ich dich um!«

»Damit kämst du zu spät, Iwan Matwejewitsch!« sagte Lupin mit feierlichem Ernst. »Das würde ich selbst tun!«

Es war, als hätten die Stimmen Muschkows und ihres Vaters Marina aus ihrer Bewußtlosigkeit zurückgeholt. Sie wandte den Kopf zur Seite, die leblose Starrheit ihrer Augen wich, und ein Erkennen erfüllte sie.

»Ihr streitet ja schon wieder . . .«, sagte sie schwach.

Lupin zuckte zusammen, fiel vor dem Bett auf die Knie und umarmte seine Tochter. Bis er das erste Wort hervorbringen konnte, verging eine Zeit . . . Er preßte stumm den glühenden Körper Marinas an sich und wünschte, er könne das Fieber aus ihr in sich selbst saugen . . .

»Hast du Schmerzen?« fragte er heiser. Er wunderte sich, daß er überhaupt einen Laut von sich geben konnte.

»Nein . . .« Sie versuchte zu lächeln, aber ihr Atem pfiff. »Ich habe Durst, Väterchen. Ich könnte einen See leertrinken.«

»Warum bist du ohne Pelz geritten? Marinuschka, bei dieser Kälte nur in Hemd und Bluse . . .«

»Ich hätte sonst den Hirsch nicht erreicht. Ich mußte leicht sein, um zu springen.«

Er sah sie an, dann klappte er seine Ledertasche auf und suchte unter den Fläschchen und Salbendosen, Pudern und stinkenden Fetten eine Medizin, die man Pferden gibt, wenn sie erkältet sind. Aber da gab es kein Medikament . . . Man ließ das Pferd stehen, wickelte vielleicht heiße Tücher um seinen Leib und wartete ab, ob es krepierte oder ob der Körper stärker war als die Krankheit.

»Väterchen, ich friere so . . .«, sagte Marina Alexandrowna plötzlich. Dabei glühte sie, aber ihr Körper zitterte. Lupin deckte sie zu, dachte wieder an die Pferde und die Wickel, und ging zur Tür.

»Ich brauche heißes und kaltes Wasser!« schrie er nach draußen. »Und große Tücher, in die man einen Menschen wickeln kann. Beeilt euch!«

»Sie fliegen schon!« Lupin hörte, wie Muschkow den beiden Feldscheren anscheinend gewaltig in die Hintern trat, denn es klatschte laut. Dann hörte man davontrampelnde Stiefel; laute Geschäftigkeit herrschte vor der Tür.

»Ich komme herein!« rief Muschkow.

»Wenn du dich blicken läßt, steche ich dich ab!« antwortete Lupin, das besorgte Väterchen. »Macht schnell!«

Wohl noch nie hat man so eilig heißes Wasser beschafft wie an diesem Tag. Kaum hatte Lupin es bestellt, hämmerte Muschkow schon wieder gegen die Tür.

»Wir haben es! Alexander Grigorjewitsch, nur einen Blick auf den Kleinen . . .«

»Weg von der Tür!« Lupin schob die Truhe zur Seite, öffnete die Tür und holte die beiden Ledereimer ins Zimmer. In dem einen dampfte das Wasser. Jermak selbst reichte einen Haufen Tücher an, grobe Gewebe, aus denen die Tataren ihre Unterkleider schnitten.

»Wie sieht es aus?« fragte Jermak ruhig. Im Gegensatz zu Muschkow, der sich wie ein Irrer aufführte, war er besonnen und voll kühler Überlegung.

Für den Kosakenhetman Jermak Timofejewitsch war Schicksal etwas, das der Mensch nicht bestimmen konnte. Man kann ein Leben führen, frei wie ein Adler . . . Einmal aber hat man es nicht mehr in der Hand, und wie es zu Ende geht, kann man nicht steuern.

»Man kann nichts sagen«, meinte Lupin und schloß rasch die Tür. »Es wird ein Kampf werden, bei dem mir niemand helfen kann!«

Den ganzen Tag und die ganze folgende Nacht hindurch saß Lupin an Marinas Bett, wickelte sie in die heißen Tücher ein, vom Bauch bis zum Hals, und schlang um die Waden und die Füße eiskalte Tücher, um das Fieber herunterzudrücken.

Muschkow und Jermak sorgten für neues Wasser, und zwischendurch, am Abend des Tages, verurteilte Jermak noch den Ostjaken zum Tode, den Schlittenführer, der sie den Tataren entgegengefahren hatte und den nun eine Patrouille in einer Erdhöhle am Ufer der Tura entdeckt hatte.

Unermüdlich trugen sie die Eimer hin und her und ließen auf großen Feuern die eisernen Kessel, in denen man sonst Suppen kochte, mit Wasser sieden. In der Nacht erschien Oleg Wassiljewitsch Kulakow, der Pope.

»Ist er schon tot?« fragte er Muschkow, der vor der geschlossenen Tür auf einem Hocker saß und Lupins weitere Befehle erwartete. »Kann man ihn schon segnen?«

»Ich reiße dir den Kopf an deinem Bart ab!« brüllte Muschkow. »Geh ins Bett – aber einmal allein!«

Der Pope hob bedauernd die Hand, schlug ein Kreuz über Muschkows Kopf und verabreichte ihm dann einen Faustschlag gegen die Stirn. »Lerne Ehrfurcht, mein Sohn!« sagte er, als Muschkow sich wieder vom Boden erhob. »Ich brauche Alexander Grigorjewitsch.«

»Er pflegt Boris Stepanowitsch.«

»Trotzdem brauche ich ihn!« Oleg Wassiljewitsch ballte die Fäuste. »Ist er mein Kirchengehilfe oder nicht? Hat er mir zu gehorchen oder dir? Boris Stepanowitsch hat es in der Lunge, da wäre es weit besser, ihm die Luft abzudrücken, als es hinauszuzögern!«

Was Muschkow dann tat, war – wenn man es vom Kirchlichen aus betrachtet – nicht mit tausend Gebeten und zehntausend Jahren Fegefeuer zu sühnen: Er hieb dem Popen auf die Nase, trieb ihn mit hammerartigen Schlägen aus dem Haus, jagte ihn durch die eisige Nacht, über den gefrorenen Schnee hinüber in die Kirche ... Zum Schluß gab er ihm, als Oleg Wassiljewitsch durch die Tür in sein Heiligtum flüchtete, noch einen gewaltigen Tritt.

Am frühen Morgen des nächsten Tages wankte Lupin aus dem Zimmer. Wie ein Gespenst sah er aus und klammerte sich an Muschkow. Seine Augen waren rot und tränten vor Übermüdung und Erschöpfung.

»Das Fieber ist herunter . . .«, stammelte er und lehnte den Kopf an Muschkows breite Brust. »Und der Atem pfeift nicht mehr so. Jetzt müssen wir beten . . .«

»Geh du, Väterchen«, sagte Muschkow bedrückt. »Mich hört der Pope nicht mehr an.«

»Nein! Du gehst hinüber! Ich bleibe bei Marinuschka.« Lupin stieß sich von Muschkow ab. »Komm nachher zurück und bringe uns den Segen mit . . .«

Mit zwiespältigen Gefühlen betrat Muschkow die Kirche. Oleg Wassiljewitsch kam um die Ikonostase herum, als er Schritte hörte, und starrte Muschkow an.

Der fiel auf die Knie und senkte den Kopf. »Wir könnten siegen, ehrwürdiger Vater!« begann er mit schwerer Zunge. »Lupin hat das Fieber herunter. Nun muß Gott helfen . . . Ich soll den Segen mitbringen.«

»Der Erlöser ist auch bei dir, Iwan Matwejewitsch!« sagte der Kosakenpope mit seiner tiefen Stimme. Er kam näher, stellte sich vor dem knienden Muschkow auf und spreizte die Beine. Muschkow schielte ahnungsvoll zu ihm hinauf.

Und dann hagelten die Schläge auf Iwan herunter. Er wehrte sich nicht . . . Er mußte ja den Segen mitbringen. Er rollte drei Stufen hinab in die Kirche, und bei jedem Schlag, bei jedem Tritt dachte er innig: Marinuschka, ich ertrage es für dich! Ha, das ging in die Rippen . . . Marina, werde gesund! Hoi, nun tritt er mich in den Nacken . . . Marina, ich liebe dich . . .

Als Oleg sich müde geprügelt hatte, erteilte er den Segen und stützte Muschkow sogar, damit er aufrecht die Kirche verlassen konnte. Mit einem blauen Auge, geschwollenen Lippen und Flecken am ganzen Körper erschien Muschkow dann wieder im Haus des Fürsten Jepantscha und klopfte an die Tür des Krankenzimmers.

»Ich habe den Segen, Väterchen!« sagte er mühsam.

»Komm herein . . .«

Wankend betrat Muschkow das Zimmer. Marina schlief, bis zum Hals in Tücher gewickelt. Sie sah jetzt so aus, fand Iwan, daß sie nicht sterben müsse . . .

Lupin starrte ihn entsetzt an und nahm sich vor, Rache an Oleg Wassiljewitsch zu nehmen.

»Darf . . . darf ich sie küssen?« stammelte Muschkow und fiel vor dem Bett auf die Knie.

»Du darfst.«

»Danke, Väterchen.« Muschkow beugte sich vor und küßte Marina Alexandrowna auf die geschlossenen Augen. Als er sich wieder aufrichtete, war es ihm, als lächelte sie im Schlaf.

Es geschehen noch Wunder. Eines davon war, daß Marina überlebte und nach sechs Wochen das Bett verlassen konnte. Gestützt, ja, mehr getragen von Muschkow, machte sie die ersten Gehversuche, und Jermak ließ ein Festessen vorbereiten. In den ganzen Wochen hatte Lupin am Bett seiner Tochter gesessen, und nur so war es möglich, daß niemand entdeckte, wer der junge Adjutant Boris Stepanowitsch wirklich war.

Bevor Marina wieder aufstehen durfte, schnitt Muschkow ihr erneut die Haare, und so hatte sich eigentlich nichts verändert bis auf die Kleinigkeit, daß Marina zehn Pfund abgenommen hate, was sie noch zierlicher werden ließ.

Und noch eine Veränderung gab es: Oleg Wassiljewitsch Kulakow, unser Kosakenpope, lag seit drei Wochen auch im Bett und litt an einer Krankheit, über die er selbst die abenteuerlichsten Symptome erzählte. Die Wahrheit war, daß irgend jemand ihn nachts überfallen hatte, in seinem eigenen Bett, und ihm wie einer Kuh ein Brandzeichen auf den Hintern gesetzt hatte. Gesehen hatte der Pope nichts, weil er betrunken gewesen war. Und als er den Schmerz fühlte, war es schon zu spät gewesen und der Übeltäter fort.

Muschkow, das stellte der Pope sofort fest, konnte es nicht gewesen sein. Er hatte in jener Nacht bei Jermak gesessen und den Einsatz verstärkter Patrouillen besprochen. Immer zahlreicher und frecher tauchten Mametkuls schnelle Reiter auf und überfielen den Nachschub, den die Stroganows über die von Jermak klug befestigten Stationen durch den Ural leiteten. Sie vernichteten sogar eine neue Kirchensiedlung am Sibirischen Pfad und hängten die Priester an ihren Bärten auf, bis ihnen das Genick brach.

Lupin behandelte das Brandzeichen, wie man es bei Pferden macht. Aber der Kosakenpope war kein Roß; die Stelle entzündete sich, und so mußte er auf dem Bauch liegen, wurde mit übelriechenden Salben eingeschmiert und ahnte nicht, daß sein wohltätiger Samariter, Lupin, auch sein Brenner war.

»Wenn ich dich nicht hätte ...«, sagte er sogar zu Alexander Grigorjewitsch. »Ich mache dich doch noch zum Diakon ...«

Das Frühjahr kam, das Eis auf der Tura krachte und türmte sich auf, der Schnee schmolz, das Land versank in Nässe und wurde ein einziger Sumpf. Die Jäger, die nun von neuem herumstreiften, berichteten von einem Heer, das am Tobol bereit stünde ... Und von den Stroganows kam die Kunde, daß man in diesem Jahr die völlige Eroberung von Mangaseja erwarte. Man schrieb 1582 ...

Die Kosaken besserten ihre Boote aus, bauten neue Flöße, lagerten Salzfleisch ein, warteten auf die Säcke mit geröstetem Hafer, die die Stroganows schickten, fingen Fische zu Tausenden und trockneten sie in der Sonne, was einen fürchterlichen Gestank verbreitete.

Aber dann, im Mai, erschien ein Abgesandter des Bischofs von Uspensk, hielt einen feierlichen Feldgottesdienst, ernannte Lupin zum Diakon und besprengte jedes Boot und jedes Floß mit Weihwasser.

Die neue Fahrt begann. Die Tura hinab, in den Tobol sollte es gehen, und dann weiter zum Irtysch und schließlich zum Ob, wo Mangasejas Herz war, das unbekannte Paradies, wo man einen Silberfuchs mit der Hand fangen und erwürgen konnte, so wimmelte es von ihnen.

Am Tobol aber wartete Mametkul mit seinen zehntausend Reitern.

Am Irtysch stand Kutschums Armee aus den besten tatarischen Kriegern. Um Sibir herum, der Hauptstadt des sibirischen Zaren, waren Gräben und hohe Wälle gezogen worden. Aus der Weite des Landes kamen immer neue Männer, herbeigerufen durch Kutschums Boten. Nicht einen Gebietsfürsten gab es, der Kutschum nicht zu Hilfe eilte: die Tataren aus der Baraba-Steppe, der Khan Gulei Mursa, die Fürsten Janbysch, Bardak und Nemtscha, Binei und Obak. Als letzter erschien am Irtysch Fürst Umak mit seinen Lanzenreitern.

Gulei Mursa, ein Nogaier, kam weit aus dem Süden, um eine alte Rechnung mit Jermak zu begleichen. Vom Fürsten Janbysch kamen die berüchtigten Bogenschützen, und die Truppen Umaks besaßen Feuerpfeile ...

Ein Riesenreich versammelte sich, um tausend einsame, pferdelose Kosaken zu vernichten. An den Ufern der Tura tauchten die Beobachter auf und folgten der Flotte aus Booten und Flößen ein Stück, dann verschwanden sie wieder. Ein paarmal ließ Jermak die deutschen Gewehrträger nahe ans Ufer fahren und einige Salven abfeuern ... Die gelben Reiter jagten wie in Panik zum Tobol zurück.

Kutschum, der Zar, inmitten seines Heeres und der ihm treu ergebenen Fürsten, hörte sich die Meldungen der Reiter an. Sie klangen seltsam.

»Ein zahlloses russisches Heer schwimmt den Fluß hinab!« sagten die Männer. »Man sieht kein Wasser mehr, nur noch Boote und Flöße. Und an der Spitze fährt ein Boot mit blutroten Segeln! Ein großer Held steht darauf und bläst auf einem goldenen Horn! Mit silbernen Bogen schießen die Männer feurige Pfeile ab, und wenn ein Pfeil abgeschossen ist, wird alles in dichten Rauch gehüllt, und vom Himmel fällt ein Donner, der Menschen und Bäume umreißt. Was sollen wir tun, erhabener Zar?«

Kutschum dachte nach. Er glaubte den Berichten. Die freigelassenen Gefangenen des Fürsten Jepantscha aus Tschinga-Tura hatten das gleiche erzählt. Die Russen besaßen die Fähigkeit, Donnerschläge zu erwecken, man mußte sich daran gewöhnen. Was wußte Kutschum, was Kanonen sind? Und die den Donner vom Himmel holten, waren die deutschen Kanoniere, ausgebildet in den livländischen Provinzen des Zaren Iwan IV.

Mitte Mai, die Tage waren warm geworden und die Wälder am Ufer wichen grünen Steppen, fuhren die Kosaken in den Tobol hinein. Sie starrten über das ebene Grasland und dachten voller Wehmut an die Steppen von Don und Wolga . . .

Sie erreichten den Tobol mit wehenden Fahnen, im ersten Boot das Banner mit dem segnenden Christus, gestickt von den Weißnäherinnen der Stroganows.

Am Ufer folgten ihnen – langgezogen – die Reitertrupps der Tataren, ein schon gewohnter Anblick, der niemand mehr aufregte mit Ausnahme von Muschkow und Lupin, die um Marina ihre alte Angst hatten.

Ab und zu legten ein paar Boote an, meist nachts. Ein Trupp Kosaken schwärmte aus und machte einige Gefangene. Dolmetscher verhörten sie, und so erfuhr Jermak immer das Neueste und ließ die Gefangenen dann laufen. »Nach uns kommt ein vierzigmal größeres Heer«, sagte er zu den Gefangenen. »Meldet Kutschum, wir Russen sind unbesiegbar!«

Am Tobol war die Fahrt zunächst zu Ende. Ein Hagel von Pfeilen und Lanzen empfing sie vom Ufer aus, Stromschnellen verhinderten die Weiterfahrt. Man mußte die Boote und Flöße an Land an den Katarakten vorbeitragen und sie im ruhigen Wasser wieder in den Fluß lassen. Das aber hieß: Den Kampf mit dem Tatarenheer aufnehmen, das am Ufer auf die Kosaken lauerte . . .

Es war nur ein Teil der Mametkul-Armee, unter dem Befehl des Fürsten Tausan.

»An Land!« befahl Jermak, nachdem die russische Flotte einen Tag lang auf dem Tobol geankert hatte. Die Hundertmänner saßen in Jermaks großem Boot und nahmen die Weisungen entgegen. Nach einem genauen Plan sollte sich die Landung vollziehen – in verschiedenen Wellen. Die erste Gruppe war am schlimmsten dran, sie würde die meisten Verluste haben.

»Das ist eine Aufgabe für einen ganzen Mann!« sagte Jermak, als der Landungsplan besprochen wurde. »Iwan Matwejewitsch, du übernimmst die erste Gruppe!«

»Wenn wir an Land sind, können die anderen spazierengehen!« rief Muschkow stolz. Er schielte dabei zu Marina ... Sie stand hinter Jermak, sah ihn mit ihren großen blauen Augen an und hatte die Lippen zusammengepreßt. Im Boot neben ihnen – dem Kirchenboot mit einem Altar – probte Oleg Wassiljewitsch mit seinem neuen Diakon Lupin einen aufrüttelnden Wechselgesang. Es war offensichtlich, daß der Kosakenpope sich der ersten Gruppe anschloß. Man konnte über ihn denken, was man wollte – ein Feigling war er nicht!

»Heute nacht setzen vier Boote leise über und werden an Land geschoben«, befahl Jermak. »Baut aus den Booten eine Burg, und während die Tataren euch angreifen, stürmen wir weiter unten am Ufer.«

Ein Todeskommando also, ein Brückenkopf, der den Feind auf sich ziehen sollte, damit die Verluste der Angreifer um so niedriger wurden.

»Wir werden es überstehen«, sagte Oleg, der Pope, zu Muschkow, als sie bei Beginn der Nacht fast lautlos zum Ufer ruderten. »Gott hat mir ein Zeichen gegeben ... nur du weißt jetzt davon.«

»Wo?« fragte Muschkow ungläubig.

»Auf der linken Arschbacke!« Oleg Wassiljewitsch nickte feierlich. »Lupin hat es mir in einer Spiegelscherbe gezeigt. Man kann es deutlich lesen – MIR steht auf meinem Hintern. Und das heißt FRIEDEN! Wir werden siegen, Brüderchen.«

Leise stießen sie ans Ufer, vier Boote mit achtzig Kosaken und einem Popen. Muschkow dachte an Marina, die bei Jermak zurückgeblieben war, und bekreuzigte sich. Sie schleppten die Boote an Land, fanden keinen Widerstand, sahen keinen Tataren und bildeten aus den Booten einen hölzernen Ringwall. Dann stellten sie Wachen auf, gaben zu Jermak Blinkzeichen mit einer kleinen Fackel und legten sich schlafen. Muschkow rollte sich in eine Decke und war glücklich, daß Marina nicht mitgekommen war.

Er war gerade in dem Zustand, in dem man hinabgleitet in den Schlaf, als er wieder geweckt wurde. Jemand zerrte an seiner Decke, fand einen Einschlupf und kroch an ihm entlang in die Wärme. Muschkow war so verblüfft, daß er vergaß, aufzuschreien. Er griff bloß zu, um dem Verrückten die Kehle zuzudrücken, fühlte weiche, samtige Haut, zwei Brüste und ein nacktes Bein, das sich über seinen Leib legte.

»Marinuschka . . .«, stotterte er. »Gott im Himmel, mir steht das Herz still!«

»Ich bin deine Frau . . «, sagte sie leise, und es war, als weine sie dabei. »Morgen kann ich es vielleicht nicht mehr sein Gibt es für uns noch einen neuen Tag?«

Man sollte eine Liebe, wie sie in dieser Nacht zwischen Marina Alexandrowna und Iwan Matwejewitsch Muschkow aufblühte und sich erfüllte, nicht mit neugierigen Augen begaffen.

Ihr Glück war vollkommen, und doch lag tiefe Traurigkeit über allen seligen Empfindungen. Um sie herum warteten die schnellen, grausamen Reiter des sibirischen Zaren Kutschum, ein Heer von zehntausend Mann, gegen das sich die tausend Kosaken Jermaks geradezu erbärmlich ausnahmen. Der nächste Morgen würde entscheiden, ob hier am Tobol die Eroberung Sibiriens zu Ende war – und mit ihr die Liebe zwischen Marina und Iwan.

Sie liebten sich mit einer Zärtlichkeit, die niemand dem wilden Muschkow zugetraut hätte. Wovon er fast zwei Jahre lang geträumt hatte – es wurde jetzt Wirklichkeit. Sie klammerten sich aneinander fest und wünschten sich, so, eng umschlungen, von einer Lanze gemeinsam durchbohrt zu werden, wenn es schon ans Sterben gehen mußte und es sonst keinen Ausweg mehr gab.

Lupins ständiges Drängen, zurück über den Ural zu flüchten und im weiten Rußland unterzutauchen, war unausführbar geworden. Die vier Boote, hinter denen sie lagen, waren kaum ein Schutz, wenn die schnellen gelben Reiter wie eine Woge über ihnen zusammenschlagen würden. Achtzig Kosaken und ein Pope gegen vielleicht viertausend Tataren – man durfte nicht daran denken!

Und so lagen sie, sich umarmend, nebeneinander, wurden Mann und Frau und waren dem Heulen nahe.

Die Wachen der Kosaken, außerhalb des Bootswalls, streiften durch die Nacht, um Alarm zu geben, wenn die Tataren angreifen würden. Innerhalb des Bootskreises schliefen sie jetzt alle, auch Marina und Muschkow. Oleg Wassiljewitsch, der Pope, hatte sich mit dem Kopf auf die Kirchenfahne gelegt, sein dicker Schädel mit dem langen Bart ruhte neben dem gestickten Christuskopf, und Gott ließ es in dieser Nacht zu, so beleidigend für den Herrn auch diese Vertrautheit war, gerade weil es sich um diesen Kulakow handelte . . .

In dieser Nacht wachte Jermak in seinem Boot auf dem Tobol. Er starrte hinüber auf die Steppe und die fernen Lagerfeuer der Tataren, und je länger er über seinen Schlachtplan nachdachte, um so weher wurde ihm ums Herz, besonders, wenn er an seinen Freund Muschkow dachte.

Was soll man tun? fragte er sich immer wieder. Achtzig Männer opfern, um Hunderten das Leben zu retten? Oder sofort in breiter Front die Ufer stürmen und starke Verluste auf sich nehmen?

Alexander Grigorjewitsch Lupin, der im Kirchenboot neben Jermaks großem Kahn ankerte, kletterte zu ihm hinüber. Er setzte sich neben ihn. Um sie herum lagen die Kosaken auf den Flößen und in den Booten, schliefen oder blickten wie Jermak ruhelos auf das Ufer. Ein Kosak ist nicht feige, aber das Nachdenken kann man auch ihm nicht verbieten. Und wer rechnen konnte, dem mußte sich doch eine eiserne Klammer um das Herz legen: Zehntausend Reiter gegen eintausend Kosaken zu Fuß! Da nützt auch der Segen der Popen nichts, die behaupten, man stehe hier im Namen des Christentums ...

Trägt Gott ein Schwert, um die Tataren aufs Haupt zu schlagen?

Väter denken immer, sie tun das Beste für ihre Kinder. Und so dachte auch Lupin, als er ahnungslos fragte: »Wo steckt Boris Stepanowitsch, Jermak?«

»Ich weiß es nicht«, antwortete Jermak dunkel. »Als ich mit den Hundertmännern sprach, saß er am Segel. Jetzt ist er fort!«

»Er ist mit Muschkow ans Ufer gerudert ...«, stammelte Lupin entsetzt. »Jermak Timofejewitsch, er ist mit drüben ...«

»Unmöglich! Ich war noch auf den Booten und habe jedem die Hand gedrückt. Boris Stepanowitsch ist nicht dabeigewesen.«

»Dann ist er ihnen nachgefahren!«

»Es fehlt kein Boot.«

Lupin drückte die Fäuste gegen sein hämmerndes Herz. »Er ist durch den Tobol geschwommen. Jermak Timofejewitsch, Boris ist ein guter Schwimmer. Er ... er hat es mir einmal erzählt. In Nowo Orpotschkow ist er oft bis zu den Sandbänken geschwommen und hat die Lachse aus dem Fluß geholt ... mit den Händen!«

»Ich werde ihn auspeitschen lassen!« sagte Jermak und atmete tief. »Er hatte den Befehl, bei mir zu bleiben! Ich dulde keinen Ungehorsam.«

»Du wirst morgen seinen verstümmelten Körper peitschen können«, sagte Lupin, und Schluchzen lag in seiner Stimme. »Was wird von ihnen übrigbleiben? Sag es selbst!«

Jermak schwieg. Seine Kinnladen mahlten aufeinander. Muschkow und Boris Stepanowitsch — ich werde sie beide verlieren, dachte er. Als er seine Hände ineinanderlegte, knackten die Fingergelenke, so fest preßte er sie aufeinander. Lupin hat richtig geraten: Das Kerlchen ist durch den Tobol geschwommen, um bei seinem Freund Muschkow zu sein. Das ist Ungehorsam und Mut zugleich – was soll man dazu sagen?

»Geh hinüber in dein Boot, Alter«, sagte Jermak langsam und nachdenklich. »Morgen früh mußt du das Gebet singen. Es kann sein, daß ich meinen Plan ändere. Sage den deutschen Kanonieren, sie sollen sich bereithalten. Vielleicht müssen sie in dieser Nacht noch an Land. Wenn wir siegen, dann nur mit dem ›Donner des Himmels‹, wie ihn die Tataren nennen.«

Lupin nickte und hatte einen Augenblick lang das Bedürfnis, Jermak zu umarmen und voll väterlicher Dankbarkeit zu küssen ... aber dann bezwang er sich, kletterte hinüber in das Kirchenboot und schickte Boten aus, um die deutschen und livländischen Kanoniere zu wecken.

Jermak aber ruderte allein in einem kleinen Kahn an Land und stieg das Ufer hinauf zu den achtzig Todeskandidaten. Er wollte noch einmal vor Morgengrauen mit Muschkow reden.

Zunächst wurde er, kaum am Ufer, von zwei Kosakenwachen angefallen und zu Boden gerissen. Als sie ihren Irrtum merkten, rauften sie sich die Haare, aber Jermak lobte sie und ging dann allein weiter zu der kleinen Burg aus den hochgestellten Booten.

Es war nicht schwer, Muschkow zu finden. Jermak ging nur dem gewaltigen Schnarchen des Popen Oleg Wassiljewitsch nach, betrachtete das frevlerische Bild – Kulakows Kopf auf dem Fahnen-Antlitz des Erlösers – mit einem Grinsen und entdeckte dann, ein paar Schritte weiter, Iwan Matwejewitsch in seiner Decke.

Jermak blieb stehen und starrte den Freund fassungslos an. Neben Iwan, unter der Decke, lag Boris Stepanowitsch, und beide waren nackt. Sie lagen eng beieinander. Jermak sah keine besonderen Einzelheiten, er sah nur Muschkows entblößten Oberkörper, und, an ihn gepreßt wie ein schlafendes Hündchen, den blonden Boris in seiner Schulterbeuge. Auch von ihm erkannte Jermak nur den hell schimmernden nackten Rücken.

Stumm, geradezu betäubt von diesem Anblick, starrte Jermak die beiden an. Er brüllte nicht auf, er riß nicht die Decke von den nackten Leibern, griff nicht nach seiner Lederpeitsche, die er stets in seinem Gürtel trug und in deren Enden Eisenspitzen geknotet waren, nur eine maßlose Enttäuschung, ja Trauer überfiel ihn über einen Freund, der sich so verirren konnte. Ein Kosak liebt einen Knaben . . . das schien so unbegreiflich, daß Jermak sogar seine Grausamkeit vergaß.

Ich lasse sie sterben, dachte er nur, ehrenvoll in der Schlacht sterben. Es würde mir schwerfallen, Muschkow und Boris aufzuhängen. Ich werde ihnen nicht helfen, wenn die Tataren sie überrennen. Iwan Matwejewitsch, wie konntest du das tun?

Er wandte sich ab, ging zurück zu Oleg Wassiljewitsch und hielt ihm die Nase zu. Der Pope, seines Atems beraubt, zuckte hoch, erinnerte sich sofort hellwach an den Überfall, der ihm das Brandmal MIR auf der linken Hinterbacke eingebracht hatte, und schlug um sich. Aber Jermak sah das kommen und hielt seine Fäuste fest und stieß den Popen zurück auf den Boden.

»Ich bin es, Oleg Wassiljewitsch«, sagte er leise.

»Jermak!« Der Pope beruhigte sich. Das Wunder eines Brandmals kann man nicht zweimal ertragen, zumal man mit diesem Wunder wenig anfangen konnte, denn es vor den Gläubigen auszustellen, war schier unmöglich. »Was gibt es? Ist der Plan geändert?«

»Ich rate dir, zurück auf den Fluß zu kommen«, sagte Jermak leise. »Hier wirst du sterben.«

»Und die anderen?«

Jermak schwieg, und das war Antwort genug. Der Pope schüttelte den Kopf.

»Ich bin ihr Priester«, sagte er. »Und ich soll sie allein lassen? Unter der Fahne des Heilands kämpfen sie. Jermak Timofejewitsch, wofür hältst du mich?«

»Dann werde ich drei Freunde verlieren«, erwiderte Jermak. Es kam ihm schwer von der Zunge. »Ich weiß nicht, was ich tun soll.«

»Drei?« fragte der Pope und reckte sich. Ganz fern im

Osten glitt erstes Licht über den nachtschwarzen Himmel. Der neue Tag begann.

»Ich werde wie ein einsamer Wolf sein, Oleg Wassiljewitsch, mörderisch und grausam. Gott mit dir!« Jermak stand auf, blickte noch einmal hinüber zu Muschkow und Boris Stepanowitsch und nagte an der Unterlippe. Ganz schwach schimmerte die nackte Haut der beiden durch die Dunkelheit. Welch eine Verirrung, dachte er bitter. Sie müsssen sterben. Die Ehre eines Kosaken ist mehr wert . . .

Er ging zum Ufer zurück, setzte sich wieder in seinen Kahn und ruderte zu dem großen Kommandantenboot. Dort wartete schon Lupin auf ihn.

»Hast du Boris Stepanowitsch gesehen?«

»Er ist bei Muschkow!« sagte Jermak hart. »Und er bleibt bei Muschkow!«

»So ist er tatsächlich durch den Fluß geschwommen?«

»Ja! So eilig hatte er es, zu seinem Freund Iwan Matwejewitsch zu kommen!« Jermaks Herz schlug jetzt stürmisch. Grenzenlose Wut überfiel ihn. Jetzt bereute er es, Muschkow und Boris nicht sofort erschossen zu haben.

»Und . . . und du läßt sie einfach sterben?« stammelte Lupin.

»Geh hinüber zu deinem Boot und deinem Altar!« schrie Jermak voller Qual. »Was kümmert's dich? Du bist ein Diakon und ein Pferdedoktor, aber kein Kosak! Laß mich in Ruhe, Alter!«

Kurz darauf stießen die deutschen Kanoniere mit ihren drei Kanonen an Land, zogen sie das Ufer hinauf, bauten Kugeln und Pulverfässer neben sich auf und luden die Rohre. Dann entfachten sie die Feuer für die Lunten, setzten sich neben das Pulver und aßen kalten gebratenen Fisch.

Am Horizont löste sich die Nacht allmählich auf, helle Streifen erschienen am Himmel, der Tag glitt über die grüne Steppe, und das erste Licht gab den Blick frei auf das Lager der Tataren.

Zelt an Zelt aus gegerbten Fellen und langen Stangen, ein

wogendes Meer von Pferdeleibern, Rauchfahnen aus Hunderten von Feuern, ein Wald von Lanzen wurden sichtbar.

Fürst Tausan, der Befehlshaber dieses Heeres, ließ seine Reiter sammeln. Mametkul wartete weiter unten am Tobol. Und noch etwas sahen die Kosaken: Nicht nur ihnen gegenüber standen die Tataren, auch seitlich von ihnen schälten sich Zeltstädte aus dem Morgendunst.

Jermaks Plan, die Tataren abzulenken und dann woanders zu landen, war sinnlos geworden. So weit man blicken konnte, am ganzen Ufer des Tobols entlang, warteten Kutschums Reiter.

»Sollen wir umkehren?« fragte einer der Hundertmänner. Auf den Booten, in denen die anderen Popen saßen, sang man jetzt Choräle. Lupin, der neue Diakon, stand vor dem Altar im Kirchenboot und sprach mit wirklicher Inbrunst ein Beistandsgebet in die Morgenluft. Dabei liefen ihm die Tränen über die zuckenden, zerfurchten Wangen.

Mein Töchterchen, dachte er. Das ist nun das Ende. Du hast es gewußt und bist Muschkows Frau geworden . . . Gott segne euch!

»Umkehren?« fragte Jermak und blickte seine Hundertmänner stolz an. »Gibt es dieses Wort, Brüder? Ich habe es nie gelesen! Vorwärts – das ist Kosakenart!«

Singend – und wenn tausend Mann singen, dann klingt es wie ein Orkan, der Bäume entwurzelt –, landeten die Kosaken am Ufer des Tobol. In breiter Linie stürmten ihnen die Reiter des Fürsten Tausan entgegen.

X

Muschkow erwachte zuerst, weil neben ihm der Pope Oleg Wassiljewitsch hustend die Christusfahne aufstellte, in den Boden rammte und dabei gewaltigen Krach machte.

Muschkow zog schnell die Decke über sich und über Marinas nackten Rücken. »Guten Morgen, ehrwürdiges Väterchen«, sagte er. »So früh schon so laut?«

»Der geröstete Hafer bringt mich um!« rief der Kosakenpope. »Meine Därme sind wie ein Blasebalg! Auf die Beine, Kosaken! Der Tag des Sieges beginnt! Halleluja!«

In dem Durcheinander des Aufspringens merkte niemand, wie sich Marina unter Muschkows Decke rasch anzog. Als sie dann aufstand, war sie wieder der schlanke Adjutant Boris Stepanowitsch. Muschkow lief noch mit bloßem Oberkörper herum, sein Gesicht war ein einziges Strahlen. Das Glück der Nacht, die Erfüllung aller seiner Träume, die ganze Seligkeit seines Lebens waren stärker als die Todesnähe.

»Dort stehen sie, die Tataren!« rief er. »Behaltet den Kopf klar, Brüder. Laßt sie nahe genug herankommen, und dann feuern wir, daß sie glauben, die Erde platze auf! Nur Ruhe, meine Freunde, nur Ruhe!«

Doch dann waren sie plötzlich nicht mehr allein. Überall am Ufer tauchten ihre Kameraden auf, schleppten Waffen an Land, schoben die Boote hinauf und verschanzten sich hinter den breiten hölzernen Kähnen, die – hochgestellt – zu einer Mauer wurden, die kein Reiter umreiten konnte. Die Stroganowsche Taktik, Sibirien nicht zu Pferde, sondern mit Booten zu erobern, war der Gedanke eines Genies.

So schleppten tausend Mann ihre hölzerne Festung durch Sibirien – welch eine einmalige Leistung!

Überall wurden jetzt Kommandos geschrien, die Hundertschaften mit ihren Booten bildeten kleine Burgen, die Gewehrschützen luden ihre Waffen, die Popen, bei jeder Hundertschaft einer, richteten ihre auf Lanzenschäften steckenden Kreuze auf, die Fahnenträger entfalteten die mit Heiligen bestickten Fahnen. Zwischen zwei hochgestellten Kähnen standen in aller Ruhe die deutschen und livländischen Kanoniere an ihren Geschützen, hielten die Lunten bereit und kauten dabei kleine Stücke getrocknetes Fleisch. Dazu tranken sie Kumyss, gegorene Stutenmilch, die sie bei den ostjakischen Bauern gesammelt und in großen Tonkrügen mitgenommen hatten. Diese säuerliche Milch löschte vorzüglich den Durst, den das gesalzene, getrocknete Fleisch erzeugte. Außerdem – so behaupteten die Mongolen, die Kumyss erfunden hatten – verleihe diese Milch ungeheure Kräfte.

Mit finsterer Miene erschien Jermak in der kleinen Bootsfestung, in der Muschkow und Marina die Nacht verbracht hatten. Oleg Wassiljewitsch, der Pope, hatte das Kreuz mit einer Reiterpistole und einem Krummdolch vertauscht, und neben der Fahnenstange hielt er auch noch eine lange Lanze fest. Muschkow und Marina knieten hinter einem Boot und blickten den Tataren entgegen.

»Ich danke dir, Jermak Timofejewitsch«, sagte Muschkow, als Jermak ihn beiseite winkte, »daß du uns zu Hilfe gekommen bist.«

»Wo kommt Boris Stepanowitsch her?« fragte Jermak finster, ohne auf den Dank einzugehen.

»Er war plötzlich da.«

»Wann?«

»Am Morgen. Als der Pope uns weckte, stand er schon im Lager«, log Muschkow unbefangen. »Ha, dachte ich, was hat Jermak vor? Warum schickt er seinen Adjutanten? Nun weiß ich es ... du hast den Plan geändert. Du läßt einen alten Freund nicht sterben ...«

Jermak schwieg. Was ist aus Iwan Matwejewitsch geworden, dachte er, fast traurig. Lügt mich an, verrät seinen besten Freund, liegt nackt mit einem Kerlchen unter der Decke. Wäre er nicht Muschkow, ich würde ihm jetzt den Säbel in den Hals schlagen! Zwölf Jahre sind wir zusammen kreuz und quer durch Rußland geritten, von der Wolga bis zum Schwarzen Meer, von den Steppen der Nogaier bis zu den Feldern der

Moskowiter. Der Zar hat uns zum Tode verurteilt, man hat uns gejagt wie Wölfe, und immer ist es uns gelungen, unseren Hals zu retten.

Iwan Matwejewitsch, flehe Gott an, daß du in der Schlacht fällst. Erspare es mir, meinen besten Freund zu töten . . .

Es war ein heller, wolkenloser Maitag. Ein Morgen mit allem Glanz des Frühjahrs. Das Steppengras leuchtete grün, aber hinter diesem Streifen, der immer schmaler wurde, gab es nur noch Pferde und schreiende, kreischende Köpfe.

Die Tataren stürmten.

Die deutschen Kanoniere steckten ihr Dörrfleisch weg, schlossen die Sauermilchkrüge mit wachsbestrichenen Holzpropfen, wischten sich noch einmal den Mund ab und stießen dann die Luntenstöcke in das Feuer.

Die Gewehrträger zielten, hinter und neben ihnen rammten die Kosaken die Lanzen schräg in die Erde und bildeten so einen eisernen Igel, an dem sich die gelben Reiter aufspießen sollten.

Fürst Tausan ritt in der ersten Reihe. »Für Allah und seinen Propheten!« hatte er geschrien, als er das Zeichen zum Angriff gab. Wie Kutschum war er Mohammedaner, aber seine Reiter, die für den Propheten sterben sollten, dachten anders. Sie waren aus den Weiten Asiens gekommen, Nachfolger des großen Dschingis-Khan, Söhne der langen silbernen Flüsse und der einsamen Wüsten, der endlosen Steppen und der schweigenden Wälder. Was ging Allah sie an? Es galt, die Russen zu vernichten, ihnen die Köpfe abzuschlagen, ihre Waffen zu erbeuten . . . nur das war wichtig. Was ist denn ein Prophet . . .?

Genau bis auf Schußweite ließ Jermak die Reiter heranbrausen. Dann hob er seinen Krummsäbel hoch in die Luft, und die deutschen Kanoniere stießen die flammenden Luntenstöcke in die Pulverkammern.

Man kann einem Unwissenden, der einen blauen, wolkenlosen Himmel und eine strahlende Morgensonne sieht, nicht erklären, daß es aus diesem unendlichen Blau plötzlich donnern kann. Und doch war es so ... Ein ungeheures Donnern und Krachen erfüllte die Luft, Nebel wallten auf, und dann schlug die Faust des Himmels in die Reiterreihen. Sie riß drei gewaltige Löcher in das Heer ... Und es folgten viele kleine Donnerschläge, eiserne Hagelkörner regneten herunter und töteten Mensch und Pferd.

Die Gewehrschützen feuerten in vier Gruppen, und wenn die letzte Gruppe abgeschossen hatte, waren die Büchsen der ersten schon wieder geladen und spuckten Tod in die tatarischen Reihen.

Ein Sperrfeuer würde man heute sagen ... im Jahre 1582 aber war es für die Tataren das Eingreifen einer überirdischen Macht in das Schlachtgeschehen!

»Für Allah und den Propheten!« schrie Fürst Tausan abermals, aber der Donner und Eisenhagel aus blauem Himmel waren zuviel für die kleinen, gelben Reiter. Sie rissen ihre Pferde herum und rasten in die Steppe zurück. Sie verzichteten darauf, die Burgen aus hölzernen Booten zu stürmen, sie wollten nur noch zu ihrem Lager, dessen lederne Spitzzelte der Troß bereits abgebaut hatte ...

Eine kleine Gruppe von etwa zweihundert Reitern blieb mit Fürst Tausan allein. Es waren die Gardereiter Kutschums, die der sibirische Zar Mametkul als Leibwache mitgegeben und die Mametkul wiederum an Tausan ausgeliehen hatte.

Um sie herum wälzten sich schreiend die Pferde und die verletzten Menschen. Zwischen ihren Kähnen luden die deutschen Kanoniere schnell, aber so ruhig wie bei einer Übung, ihre Kanonen und richteten sie wieder aus.

Jermak, der neben Muschkow und Marina stand, stieß Marina die Faust in den Rücken. »Von jeder Hundertschaft die Hälfte zum Sturm!« schrie er. »Die Gewehrträger vorweg! Lauf los, du Hurensohn!«

Marina duckte sich, um wegzulaufen und die Befehle weiterzutragen. Da hielt Muschkow sie fest.

»Ich überbringe es!« sagte er.

»Ich habe es Boris Stepanowitsch befohlen!« brüllte Jermak. »Er läuft . . .«

»Ich bin schneller, Jermak!«

»Laß ihn los!« Jermak hieb mit der Faust auf Muschkows Arm, ein gewaltiger Schlag, der Muschkows Finger lähmte. Er ließ Marina los, und sie rannte weg, umschwirrt von einem Pfeilhagel, den Tausans Reiter auf sie abschossen.

»Hast Angst um ihn, was?« brüllte Jermak und umklammerte Muschkows Hals. »Ein Pfeilchen könnte ihn treffen, den Liebling? Lauf los — aber in die andere Richtung! Lauf zu den Tataren und laß dich töten!«

Aus vorquellenden Augen, gewürgt und entsetzt über Jermaks haßverzerrtes Gesicht, starrte Muschkow den Freund an und taumelte dann gegen die Bootswand. Instinktiv griff er nach seinem Krummdolch, aber auch Jermak riß ihn aus dem Gürtel — schneller als Muschkow.

»Wer überlebt es, Iwan Matwejewitsch?« Jermaks Augen glühten, und Muschkow dachte entsetzt: Der Sturz auf die vereiste Erde hat sein Gehirn verändert. Das ist nicht mehr Jermak, mein Freund. Das ist eine Bestie, die nur aussieht wie Jermak Timofejewitsch! Gott steh uns bei, wie wollen wir mit ihm Mangaseja erobern?

»Du bist verrückt, Jermak«, stammelte Muschkow. Die neue Salve der Kanonen riß ihm die Worte vom Mund. Jermak sah nur, wie sich Muschkows Lippen bewegten. Dann hatte auch Iwan Matwejewitsch seinen Dolch in der Faust und duckte sich, zum Sprung bereit.

Man soll nie sagen, ein Pope sei nur zum Beten und Segnen da. Oleg Wassiljewitsch Kulakow, Kummer mit seinen Kosaken gewöhnt, fragte nicht, was sich da zwischen Jermak und Muschkow tat. Er stand plötzlich neben ihnen, hieb Jermak mit der Fahnenstange über den Schädel, gab Muschkow einen gewaltigen Tritt gegen den Bauch, und als beide bewußtlos umfielen, grunzte er zufrieden, ging zurück zu den Schützen und rief mit seiner tiefen Stimme:

»Für den Sieg des Erlösers . . . vorwärts zum Sturm!«

Es war das Kommando, das eigentlich Jermak hatte geben wollen.

So gerieten Fürst Tausan und neunundsechzig seiner Reiter in die Gefangenschaft der Kosaken. Entnervt glitten sie aus dem Sattel und erwarteten den Todesstreich. Aber man tat ihnen nichts, was ganz neu für die Tataren war.

»Gefangene sind unsere Verbündete«, hatte Jermak vor der Schlacht gesagt. »Sie werden unseren Ruhm im ganzen Land verbreiten.«

Heute nennt man das psychologische Kriegführung.

An diesem Morgen eroberten die Kosaken den gesamten Troß des Fürsten Tausan, zwar wenig Pferde, auf die sie insgeheim gehofft hatten – im ganzen sammelten sie neunzig Stück, und das für tausend Männer, die Nacht für Nacht von Pferden träumten! – aber Zelte und Waffen, eine ganze Hammelherde, Honigfässer, Teeblätter – und einen kleinen Harem von siebzehn wunderschönen, glutäugigen jungen Mongolinnen.

»Beschlagnahmt!« sagte der Pope Oleg Wassiljewitsch, der als erster zur Stelle war, spontan. Sein Instinkt hatte ihn getrieben wie ein Kamel, das in der Wüste Wasser wittert. »Wer sie anrührt, den treffe der Blitz! Alexander Grigorjewitsch, paß auf sie auf!«

Lupin, der glücklichste Vater der Welt, als er Marina noch lebend umherlaufen sah, ließ zwei Wachen vor das Haremszelt stellen, setzte sich selbst unter die siebzehn verschüchterten, ängstlichen, aber dennoch recht neugierig blickenden Mongolinnen. Er überlegte, ob den Popen bei solch schwerer Arbeit nicht der Schlag treffen müßte . . .

Jermak und Muschkow erwachten, als die Schlacht bereits gewonnen war. Sie lagen, allein, nebeneinander an einem Boot, alle Kosaken stürmten die Lager der Tataren und kümmerten sich um die Beute. Nur Verwundete waren um sie herum, die schrien, durch das Steppengras krochen und um ihre Leben bettelten.

Die beiden Kontrahenten sahen sich schweigend an. Sie dachten beide das gleiche: Wir haben einen großen Sieg errungen und waren nicht dabei! Wir, die Führer der Kosaken! Wenn andere das erfahren, werden sie sich schütteln vor Lachen.

»Jermak Timofejewitsch . . .«, brachte Muschkow zögernd hervor. »Den Popen bringe ich um!«

»Wir werden ganz still sein, Iwan Matwejewitsch«, antwortete Jermak heiser. »Wir haben schon anderes verschwiegen . . .«

Eine Stunde später empfing Jermak den gefangenen Fürsten Tausan. Die ersten Hammel brieten an den Spießen, die Priester hielten Dankgottesdienste ab, nur der Kosakenpope fehlte. Er lag im Haremszelt auf einem Diwan, und siebzehn zwitschernde, kleine, süße, schlanke Mongolinnen kümmerten sich um ihn.

Warum sagt man eigentlich immer, das Paradies erreiche man erst nach seinem Tode . . .

Am Abend – Muschkow war mit einem Trupp Kosaken weggeschickt worden, um die Stelle auszusuchen, an der man die Boote wieder zu Wasser lassen konnte – machte sich Jermak auf, um seinen Adjutanten Boris Stepanowitsch zu suchen. Seine Entscheidung war gefallen . . . Ihm war der langjährige Freund wichtiger als das schöne blonde Kerlchen von der Wolga.

Er traf Marina auf dem Schlachtfeld, auf dem noch immer die Verwundeten lagen. Niemand kümmerte sich um sie. Sie verbluteten, zuerst schreiend, dann jammernd, dann stumm in ihr Schicksal ergeben. Marina saß unter ihnen auf einem Pferdekadaver und verband einem kleinen Tataren sein zerfetztes Bein. Dankbar und fassungslos zugleich starrte der kleine Gelbe den hilfreichen Kosaken an.

»Suchst du dir neue Männer?« fragte Jermak grob. »Genügt dir ein Kosake nicht mehr? Muß es jetzt ein Tatar sein?«

Er gab dem Verwundeten einen Tritt. Der schrie auf und rollte gegen ein totes Pferd hinter sich. Dort blieb er liegen und zog die Beine an. Marina schwieg. Sie legte die Streifen aus Baumwolltuch auf den Pferdekadaver, auf dem sie saß, nahm den Krummdolch aus dem Gürtel und legte ihn über ihre Knie. Jermaks Augen wurden schmal.

»Du willst es aufnehmen mit mir?« fragte er, gefährlich leise. »Du Hurenkerl ziehst den Dolch vor mir?«

»Du hast mich einmal deinen Brüder genannt.« Marina blickte Jermak in die kalt funkelnden Augen. »Ich weiß nicht, wie Jermak mit seinen Brüdern redet. Man muß auf alles vorbereitet sein.«

»Dann sei es, Dreckskerl!« fauchte Jermak. »Das Kosakengericht ist zusammengetreten – und das Gericht bin ich! Du bist zum Tode verurteilt!«

»Ich höre es. Darf man fragen, warum?« Marina war ganz ruhig.

Er hat keine Angst, dachte Jermak verblüfft. Er weiß, daß er gleich sterben wird, und sitzt da, als erwarte er ein Stück gebratenes Hammelfleisch. Welche Kaltblütigkeit! O Kerlchen, warum hast du mit Muschkow in sündiger Liebe gelebt? Was hätte aus dir werden können!

»Du liebst Muschkow?« würgte Jermak hervor. Allein es auszusprechen, war eines Todes wert . . .

Und Marina antwortete klar: »Ja, ich liebe Iwan Matwejewitsch.«

»Das sagst du mir ins Gesicht?« schrie Jermak. Er riß seinen Dolch heraus, aber auch Marina stellte ihre Klinge aufrecht. »Ich habe euch gesehen! Heute, in der Nacht! Nackt lagt ihr unter einer Decke!«

»Das ist wahr«, sagte Marina ohne Zögern. »Es war das erstemal, aber es wird von jetzt an immer so sein . . .«

»Es war das letztemal!« schrie Jermak unbeherrscht. »Ich lasse mir meinen Muschkow nicht verderben!«

Er stieß mit dem Krummdolch zu – das heißt, er wollte es. Aber in dem erhobenen Arm zitterte plötzlich ein Pfeil, hatte sich in den Oberarmmuskel gebohrt und krallte sich mit einem Widerhaken in das Fleisch. Der Dolch fiel aus Jermaks Fingern; er wirbelte herum, aber der Schütze war nicht zu sehen ... Ringsum nur Verwundete, die ans Überleben, aber nicht mehr ans Pfeilschießen dachten.

»Das rettet dich nicht!« knirschte Jermak. Er versuchte, den Pfeil aus dem Muskel zu reißen, aber der Schmerz wurde unerträglich. Nur ein Feldscher konnte den Pfeil herausschneiden ... und wenn die Spitze vergiftet war ... »Vor Muschkows Augen werde ich dich im Tobol ertränken lassen!«

»Nur, weil ich ihn liebe?«

»Du Hurenbastard!« Jermak bebte vor Wut. »Unter meinen Kosaken gibt es keine Männerliebe!«

Marina stand langsam von ihrem Pferdekadaver auf. Sie blickte auf den Pfeil in Jermaks Arm und wußte, daß irgendwo hinter einem Toten oder einem Tier ihr Vater lag und daß ihr nichts geschehen konnte. Nicht jetzt – und wenn Jermak wie jeder andere Mensch ein Herz in der Brust hatte, auch morgen nicht und nie in ihrem Leben.

Die Stunde ist gekommen, Väterchen, dachte sie und blickte sich um. Ich habe sie erwartet, zwar noch nicht heute ... Ich wollte es Jermak sagen, wenn wir Sibir erobert haben und Mangaseja vor uns liegt.

»Was redest du von Männerliebe, Jermak Timofejewitsch!« sagte sie laut. »Was traust du Muschkow zu?«

»Du hast nackt bei ihm gelegen – unter einer Decke!« schrie Jermak.

Er wollte sich bücken, um mit der linken Hand den Dolch von der Erde zu reißen, aber Marina trat gegen die Waffe und schleuderte sie weit weg.

»Nicht als Mann!« sagte sie ruhig. »Sieh mich an, Jermak! Bin ich ein Mann?«

Sie riß die Kosakenbluse auf.

Hinter einem toten Pferd lag Lupin und unterdrückte einen Schrei. Was tust du, Töchterchen, jammerte er lautlos. Das geht doch nicht gut ... Er atmete tief auf, legte einen neuen Pfeil auf die Bogensehne und ziehlte auf Jermaks Herz.

Dieser starrte seinen Adjutanten Boris Stepanowitsch aus weiten Augen an. Im letzten Licht des Tages, im Goldrot der untergehenden Sonne, die aus der Steppe einen purpurnen Teppich machte, so, wie am Abend die Steppen am Don vor dem Versinken in die Nacht noch einmal in solcher Schönheit aufblühten, daß einem das Herz schwer wurde vor Liebe zu diesem Land —, schimmerten ihm zwei volle Brüste entgegen, eine glatte, weiße, mattglänzende Haut, und zwischen den Brüsten hing ein Medaillon mit einem Kreuz aus Perlmutt.

»Wer bist du?« fragte Jermak mit schwerer Zunge. Der Pfeil brannte in seinem Arm, aber der Anblick dieses Mädchenkörpers dämpfte alle Schmerzen.

»Marina Alexandrowna.« Sie raffte die Bluse über ihrer Brust zu und stopfte sie rasch wieder in die Hose. »Wenn wir Sibir erobert haben, werde ich Muschkowa heißen.« Sie griff nach hinten, faßte ihren Krummdolch und reichte ihn, auf beiden Handflächen liegend, Jermak dar.

»Und jetzt töte mich, wenn es sein muß . . .«

Wie kann man soviel Schönheit töten? Wer kann die Hand heben und den Krummdolch zwischen diese Brüste stoßen? Wer kann eine Kugel in einen solchen Körper feuern? Auch wenn man Jermak Timofejewitsch heißt und berühmt ist für seine Gnadenlosigkeit gegenüber allen, die sich seinen Befehlen widersetzen — Marina Alexandrowna zu bestrafen, weil sie ein Mädchen war und nicht der Bursche Boris Stepanowitsch, das war selbst Jermak unmöglich.

»Geh zurück ins Lager«, sagte er heiser und hielt mit der einen Hand seinen verwundeten Arm fest. Der Arm begann jetzt heftig zu zittern, die Nerven wehrten sich gegen den Pfeil.

»Und was geschieht mit Iwan Matwejewitsch?« fragte Marina.

Sie steckte ihren Dolch in den Gürtel zurück, nahm von der Pferdeleiche ihre berühmte rote Kappe und setzte sie sich auf den blonden Kopf.

Eine Pferdeleiche weiter preßte sich Lupin dicht in das Steppengras. Das Wimmern der Verwundeten verklang nach und nach. Sie starben, und keiner kümmerte sich um sie. Wer noch die Kraft hatte, sich zu bewegen, der kroch durch das Gras, hinüber zum Fluß oder zu ihrem Lager, in dem jetzt die Kosaken Hammel schlachteten und Feuer die Nacht erhellten.

Die vom Kloster Uspensk mitgereisten Popen hatten einen großen Altar errichtet, um am nächsten Morgen den Sieg zu feiern. Mit den Kirchenfahnen, in einem großen Viereck in den Boden gerammt, steckten sie eine Art heiligen Bezirks ab.

Wer bei dem Aufbau dieser Feldandachtsstätte fehlte, war natürlich Oleg Wassiljewitsch. Er feierte seinen Sieg auf eigene Weise ... Siebzehn Mongolinnen! Er war überwältigt von ihrer fremdländischen Zärtlichkeit und der berauschenden Kunst, ihre biegsamen Körperchen ihm in immer neuen Arten darzubieten.

»Welch ein Kerl, dieser Fürst Tausan!« sagte der Kosakenpope laut zu sich selbst. »Hat solch einen Harem – und dann noch die Kraft, im Sattel zu bleiben! Man muß ihn bewundern!«

Jermak schwieg auf Marinas Frage. Er stützte sich auf ihre Schulter; bis in die Beine spürte er jetzt den Schmerz.

»Suchen wir Lupin!« sagte er nach ein paar taumelnden Schritten. »Er kann den Pfeil am besten entfernen!«

»Was wird aus Iwan Matwejewitsch?« wiederholte Marina ihre Frage.

»Darüber werde ich nachdenken ... beraten ...«

»Das ist keine Antwort, Jermak.«

»Was willst du hören?«

»Er ist dein Freund und bleibt es!«

»Er hat ein altes Kosakengesetz gebrochen, eine Frau auf einen Kriegszug mitzunehmen!«

»Ich war seine Beute, als ihr Nowo Orpotschkow verbranntet!«

»Er hat es verschwiegen. Er hat mich zwei Jahre lang belogen!« Jermak atmete schwer. Seine Schritte wurden langsamer, und die Füße schleiften über das Steppengras. Wenn Gift an der Pfeilspitze war, dachte er, erreiche ich das Lager nie. Und auch Lupin ist machtlos gegen das Gift. Was wird aus meinen Kosaken? Kann Muschkow sie weiterführen nach Mangaseja? Er ist ein rauher, tapferer Kerl, aber ist er auch ein Feldherr? Sibirien erobert man nicht nur mit Kraft, man muß auch ein Hirn dabei haben . . .

»Er hat gelogen, um mich zu beschützen!« sagte Marina. Sie schob Jermaks Arm von ihrer Schulter und trat zwei Schritte zurück. Ohne Stütze begann Jermak zu wanken und hatte Mühe, nicht in die Knie zu brechen. »Ist das ein Verbrechen?«

»Ein Kosak . . .«

»Ein Kosak! Ein Kosak! Gibt es nur Gott und die Kosaken, und alles andere auf der Welt ist nur dazu da, daß man es vernichtet? Bist du nicht auch noch ein Mensch, Jermak Timofejewitsch?«

»Komm her und stütze mich . . .«, sagte Jermak und knirschte mit den Zähnen.

»Nein!«

Er starrte sie an, als könne er es nicht begreifen, daß jemand zu ihm nein sagte. Marina stand vor ihm, die Beine gespreizt und die Hände in die Hüften gestemmt – ein richtiges Kosakenkerlchen, wie es Boris Stepanowitsch immer gewesen war.

»Es geht auch ohne dich, verdammt!« schrie Jermak plötzlich. Er preßte die Lippen zusammen und schwankte vorwärts; aber er wußte genau, daß er nur ein paar Schritte gehen konnte und dann seine Kraft zu Ende war. Die Lagerfeuer schienen ihm unerreichbar, die grölenden Stimmen seiner Kosaken waren wie ein fernes Rauschen, und der leichte abendliche Frühlingswind, der den Duft der bratenden Hammel mitnahm, riß an ihm wie ein Sturm und warf ihn fast um.

Wenn das vom Gift kommt, bin ich verloren, dachte Jermak. Und verloren sind meine tausend Kosaken, die Priester, die Jäger, die Dolmetscher, die Beamten der Stroganows. Verloren für immer ist Sibirien für den Zaren — denn wer sonst könnte es erobern?

Er blieb stehen. »Laß mich allein, Boris Stepanowitsch«, sagte er heiser. »Geh! Laß deinen Hetman sterben ...«

»Ich habe dir schon einmal das Leben gerettet«, sagte Marina und rührte sich nicht. »Für das zweitemal verlange ich einen Preis!«

»Geh weg!« brüllte Jermak.

Vom Fluß her näherte sich ein kleiner Trupp Kosaken. Sie ritten auf eroberten Tatarenpferden und fühlten sich — endlich wieder auf dem geliebten Pferderücken — so wohl, daß sie laut sangen und ihre schrillen Schreie ausstießen, mit denen sie alle Feinde entnervten. An der Spitze galoppierte Muschkow. Jetzt wieder im Sattel zu sitzen, war ihm mehr wert, als auf einer Wolke im Himmel zu liegen, wie es die Popen als ewige Seligkeit versprachen ...

»Da kommt Iwan Matwejewitsch!« sagte Marina ruhig.

Hinter seinem Pferdekadaver verkroch sich Lupin völlig in den Schatten und verwandelte sich in einen Toten, wie sie massenweise herumlagen. In der tiefen Dämmerung konnte ihn niemand erkennen.

Jermak nahm alle Kraft zusammen, um stehenzubleiben. Er wandte sich langsam um und blickte seinen Kosaken entgegen. Muschkow war nicht zu übersehen ... seine Stimme klang laut, und sein kräftiger Körper überragte alle anderen.

»Ich bleibe Boris Stepanowitsch ...«, sagte Marina Alexandrowna laut, »und Iwan Matwejewitsch bleibt dein Freund und Stellvertreter. Es ändert sich nichts, bis wir Sibirien erobert haben und vor dem Popen Mann und Frau werden.«

»Ich nehme von einem Weib keine Befehle entgegen!« schrie Jermak verbittert.

»Es ist eine Bitte, Jermak Timofejewitsch. Ich flehe dich an ... Auf die Knie würde ich vor dir fallen, wenn ich keine Kosakenuniform trüge! Denk an Sibirien ... Du hast den größten Auftrag erhalten, den je ein Mensch bekommen hat!«

War es das, was Jermak tief ins Herz ging? Er drehte sich

wieder zu Marina um und streckte den gesunden Arm aus. »Stütze mich!« bat er leise.

»Ich bleibe Boris Stepanowitsch?«

»Ja.«

»Und Muschkow?«

»Ich will versuchen, zu vergessen.«

Sie ging wieder auf ihn zu, legte ihren Arm um seinen Oberkörper und schleppte ihn über die Steppe. Sie glaubte Jermak, und es fiel ihr nicht auf, daß er gesagt hatte, er wolle versuchen, zu vergessen. Versuchen ... das war eine offene Tür, durch die man jederzeit entweichen konnte.

Muschkow ritt in der sich schnell ausbreitenden Dunkelheit in einiger Entfernung vorbei, ohne sie zu sehen. Er sang aus voller Brust, ließ sein Gäulchen die Beine werfen und trug so viel Glück in sich, daß ihn die Umwelt nicht interessierte.

Lupin folgte in einigem Abstand vorsichtig seiner Tochter und Jermak Timofejewitsch. Als sie sich dem Lager näherten und die Kosaken wild gestikulierend Jermak und Marina umringten, Jermak schließlich auf die Schultern hoben und wegtrugen, begann auch Lupin zu rennen, schlug einen Bogen und kam von der anderen Seite in das Lager zurück. Er stürzte in das prunkvolle Haremszelt und scheuchte den Popen Oleg Wassiljewitsch vom Seidenlager.

»Ich glaube, Jermak ist verletzt!« schrie Lupin und raufte sich mit großem schauspielerischen Talent die Haare. »Sie tragen ihn ins Lager, ich hab's eben gesehen! Väterchen, steh auf, kleide dich an und spende ihm den Segen!«

Der Pope, der erschöpft und wie ein Eber grunzend auf dem Rücken lag und die zwitschernden Mongolinnen zum Teufel wünschte, stieß einen nicht sehr vornehmen Fluch aus, sprang vom Diwan und fuhr in seine Kleider. Er hatte gerade das Phelonion, den gestickten Schulterumhang, angelegt, als sechs Kosaken den Hetman hereintrugen. Die hübschen Mongolinnen flüchteten kreischend in eine Ecke des Zeltes.

»Sagte ich es nicht!« schrie Lupin verzweifelt. Es war eine Meisterleistung von Verstellung. »Er ist verwundet!«

Muschkow und Marina drängten sich ebenfalls in das Zelt.
»Ein Pfeil«, erklärte Iwan Matwejewitsch. »Ein sterbender Tatar muß ihn abgeschossen haben! Alexander Grigorjewitsch, hol ihn heraus!«

»Im Namen des Herrn«, verkündete Oleg Wassiljewitsch sogleich lautstark, »deine Seele wird braten im Fegefeuer, wenn du nicht Buße tust . . .«

Die Kosaken legten Jermak auf den seidenen Diwan und beäugten die halbnackten, zierlichen Mongolinnen. Sie dachten: Pope müßte man sein!

Jermaks Arm zitterte unaufhörlich, der Pfeil mußte einen Nerv durchbohrt haben. Lupin beugte sich über ihn, untersuchte den Oberarmmuskel und bewegte den Pfeil vorsichtig hin und her. Jermak knirschte mit den Zähnen.

»Kannst du es, Alexander Grigorjewitsch?« fragte er mit mühsam fester Stimme.

»Der Pfeil hat einen Widerhaken. Ich werde schneiden.«

»Und das Gift?«

»Wenn die Spitze vergiftet gewesen wäre, lägst du jetzt nicht hier! Das Gift der Tataren lähmt zuerst die Lungen. Alles andere geht dann ganz schnell.«

Jermak war beruhigt. Er würde weiterleben. Eine Fleischwunde heilt schnell, die Narben auf seinem Körper bewiesen es. Der Zug durch Sibirien würde weitergehen – bis nach Sibir, Kutschums Hauptstadt . . .

Er legte den Kopf zur Seite und blickte Marina an. Sie stand neben Muschkow in ihrer schmutzigen Kosakentracht, und er dachte an ihre weiße Haut unter diesem rauhen Stoff, an ihre festen Brüste mit dem Medaillon dazwischen, und er stellte sich vor, wie sie aussah, wenn sie die viel zu weiten Kosakenhosen ablegen, die Stiefel ausziehen würde . . . wenn sie nackt war!

»Soll ich dich betäuben?« fragte Muschkow.

»Bin ich ein Weichling?« knurrte Jermak.

»Lupin wird tief schneiden müssen, Jermak Timofejewitsch!«

»Ich habe genug Leid durchstanden ...«, meinte Jermak dunkel, und nur Marina verstand ihn jetzt. »Was ist dagegen ein Schnitt?«

Lupin arbeitete geschickt. Mit einem kleinen, scharf gewetzten Messer schnitt er die Pfeilspitze heraus und ließ die Wunde ausbluten. »So kommt aller Schmutz heraus«, sagte er. »Der Körper reinigt sich selbst ...«

Oleg Wassiljewitsch, der Jermak zur Festigung seiner Kraft ein Kreuz gereicht hatte und dafür einen Tritt erhielt, zog sich beleidigt in den Hintergrund zurück. Von draußen hörte man Stimmengewirr. Es hatte sich herumgesprochen, daß Jermak verwundet worden war — von einem sterbenden Tataren, so hieß es. Hundert Kosaken verteilten sich daraufhin über das Schlachtfeld und erschlugen jeden Verwundeten, auch den kleinen Gelben, dem Marina noch das Bein verbunden hatte.

Stumm vor Entsetzen saß Lupin neben Jermak auf dem Diwan. Es ist alles meine Schuld, dachte er. Zuerst habe ich Jermak an Land gejagt, um Marina zu suchen, und er fand sie in den Armen Muschkows. Damit begann es. Ich wollte sie in Sicherheit wissen und habe die Hölle heraufbeschworen. Was soll nun geschehen? Wie kommen wir wieder zu unserer Ruhe?

Nachdem genug Blut aus Jermaks Wunde geflossen war, legte Lupin einen Knebelverband an und schnürte den Oberarm ab. Nach einer halben Stunde löste er den Knebel und verband die Wunde so, wie man es von einem Feldscher gewöhnt war.

»Du bist ein Könner, Alexander Grigorjewitsch«, sagte Jermak, von dem Blutverlust geschwächt. »Diakon bist du schon ... du wirst einmal Bischof von Sibirien werden!«

»Halleluja!« brummte der Kosakenpope im Hintergrund. »Und ich werde ein Kloster gründen ...«

»Für Mongolinnen!«

»Es steht geschrieben: Liebe deinen Nächsten! Jermak Timofejewitsch, ich halte mich genau an das Wort ...«

»Bringt Schnaps!« rief Jermak und richtete sich auf. Er

winkte Marina, und an ihr zog er sich langsam hoch. Dabei berührte er ihre Brüste ... Muschkow, der es sah, brach der Schweiß aus ...

Jermak sah ihn an, dann lächelte er ... Es war das grausamste Lächeln, das Muschkow je bei seinem Freund gesehen hatte.

Ein paar Tage ging das Leben so weiter, man lebte, wie Männer leben, die einen gewaltigen Sieg errungen haben. Man baute das Lager aus, Patrouillen ritten auf den erbeuteten Pferden den Tobol hinunter, bis sie auf die Vorhut von Mametkuls großer Streitmacht stießen. Diese aber rückte nicht weiter vor – sie wartete in befestigten Lagern auf die Kosaken.

Man begrub feierlich die eigenen Toten – es waren fünf Kosaken und ein Dolmetscher, ein Verlust, über den man gar nicht sprach. Die Hundertschaften trugen die Boote und Flöße zu den Ufern, wo man sie wieder in den Tobol lassen konnte, jenseits der steinigen Stromschnellen, an denen die Flotte zerschellt wäre.

Muschkow hatte eine gute Stelle gefunden, ein breites, sandiges Ufer, über das man die Boote bequem ins Wasser schleifen konnte.

Jermak empfing schon am nächsten Tag den gefangenen Fürsten Tausan und seine Reiter. Sie aßen miteinander Hammelbraten, tranken »Feuerwasser«, wie die Mongolen den russischen Schnaps nannten, mit Ausnahme des Fürsten selbst, der als Mohammedaner keinen Alkohol trinken durfte. Dafür bekam er fetten Kumyss, und Jermak erlaubte ihm sogar, sich aus den siebzehn Mongolinnen seines Harems ein Mädchen auszusuchen. Tausan nahm die fröhliche Monja mit und bedankte sich fassungslos, als Jermak ihm auch noch ein großes Lederzelt dazu schenkte.

»Wir sind Männer, Tausan«, sagte Jermak schmunzelnd. »Und ohne eine Frau ist das Leben eine Strafe. Außerdem bist du nicht mein Feind, warum sollte ich dich behandeln wie einen solchen? Ich kämpfe gegen Kutschum, gegen ihn allein! Und er mißbraucht euch alle, um sein gottloses Leben weiterführen zu können! Er regiert mit eurem Blut!«

Es war die alte Taktik, schon bei Jepantscha erfolgreich angewendet: Kommt an die Brust der Russen, Freunde! Wir befreien euch! Doch wollt ihr nicht befreit werden, schlagen wir euch die Köpfe ab! Ist es da so schwer, sich zu entscheiden?

Jermak tat noch etwas anderes: Er ließ dreißig deutsche und livländische Gewehrträger sich in einer Reihe aufstellen, die Flinten laden und dreißig Hammel in einer Entfernung von ihnen festpflocken, wo ein Pfeil sie nie erreichen würde.

»Das ist unsere Macht, die nie jemand besiegen kann!« erklärte Jermak dem erstaunten Tausan. »Wir haben die Kraft des Donners in unseren Händen – wir allein!«

Dann gab er den Befehl zum Feuern, die Deutschen schossen mit der bei ihnen gewohnten Exaktheit, und die dreißig Hammel fielen tot in das Steppengras. Fürst Tausan barg das Gesicht in den Händen.

Wir werden unser Land verlieren, dachte er, und sein Herz zersprang fast. Die Russen werden Sibirien an sich reißen. Wer kann sie aufhalten? Wir werden Sklaven werden in unseren eigenen Städten und Dörfern. Eine neue Zeit bricht an – mit Donner und heißem, tödlichem Eisen . . .

»Du kannst zu Kutschum reiten, wenn du willst, oder zu Mametkul«, sagte Jermak nach dieser Vorführung. »Wir sind nur ein Vortrupp! Nach uns kommen so viele Russen über den Ural, daß eure Flüsse unsere Boote nicht mehr aufnehmen können! Und sie alle haben den Donner in den Händen! Geh zu Kutschum und sage ihm, er möge sich unterwerfen! Ich will kein Blutvergießen, wenn er mich nicht dazu zwingt . . .«

Fürst Tausan war überwältigt von dem, was er hörte und sah.

Nach drei Tagen ritt er mit seinen Überlebenden davon, den Tobol hinab, besichtigte noch die Uferstelle, wo die Boote und Flöße auf die Weiterfahrt warteten, und kehrte dann zurück zu Mametkul.

»Du bist ein kluger Kopf!« sagte Muschkow an diesem Tag zu Jermak. »Sie werden vor Angst ihr Herz in der Hose tragen . . .«

»Es werden noch andere Angst bekommen, Iwan Matwejewitsch«, erwiderte Jermak und blickte dabei Muschkow durchdringend an. »Habe ich dir nicht den Rat gegeben, in der Schlacht zu sterben?«

»Es war nicht möglich, bei aller Mühe nicht.« Muschkow grinste verlegen. »Wir wollten doch nicht mehr darüber sprechen, Jermak Timofejewitsch.«

»Nicht über Boris Stepanowitsch – aber über Marina Alexandrowna!«

Nun war es heraus, aber wenn Jermak erwartete, Muschkow würde vor Schreck erbleichen, hatte er sich geirrt. Er blickte den Freund ruhig an.

»Marina hat es mir erzählt«, sagte Muschkow endlich, nachdem das Schweigen unerträglich geworden war. »Aber ich wußte es schon, als du dich an ihr hochgezogen hast und dabei ihre Brüste berührtest – nachdem dir Lupin den Pfeil aus dem Arm geschnitten hatte, weißt du noch?« Er schnaufte durch die Nase und suchte in Jermaks Gesicht nach einer Regung. Aber der Blick blieb kalt und mörderisch. Wie der Blick einer Schlange, dachte Muschkow.

»Wir sollten in der Tat darüber sprechen . . .«

»Was ist da zu bereden?« fragte Jermak dunkel.

»Sie kann nicht dein Adjutant bleiben.«

»Warum nicht? Was ändert sich? Mein tapferer und kluger Adjutant heißt Boris Stepanowitsch.«

»Auch für dich ist sie jetzt eine Frau, Jermak. Wir wollen uns doch nicht belügen.«

»Das sagst du mir? Wer hat denn zwei Jahre lang gelogen?«

»Ich wollte Marina hundertmal nach Hause schicken, aber sie ging nicht.«

»Vielleicht hatte sie sich schon zu sehr an mich gewöhnt, he?« sagte Jermak hämisch. »Kann man einem Weib in den

Kopf schauen? Sind es nicht die rätselhaftesten Wesen auf der Erde? Sie nennen zärtlich deinen Namen, streicheln dich und denken dabei an einen anderen! Bring mir ein Weib, das nicht zwei Seelen hat . . . eine von Gott, die andere vom Teufel!«

»Nicht Marinuschka!«

»Bist du sicher?« Jermak lachte rauh. Er sah, wie Muschkow wütend wurde, und Wütende vergessen oft alle Vorsicht . . .

»Hat sie dir auch erzählt, wie sie sich mir zu erkennen gegeben hat? Die Bluse hat sie aufgerissen und hat gesagt: ›Faß mich an, überzeuge dich, daß ich kein Mann bin!‹ Und als ich sie anfaßte, hat sie geseufzt und die Augen verdreht und gelächelt — und dabei nicht an dich gedacht!«

»Du hast sie angefaßt?« fragte Muschkow heiser und tonlos.

»Mit beiden Händen!« Jermak hob die Hände und formte sie wie Schalen. »Genau hinein paßten sie — hart und zugleich wie Samt . . .«

»Ich müßte dich erschlagen, Jermak«, sagte Muschkow atemlos. »Und wenn es wahr ist, werde ich es tun!«

»Ich lüge nicht!« schrie Jermak. »Ich hatte Marinuschka umarmt, als mich der verdammte Pfeil traf! Überlege, du Ochse! Hätte mich der Pfeil in den Arm getroffen, wenn ich die Brust frei gehabt hätte? Es war nicht möglich, denn Marinuschka und ich standen Brust an Brust!«

»Nenne sie nicht Marinuschka!« knirschte Muschkow. Unter seinem Haar brannte das Hirn, heiße Wellen durchrasten ihn. »Sie ist meine Frau!«

»Unter einer stinkenden Pferdedecke! Im Steppengras! So wie sich Wühlmäuse paaren! Sie hat einen Palast verdient . . . und in Kutschums Palast in Sibir werde ich sie auf meinen Armen hineintragen und auf einen goldenen Diwan legen! Und Oleg Wassiljewitsch wird uns dann trauen . . .«

»Eher wird sie sterben!« sagte Muschkow und wunderte sich, daß er überhaupt noch sprechen konnte.

»Sie ist deine Beute, das hast du selbst gesagt. Du hast sie aus dem Feuer von Nowo Orpotschkow geholt!« Jermak sah sich um. Sie standen am Ufer des Tobol, unten am Fluß lagen die Boote und Flöße, bewacht von einer Hundertschaft. Ein paar Schritte von ihnen entfernt lag ein kleiner Kahn noch auf der Uferböschung, den Kiel nach oben. »Wie lange kennen wir uns, Iwan Matwejewitsch?« fragte Jermak.

»Zwölf oder fünfzehn Jahre, ich weiß es nicht.«

Er folgte Jermak, der zu dem Kahn ging, in die Tasche griff und drei Würfel aus geschnitzten Knochen herausholte. Muschkow zog die Schultern hoch.

»Wir waren immer Freunde, und wenn die Beute groß genug und für uns beide eine Freude war, was haben wir dann getan? Na, sag es, Iwan Matwejewitsch ...« Jermak warf die Würfel auf den fast ebenen Bootsboden. »Hat es jemals zwischen uns einen Streit um die Beute gegeben, mein Freund?«

»Marina ist kein goldener Becher oder ein Ballen Seidenstoff!« Muschkow fegte mit einer Handbewegung die Würfel beiseite.

»Wir haben dreimal um die Nogaierprinzessin gewürfelt, weißt du's nicht mehr, Iwan Matwejewitsch? Am Kaspischen Meer war's ... und du Hund hast immer gewonnen! Habe ich mich damals dagegen gewehrt? Eine ehrliche Beute – ein ehrlicher Gewinn! Muschkow, wo ist deine Kosakenehre geblieben?«

»Marina ist kein Würfeleinsatz!« schrie Iwan. »Ich liebe sie! Sie ist mein Leben!«

»Darum hatte ich dir geraten, in der Schlacht zu sterben!«

Sie schwiegen, lehnten gegen den Kahn, blickten über den Tobol, in dem die Maisonne glitzerte und auf dem ein paar Boote schwammen mit Kosaken, die in selbstgeknüpften Netzen Fische fingen. Es gab so viel Fische im Fluß, daß man sie beinahe herausschaufeln konnte wie Fleischstücke aus einer Suppe.

»Soll Sibirien nie erobert werden, nur weil wir uns gegenseitig umbringen, Muschkow?« fragte Jermak endlich. »Soll ein Mädchen verhindern, daß Rußland das reichste Land der Erde wird?«

»Warum fragst du mich? Wer will Marina an sich reißen?«

»Wer will sie unbedingt behalten, obgleich dem Hetman die beste Beute zusteht?«

»Sie ist schon längst keine Beute mehr!« schrie Muschkow.

»Sie war es, und du hast mich um sie betrogen!«

Es war offensichtlich, daß man so nicht weiterkam. Die beste Lösung war, die Krummsäbel zu nehmen und aufeinander loszugehen. Der Stärkere hat immer recht . . . das ist eine fatale, aber unausrottbare Weisheit.

Doch davor scheuten Jermak und Muschkow zurück. Sie kannten sich zu gut, sie wußten von allen Tricks, mit denen man fechten kann, und ahnten jede List des anderen im voraus.

»Zehntausend Rubel!« sagte Jermak nach einer Weile. Muschkow zuckte zusammen.

»Du bist verrückt, Jermak Timofejewitsch!«

»Zehntausend Rubel! Sie liegen verbrieft bei den Stroganows in Orjol!«

»Der Reichtum der ganzen Welt kann Marina nicht bezahlen«, antwortete Muschkow fest.

»Dazu tausend Zobelfelle und zweitausend Schwarzfüchse.«

»Du kannst mir ganz Mangaseja bieten, den Sternenhimmel und die Sonne . . . ich verkaufe Marina nicht!«

»Und tausend Weißfüchse dazu! Fünfhundert Biber!«

»Wenn Gott mir die Seligkeit im Himmel verspräche, ich würde sie ablehnen für das kurze Leben mit Marina in einem Erdloch!«

»Ein kurzes Leben. Und ein Erdloch!« Jermak blickte Muschkow mit geneigtem Kopf an. Die kalten Augen einer Viper, dachte Muschkow wieder. »Beides kannst du haben, Iwan Matwejewitsch. Überleg es dir . . .«

Jermak bückte sich, hob seine Würfel auf, steckte sie in die Tasche, klimperte mit ihnen und ging hinunter zum Fluß.

Es war der Kosakenpope Oleg Wassiljewitsch Kulakow, der Muschkow den richtigen Weg wies. Mochte der Pope auch in vielem ein unangenehmer Mensch sein, ein großes Ferkel, eine ständige Beleidigung Gottes – von Freundschaft hielt er viel. Und Muschkow war sein Freund, auch wenn man sich schon öfters geprügelt hatte. Das eine schließt das andere nicht aus . . .

Außerdem hatte sich mit unserem lieben Popen Kulakow eine innere Wandlung vollzogen. Seit dem Brandwunder, das ihm das Wort MIR eingebracht hatte – das er mit Hilfe Lupins und eines Spiegels immer wieder betrachtete –, war der Pope nachdenklicher geworden. Es war zwar wenig erbaulich, seinen Hintern zu bewundern, aber die Entstehung des Brandzeichens blieb ungeklärt, und alles Nachdenken half nichts. So begann in Kulakow die Überzeugung zu reifen, daß es wirklich ein Wunder sei.

Und das erschütterte ihn maßlos. Warum gerade er? Es gab Tausende von Priestern in Rußland – und gerade ihn erwählte man aus, um ein MIR – FRIEDE auf dem Hintern zu tragen! Und wenn man weiterdachte, daß dieses Zeichen vielleicht eine Vorstufe zum Heiligsein sein könnte, dann blieb Oleg Wassiljewitsch der Atem weg aus Ehrfucht vor sich selbst!

Bei den Beichten, die er den Kosaken abnahm und die ohne Ausnahme schmutzige Berichte waren, über die man sich angeregt unterhielt, ließ er jetzt schon einmal einfließen, daß Sibirien einmal mit dem Namen des »heiligen Oleg« verbunden sein würde . . .

Aber bei einer dieser Beichten, am Vorabend des großen Aufbruchs, der die Kosaken dem Heer des Mametkul entgegenführen sollte, fragten zwei Kosaken den Popen, ob sie im voraus um Vergebung bitten könnten, denn sie müßten einen Mann töten.

Oleg Wassiljewitsch wurde hellhörig und sagte feierlich: »Sprecht euch aus, liebe Brüder. Spuckt die Wahrheit in Gottes Mantel, er wird's schon abputzen!«

»Das ist so«, sagte der eine Kosak, »Jermak hat befohlen, daß wir jemanden umbringen sollen.«

»Auf welche Weise?« fragte der Pope.

»Das ist uns überlassen. Nur tot muß er sein!«

»Es ist Krieg . . .«, meinte Kulakow und hob den Blick zur Decke.

»Aber es ist ein Kosak wie wir . . .«, stotterte der zweite Beichtende.

»Oha!« Oleg Wassiljewitsch beugte sich zu den Knienden hinunter. Sein Bart wischte über ihre Köpfe. Es kitzelte, was die Kosaken als frommen Schauder empfanden. »Jermak hat euch befohlen, heimlich einen Kameraden zu ermorden?«

»Ja.«

»Wer ist es?«

Hier blieben die beiden Kosaken stumm. Der Pope drohte ihnen mit Höllenqualen aller Art, er tobte, trat die Beichtjünger ins Kreuz und gegen die Schultern, riß ihnen schließlich Haarbüschel aus und schlug ihnen die Nasen blutig, aber sie sagten immer nur: »Väterchen, gib uns im voraus die Absolution!«

»Nie!« brüllte Oleg Wassiljewitsch. »Hinaus mit euch . . .«

»Wir bekommen von Jermak zweitausend Rubel . . .«

Der Kosakenpope ging in sich. Er ließ das Prügeln sein und zeigte auf den Boden. Die beiden Beichtenden fielen sofort wieder auf die Knie.

»Ist das wahr?« fragte er milde.

»Können wir dich belügen, Väterchen? Für die Absolution würden wir fünfhundert Rubel geben . . .«

»Sind wir auf dem Markt? Kauft ihr Hammelfett?« Oleg Wassiljewitsch faltete die riesigen Hände. »Sechshundert Rubel.«

»Ihr seid ein gütiges Väterchen.«

»Wann soll es geschehen?«

»Heute nacht.«

»Und Jermak zahlt wirklich?« Das war eine berechtigte Frage. Kulakow kannte Jermak lange genug und wurde wieder nachdenklich. Es war nicht Jermaks Art, sich Mitwissern in die Hand zu geben. Ein Mord – gut und schön; aber dann führt man ihn allein aus. Ein Mittäter ist auch immer ein neuer Feind für die Zukunft.

»Kommt wieder, wenn ihr die sechshundert Rubel habt«, sagte er schließlich weise. »Bis dahin will ich euch vergessen, ihr Hurenbastarde.«

Später sprach er mit Lupin darüber – es ließ ihm einfach keine Ruhe.

»Jermak will einen umbringen lassen«, sagte er, »und zahlt zweitausend Rubel dafür. Begreifst du das, Alexander Grigorjewitsch? Ich nicht! Zweitausend Rubel für einen Kosaken! Dafür könnte man einen Fürsten umbringen lassen!«

»Jermak wird seine Gründe haben«, antwortete Lupin. Das Herz schmerzte ihm plötzlich vor Angst. »Manchmal ist ein Mensch ein Staubkorn und manchmal eine ganze Welt wert! Was sind zweitausend Rubelchen?«

Dann entschuldigte er sich, er müsse zum Kirchenboot, weil morgen die große Fahrt losgehe; griff sich ein Pferd und ritt wie der Teufel zum Tobol.

Lupin fand Muschkow am Fluß. Marina war bei ihm, hatte die Stiefel ausgezogen und ließ die nackten Füße ins strömende Wasser hängen.

»Es ist soweit!« schrie Lupin und sprang vom Pferd, noch bevor es richtig stand. »Glotzt mich nicht an wie die Frösche, packt rasch das Nötigste zusammen, sucht euch die besten Pferde aus und flüchtet in den Ural!«

»Das schreit er nun jedesmal, wenn er an die Tataren denkt«, sagte Muschkow gemütlich. »Väterchen, wir werden auch Mametkul davonjagen . . .«

»Mametkul! Bist du wirklich so ein Idiot, Iwan Matwejewitsch? Darum geht es doch nicht!« Lupin riß Marina an sich und drückte ihren Kopf gegen seine Brust. »Er will dich töten lassen, Muschkow.«

Muschkow sagte nichts. Er stierte Lupin an, und als er es begriffen hatte, was das Väterchen aussprach, sagte Marina kurz:

»Jermak . . .«

»Zweitausend Rubel zahlt er für deinen Tod, Iwan! Noch in dieser Nacht!«

»Mein Freund Jermak Timofejewitsch?« stammelte Muschkow. »Zwölf Jahre bin ich mit ihm geritten ...«

»Deine Mörder haben es Oleg Wassiljewitsch gebeichtet ...«, schrie Lupin in Verzweiflung. »Beeilt euch! Ihr müßt die besten Pferde aussuchen, schnell!«

»Ich habe an ihn geglaubt«, sagte Muschkow leise. »Er war für mich Bruder und Vater zugleich. Er war meine ganze Welt, in der ich glücklich war ...« Plötzlich weinte Muschkow; er weinte wie ein kleines Kind. »Ich hatte nur ihn ... Ich kenne meinen Vater nicht, meine Mutter habe ich nie gesehen. Man sagt, ich hätte in einer Ackerfurche gelegen, und ein Bauer habe mich großgezogen. Und dann kam Jermak und nahm mich mit zu den Kosaken ... Er kann mich doch jetzt nicht ...« Das Schluchzen schüttelte ihn.

»Ihr müßt die ganze Nacht durchreiten!« sagte Lupin ungerührt. Er küßte Marina auf die geschlossenen Augen. »Ich folge euch, um euch den Rücken zu decken! Kümmert euch nicht um mich! Ich finde euch! Ein Vater findet immer sein Töchterchen ... Los, beeilt euch! Geht nicht mehr ins Lager zurück. O Gott, mein Gott ... beschütze sie, meine Tochter und meinen Sohn ...«

»Danke, Vater«, sagte Muschkow. Es war, als spräche er ein Gebet. »Ich schwöre dir, ich werde Marinuschka zurück nach Rußland bringen!«

Im ersten Abenddunkel schwammen sie mit vier Pferden unterhalb des Ablegeplatzes, an einer seichten, ruhigen Stelle, durch den Fluß. Drüben, am anderen Ufer, blickte Muschkow noch einmal zurück zu den Booten und Flößen, zu den Feuern und Zelten, den Pferden und Fahnen.

Eine Glocke läutete, der Abendgottesdienst begann.

Muschkow schloß die Augen und bekreuzigte sich. Dann riß er sein Pferd herum und galoppierte mit Marina in die dunkle Steppe.

Bis zur Beendigung des Gottesdienstes vermißte Jermak Timofejewitsch seinen Adjutanten Boris Stepanowitsch nicht. Daß Muschkow nicht an dem Gebet teilnahm, war selbstverständlich – er mußte sich um die Bootsflotte kümmern, die abfahrbereit am Fluß lag. Große Mengen Verpflegung wurden eingeladen, Fürst Tausans Herden waren bis auf das letzte Schaf geschlachtet, gebraten und unter die Kosaken als Reiseproviant verteilt worden.

Um keinen Verdacht zu erregen, blieb Alexander Grigorjewitsch Lupin im Lager, half dem Kosakenpopen beim Zusammenpacken seiner Sachen, kümmerte sich dann um das breite Kirchenboot im Tobol und wußte ebensowenig wie Oleg Wassiljewitsch einen Rat, wie man zwei oder drei der fröhlichen und liebestollen Mongolinnen aus Tausans Harem mitnehmen konnte. Mit düsterer Miene lief der Pope herum, versuchte, die Mädchen in den Kisten zu verstecken, in denen er die Meßgeräte abtransportierte, aber dort wären sie erstickt, und das war ja nicht der Sinn der Sache.

»Entsagung steht dem Frommen wohl an!« sagte schließlich der Pope traurig. »Es bleibt nichts anderes übrig . . .«

»In Sibir wird Kutschum einen hundertmal größeren Harem haben, Väterchen«, meinte Lupin. »Er wird sich die schönsten Mädchen aus allen Gegenden seines Reiches geholt haben. Hoffen wir darauf!«

»Erst müssen wir aber Kutschum besiegen, Alexander Grigorjewitsch.«

»Zweifelst du daran? Mit den Heiligen auf den Fahnen?«

»Ein gutes Wort!« Oleg Wassiljewitsch zog Lupin an sich, küßte ihn auf die Stirn und dachte plötzlich daran, daß in dieser Nacht zwei Mörder, die bereits gebeichtet hatten und an denen sechshundert Rubel hingen, unterwegs waren, um ihr Opfer zu suchen. »Gehen wir zum Gottesdienst!«

Die mitgeführte Glocke aus dem Kloster Uspensk läutete, ein Kosakenchor sang fromme Lieder, die anderen Priester gingen umher und schwenkten Weihrauchkessel oder besprengten die gesenkten Köpfe der Gläubigen mit Weihwasser. Morgen, bei Sonnenaufgang, würde man dem Heer Mametkuls entgegenschwimmen . . .

Die große Hoffnung war, daß Tausan und seine freigelassenen Männern überall erzählt hatten, daß es gegen die deutschen Gewehrträger und vor allem gegen die eisernen Rohre, aus denen urgewaltige Donner krachten, Nebel wallten und eiserne, kopfgroße Kugeln selbst Bäume umrissen, kein anderes Mittel gab als Flucht oder Ergebung.

In der ersten Reihe der Betenden kniete Jermak Timofejewitsch. Tief in Gottes Wort versunken, hielt er den Kopf gesenkt – aber was er tatsächlich dachte, war alles andere als ein Anruf der Heiligen . . .

Ob sie Muschkow schon getötet haben? Es wird nicht einfach sein, ihn zu überlisten – und einen Zeugen darf es nicht geben! Nur drei Menschen wissen davon, und zwei von ihnen – die Mörder – werden schweigen. Nicht wegen der zweitausend Rubel . . . Sie auszuzahlen, daran hatte Jermak nie gedacht. Die Mörder würden stumm sein, weil sie ihre Tat nur solange überlebten, um sie Jermak zu berichten.

Während der Chor einen Choral sang, dachte Jermak an Marina Alexandrowna. Eine Weile wird sie trauern, aber ich werde sie mit Geschenken überhäufen, wie die Zarin sie nicht von Iwan bekommt. Auf Kosten der Stroganows natürlich . . . Und wenn sie sich den Geschenken nicht beugt, wird man sie überwältigen müssen. Wen Jermak einmal geliebt hat, die vergißt ihn nicht mehr! Auch Marina Alexandrowna wird da keine Ausnahme sein. Sie ist ein Weib, und jedes Weib bewundert einen Mann, der streicheln kann und mit denselben Händen zupacken wie mit Eisenklammern. Tierchen sind sie alle, die sich beherrschen lassen wollen . . .

Wie wenig kannte Jermak doch Marina!

Ein paarmal strich der Kosakenpope um Jermak herum, betrachtete den gebeugten Nacken und war versucht zu brüllen: »Du Verrufener, steh auf, lauf zum Fluß und rette deinen Freund!« Aber dann kitzelte ihn im schwarzen Teil seiner Seele der Anteil von sechshundert Rubel, er schwieg und tröstete sich mit dem Gedanken, daß Jermak, wenn man sein Geheimnis entdeckte, auch nicht zurückschrecken würde, ihn selbst, Oleg Wassiljewitsch, umbringen zu lassen. Der Rock des Priesters wäre in diesem Fall kein Eisenpanzer . . .

Eine Stunde nach dem Gottesdienst schwamm auch Lupin mit zwei kräftigen Pferden durch den Fluß und folgte seiner Tochter und Muschkow, dem immer noch nicht geliebten Schwiegersohn. Sie hatten die Strecke vorher genau besprochen: erst ein Bogen ins Land, dann zum Tobol zurück und hinauf zur Tura. Von dort wollten sie den alten Weg nehmen, den man nach Sibirien hineingekommen war, von Station zu Station, die Jermak angelegt hatte, von einer hölzernen Kirche zur anderen, wo man Priester zurückgelassen hatte, die zum Grundstock neuer Siedlungen wurden. Aus dem Permer Land schickten die Stroganows Bauern und Jäger, Beamte und Kolonnen von Arbeitern, die das Land rodeten, Felder anlegten und unter der Leitung studierter Männer die riesigen Bodenschätze abzubauen begannen.

Das war der einzige Weg in die Freiheit! Hinter dem Ural, im guten alten Rußland, wollte man dann untertauchen, vielleicht sogar in Moskau, wo niemand fragte, woher man kam, wo man nur ein Sandkorn in der Masse war, das niemand beachtete.

»Was kannst du außer Reiten, Plündern und Frauen rauben?« hatte Lupin einmal Muschkow gefragt, als sie von der Zukunft sprachen.

»Ich kann singen!« hatte Muschkow geantwortet.

»Zu wenig! Wollt ihr durch das Land ziehen und auf den Dorfplätzen grölen? Dafür ist mir mein Töchterchen zu schade. Überlege, was kannst du noch?«

»Ich könnte Fuhrmann werden.«

»Nicht schlecht. Man braucht gute Fuhrleute. Aber dauernd unterwegs, immer auf den Wagen, monatelang auf einem Bock, sich herumbalgen mit Straßenräubern, mit Sonnenglut und Schneestürmen . . . das ist auch nicht das richtige, Iwan Matwejewitsch! Ein junges Frauchen, zu lange allein gelassen, ist wie eine schwelende Glut, in die man nur hineinzublasen braucht, und schon lodert das hellste Feuer! Marinuschka ist da keine Ausnahme, das sage sogar ich, der Vater!«

»Ich könnte Ofenbauer werden, Väterchen«, meinte dann Muschkow nach eifrigem Nachdenken.

»Kannst du denn das?«

»Ich habe schon viele Öfen gebaut!«

»Ein guter Ofen darf nicht qualmen! Ofenbauen ist eine Kunst, Iwan Matwejewitsch!« Lupin kratzte sich den weißhaarigen Kopf. »Aber das wäre etwas, das mir gefiele . . .«

Man einigte sich also darauf, daß Muschkow später, wenn sie wieder in Rußland wären, Ofenbauer würde. Iwan Matwejewitsch atmete hörbar auf und war froh, den bohrenden Fragen des Alten entkommen zu sein. Er suchte Marina.

»Welch ein Fall!« klagte er, als er sie gefunden hatte. »Vom Kosaken zum Ofenbauer! Von der Steppe in eine Zimmerecke. Statt im Sattel mit dem Hintern auf einem warmen Stein!«

»Ich verstehe nichts!« sagte Marina. »Wer will Öfen bauen?«

»Ich! Ich habe es deinem Väterchen versprechen müssen!«

»Erst müssen wir wieder in Rußland sein«, hatte sie darauf geantwortet. »Väter sind nun einmal so . . . Sie wollen immer wissen, was in vielen Jahren sein wird! Für uns ist es jetzt nur wichtig, das Leben zu retten.«

Nun war der Gottesdienst längst zu Ende. Der Kosakenpope rief nach seinem Diakon Lupin – vergeblich. Jermak wartete in seinem Zelt ungeduldig auf die beiden Mörder. Er hatte auch nach Boris Stepanowitsch suchen lassen, die Hundertmänner hatten das Kerlchen zuletzt gesehen, wie Boris die Verteilung der gebratenen Hammelstücke beaufsichtigte. Es gab Streit dabei – ein Hammel hat auch Knochen, und wer mehr Knochen als Fleisch erhielt, schrie sofort los.

Boris hatte die Aufregungen geschlichtet. Am Ufer standen unterdessen die Pferde, und Muschkow lief unruhig hin und her, rang die Hände und verfluchte die Idee, sich bis zuletzt zu zeigen, um das Verschwinden erst dann auffallen zu lassen, wenn man längst schon viele Werst nach Westen geritten war.

»Wo ist Boris?« brüllte Jermak, nachdem er zwei Stunden gewartet hatte. »Ist er auch nicht am Fluß?«

Aber niemand hatte ihn mehr gesehen; auch die Mörder meldeten sich nicht . . .

Mit Jermak vollzog sich eine seltsame Veränderung. Bebende Unruhe erfüllte ihn, er rang die Hände, lief in seinem Zelt hin und her, schickte Boten aus, um Boris Stepanowitsch zu suchen, vermied es aber, gleichzeitig nach Muschkow zu fragen.

Was ist geschehen, wenn sie gerade bei ihm war? dachte er und wischte sich mit beiden Händen über die Augen. Hat man sie etwa gemeinsam getötet? Werden die beiden Kosaken kommen und sagen: »Jermak Timofejewitsch, es ließ sich nicht anders machen – wir mußten sie beide umbringen! Niemand darf es sehen, hast du befohlen, aber der Adjutant war immer bei Muschkow. Wir haben nur getan, was du gesagt hast . . .«

Die Stunden verrannen, und weder Muschkow noch Marina, noch die beiden Kerle ließen sich blicken. Dafür irrte der Pope Oleg Wassiljewitsch umher, stand am Flußufer und brüllte nach seinem Diakon Lupin, der eigentlich auf dem Kirchenboot sein müßte. Auch ihn hatten viele Kosaken vor Stunden gesehen, wie er fleißig den Altar auf dem großen Kahn aufbaute . . .

Das war wohl richtig, denn der Altar stand da in voller Pracht, bereit für den nächsten Morgen – für die Abfahrt. Aber Lupin selbst war unauffindbar.

Kurz vor Mitternacht – Muschkow und Marina ritten durch die Dunkelheit, jeder das Packpferd hinter sich an einem langen Zügel, die Waffen griffbereit, denn überall streiften noch versprengte Tataren oder Ostjaken herum, die jetzt lieber einen Russen töteten als hundert Zobel – trafen sich Jermak und der Kosakenpope am Fluß.

»Meinen Diakon haben sie entführt!« sprach Oleg Wassiljewitsch mit seiner mächtigen Stimme. »Ich habe vieles als Kosak erlebt, aber daß man ein so liebes, kluges Väterchen wie Lupin einfach verschwinden läßt – das ist alle Höllenstrafen wert!«

»Ich suche Boris Stepanowitsch!« sagte Jermak, heiser vor Erregung. »Auch ihn hat keiner gesehen!«

Der Pope schielte zu Jermak hinüber und strich seinen langen Bart. »Du bist unruhig, Jermak?« fragte er lauernd.

»Ich brauche das Kerlchen!« schrie Jermak.

»Den Wartenden peinigen manchmal die Teufel«, meinte Oleg Wassiljewitsch weise und seufzte. »Wo ist Lupin? Vielleicht bei Muschkow – aber auch Muschkow ist nirgends zu entdecken ...«

»So, man vermißt auch Iwan Matwejewitsch?« fragte Jermak leichthin. Dabei setzte sein Herzschlag aus. Dann ist es gelungen, dachte er. War Marina bei ihm?

»Eine böse Nacht jedenfalls«, sagte der Pope anzüglich. »Eine höllisch böse Nacht, Jermak Timofejewitsch! Die Menschen verschwinden, als seien sie Tautropfen in der Sonne. Suchen wir weiter ...«

Gegen Morgen war es klar, daß Muschkow, Marina und Lupin weder am Fluß, noch im Lager, noch sonstwo in der Steppe am Tobol waren. Die beiden Kosaken mit dem Mordauftrag kamen in Jermaks Zelt und berichteten, sie hätten Muschkow nicht gefunden. Alles deutete darauf hin, daß er geflohen sei.

»Wer von euch hat geschwatzt?« schrie Jermak. Seine Adern schwollen an den Stirnseiten an, er sah furchterregend aus, und seine Augen schimmerten in einem irren Glanz. »Wer hat ihn gewarnt, he?«

Die beiden Kosaken dachten an ihre Beichte, aber der Pope konnte nichts wissen, denn sie hatten ja keinen Namen genannt. So zuckten sie mit den Schultern und sagten: »Keiner weiß es, Jermak.«

»Und Boris Stepanowitsch?« brüllte Jermak, außer sich.

Das war eine Frage, die überhaupt nicht zu beantworten war. Wer hatte je von Jermaks Adjutanten gesprochen? Muschkow war weg ... wer weiß, wo sich nun das Kerlchen herumtrieb. Hat sich vielleicht eine kleine Mongolin herangeholt, der hübsche Bengel, dachten sie und grinsten verlegen. Auch er muß ja mal ein richtiger Mann werden ...

Jermak jagte die beiden hinaus und ging hinüber zu Tausans Haremszelt, wo Oleg Wassiljewitsch auf dem Diwan saß, lustlos mit zwei der zwitschernden Vögelchen spielte und seinen Diakon Lupin nicht mehr verstand.

»Ist Alexander Grigorjewitsch da?« fragte Jermak hart. Der Pope schüttelte den Kopf.

»Man muß ihn umgebracht und dann verscharrt haben! Streunende Tataren! Und ich hatte mich so an ihn gewöhnt, Jermak. Eine edle Seele ...« Er stieß die beiden entblößten Mongolinnen weg und wischte sich über die Augen. Er war wirklich erschüttert. »Und wo ist Muschkow?«

»Weg!«

»Und Boris Stepanowitsch?«

»Verschwunden!«

»Sie müssen irgendwo in eine Horde von Mametkuls Reitern geraten sein! Heiliger Stephan!« Der Kosakenpope sprang auf. Seine Stimme dröhnte: »Ich erschlage ab sofort jeden Tataren! Ich werde durch Sibirien ziehen und eine Schneise schlagen wie ein Wirbelsturm! Ich werde den Priesterrock dafür ablegen!«

»Nicht so eilig, Väterchen.« Jermak starrte vor sich hin, seine Hände verkrampften und öffneten sich wieder. »Könnten sie nicht zusammen ... geflohen sein?«

»Geflohen?« Oleg Wassiljewitsch riß die Augen auf. »Warum sollte mein Diakon Lupin fliehen? Vor wem? Warum sollte Muschkow ...«

»Ich hatte ihn zum Tode verurteilt ...«, brachte Jermak langsam heraus.

»Was? In Ewigkeit, amen!« Der Kosakenpope ließ sich auf den seidenen Diwan fallen. »Steht die Welt kopf, Jermak?«

»Muschkow hat mich verraten!«

»Wer kann das glauben?«

»Jeder wird es glauben, weil ich es sage!« brüllte Jermak selbstherrlich. »Genügt das nicht? Weißt du es besser, Hurenbock?«

Oleg Wassiljewitsch hielt es für klüger, den Zorn Jermaks zu schlucken und nicht darauf hinzuweisen, daß man einen Popen so nicht nennt. Er betrachtete ihn nur interessiert, als der Hetman wie ein Raubtier im Käfig in dem großen Zelt auf und ab lief, wie er die Fäuste gegeneinanderschlug . . .

»Gut, Muschkow ist ein Verräter«, sagte der Pope nach einer Weile. »Aber was macht Boris Stepanowitsch dabei?«

»Warst du blind, he?« Jermak blieb mit einem Ruck stehen. »Das Kerlchen war Muschkows Geliebte!«

Oleg Wassiljewitsch lachte meckernd. »So etwas gibt es bei Muschkow nicht!«

»Ich habe es mit eigenen Augen gesehen!« Jermak zog den Kopf ein. Die Wahrheit zu sagen, ist unmöglich, dachte er. Bleiben wir dabei, daß Iwan Matwejewitsch als Mann entgleiste. »Zweifelst du es an?«

»Wenn du es sagst – nie!« Der Pope hob den Blick zur Zeltdecke. »Ich bin sogar gefaßt darauf, daß du behauptest, mein lieber Alexander Grigorjewitsch wäre ihr Kuppler gewesen.«

»Genau das war Lupin auch!« schrie Jermak.

»Die Wege der Menschen sind verschlungen.« Der Pope faltete die dicken Hände. »Und nun sind sie weg! Wohin?«

»Zurück nach Rußland! Oder glaubst du, sie seien uns vorausgeritten zu Kutschum?«

»Wie kann man nach soviel Enttäuschungen noch glauben?« antwortete Oleg vorsichtig. »Du wirst sie wieder einfangen, Jermak Timofejewitsch?«

»Ich werde sie jagen wie goldene Füchse!« sagte Jermak voller Haß. »Rußland wird nicht groß genug sein, um sie zu verstecken.«

»Du willst umkehren?« stotterte der Pope. »Du willst Sibirien aufgeben wegen Muschkow? Vor uns liegt Sibir, dahinter kommt Mangaseja ... und dann, weißt du denn, was dann die unbekannte Welt uns noch alles schenkt?«

»Nein! Wir ziehen weiter, aber ich werde ihnen meine besten Reiter nachschicken!«

»Und wenn die drei Flüchtlinge schneller sind?«

»Einmal komme ich aus Sibirien zurück!« Jermak atmete tief durch. »Ich finde sie! Eines Mannes Leben kann lang sein, wenn er einem Traum und einer Rache nachjagt. Den Traum – Sibirien – erfülle ich mir! Der Rest des Lebens ... wird für die Rache sein!«

Der Pope hob bedauernd die breiten Schultern. »Nur um drei Menschen zu töten, willst du darauf verzichten, Herr über Sibirien zu sein?«

Das war ein Schwur, dachte der Pope. Ein tödlicher Schwur. Und wie man Jermak kennt, wird er's schaffen ...

Nun sah Jermak Oleg Wassiljewitsch aus starren Augen an. »Töten!« Der Blick durchdrang den Popen wie Frost. »Ich werde sie bis zum Hals in Ameisenhaufen eingraben und dabeisitzen und zusehen, wie man sie Stück für Stück auffrißt. Und wenn sie brüllen und jammern, betteln und beten, werde ich eine Flöte nehmen und die Hirtenweisen des Don spielen ... Wie glücklich werde ich sein!«

Er starrte den Popen an, wartete auf eine Antwort, aber Kulakow war wie gelähmt von dem Bild, das Jermak von seiner Rache gemalt hatte.

»Beim Morgengrauen ziehen wir weiter!« sagte Jermak, ergriff einen Zipfel des Priestergewandes, küßte es und verließ das Zelt.

Es war Oleg Wassiljewitsch zumute, als habe er gerade mit dem Teufel gesprochen und nur das geheimnisvolle Brandzeichen MIR auf seinem Hinterteil habe seine Seele noch einmal gerettet ...

Wenig später ritten sechs Kosaken mit zehn Packpferden

den Tobol hinauf, um eine Furt zu suchen und dann Muschkow, Lupin und Marina Alexandrowna zu folgen.

Sie waren froh über diesen Auftrag und fühlten sich gerettet vor Mametkuls und Kutschums riesigem Tatarenheer.

Sie ritten die ganze Nacht, wechselten dann die Pferde, indem sie die Packpferde sattelten und die müden Reittiere mit leichten Gepäckstücken beluden, und lauschten bei dieser Rast in die Ferne, ob sie Lupin schon hörten.

»Er ist ein alter Mann«, sagte Marina, als Muschkow zum Aufbruch drängte. »Eine ganze Nacht zu reiten, das ist viel für ihn.«

»Vielleicht ist er gar nicht weggekommen.« Muschkow trat ungeduldig von einem Bein auf das andere. »Er hat mir gesagt: ›Reitet so schnell und so lange ihr könnt! Reitet durch die ganze Welt ... ich komme irgendwann einmal hinterher!‹ Irgendwann ... das braucht noch nicht heute zu sein, Marinuschka.«

»Er läßt uns nicht allein ...«

»Oleg Wassiljewitsch wird ihn festgehalten haben ...« Er beugte sich aus dem Sattel, griff nach Marinas Kopf, zog ihr Gesicht zu sich empor und küßte sie. »Erst bist du deinem Vater weggelaufen«, sagte er, »jetzt klebst du an ihm!«

»Ich habe dich bekommen, Iwanuschka«, antwortete sie zärtlich und hielt seine Hand fest. Sie küßte die Handfläche und schmiegte dann ihr Gesicht hinein. »Du bist ganz der geworden, den ich wollte! Jetzt ist ein Vater wieder nötig ...« Sie lächelte ihn traurig an. »Weißt du, wie oft er mir in den zwei Jahren geholfen hat? Ich weiß nicht, wie alles gekommen wäre, wenn er uns nicht nachgeritten wäre. Und jetzt sollen wir ihm davonreiten?«

»Jermak hat längst seine Verfolger ausgeschickt!«

»Hast du Angst vor ihnen?«

»Ich habe immer nur Angst um dich.«

»Bitte, steig auf!« sagte Muschkow, als sie seine Hand losließ und einen Schritt von den Pferden wegging. Die Nacht war ganz still, sogar die Steppenmäuse piepsten nicht, und Zikaden schien es hier auch nicht zu geben. »Wir haben einen Weg durch die Hölle vor uns. Wir müssen im Permer Land sein, bevor es Winter wird.«

Der Morgen graute, sie hatten den Fluß wieder erreicht und ritten nun am Ufer entlang. Sie kamen durch Siedlungen von Ostjaken, ein paar Kinder starrten sie an, die Frauen rissen sie an sich und flüchteten in armselige Zelte, und die Männer standen finster blickend herum und warteten, was die zwei einsamen Kosaken wohl hier wollten. Tribut eintreiben ... Dazu waren sie zu wenige. Da erschienen sie immer in größeren Trupps, gegen die es dann keine Gegenwehr gab.

»Den Säbel heraus und mit Geschrei durch das Dorf!« sagte Muschkow und riß seinen Kosakensäbel aus der Sattelschlinge. »Sie bleiben nur ruhig, wenn sie sehen, daß wir die Mutigeren sind!«

Sie schwangen also die Säbel, richteten sich im Sattel hoch, ließen die Gäule galoppieren und rasten mit schrillem Geschrei durch die Ostjakensiedlung.

Kein Speer folgte ihnen nach, kein Pfeil, nicht einmal die Fäuste hoben die schlitzäugigen Männer gegen die beiden Reiter. Sie waren froh, daß es beim Schreien blieb. Sie warteten noch, ob die beiden zurückkämen; und als das nicht geschah, nahmen sie ihre Arbeit wieder auf.

Vier Stunden später ritt ein dritter Fremder mit zwei Packpferden durch die gleiche Siedlung. Der Mann, ein Väterchen mit weißem Haar, hielt an und beugte sich müde aus dem Sattel. Es schien, als könne er sich kaum noch aufrecht halten.

»Zwei Männer?« fragte er mit den wenigen Worten der jakutischen Sprache, die er auf dem Weg zum Tobol gelernt hatte.

»Ja!« Die Ostjaken zeigten nach Westen. »Zwei und noch zwei leere Pferde.«

Der Alte nickte dankbar, winkte und ritt weiter.

Ich bin auf ihrer Spur, dachte er glücklich. Man ist doch wirklich ein alter Wolf ...

Wiederum fünf Stunden später ging es nicht so glimpflich ab.

Sechs Kosaken mit zehn Packpferden fielen in dieselbe Ostjakensiedlung ein, verprügelten die Bewohner, plünderten die armseligen Zelte, steckten sie in Brand und fragten dann erst: »Sind hier drei Männer durchgekommen?«

Die Ostjaken nickten eifrig. »Nach dort!« sagten sie einmütig und zeigten in die Steppe, vom Fluß weg. Es war die falsche Richtung, eine Richtung, die in eine grenzenlose Weite führte. Dort gab es keine Menschen mehr, wenigstens wußte man von keinen, die dort leben konnten. Der Fluß und die Wälder waren dort alles Leben . . .

Die sechs Kosaken bedankten sich, indem sie noch einmal auf die Ostjaken einprügelten, berieten sich dann und fanden es merkwürdig, daß Muschkow nicht in gerader Richtung zum Ural geritten sein sollte. Aber es mußte wohl so sein . . . Ein von den Kosaken geschlagener Mensch sagt doch immer die Wahrheit . . .

Als sie merkten, daß die Richtung doch falsch war, hatten sie vier Stunden verloren. Fluchend kehrten sie in einem Bogen zum Fluß zurück und schworen sich, jedem Schlitzäugigen die Augen rund zu schlagen.

Ein Tag lag zwischen Muschkow und Marina und den sechs Kosaken. Zwölf Stunden nur . . . und was ist das schon in der Weite Rußlands und den Klüften des Ural?

Auf dem Tobol schwamm unterdessen die große Flotte Jermaks der Streitmacht Mametkuls entgegen. Um Sibir herum wartete Kutschum, der sibirische Zar, mit seiner Garde. Vierzehn Fürsten mit ihren Männern waren ihm zu Hilfe geeilt. Hinter ihnen lag das große Nichts, das unentdeckte, unbekannte Land, die riesige Weite aus Wald und Sümpfen, Tundra und Strömen, die so breit waren, daß man manchmal ihr gegenüberliegendes Ufer nicht mehr sah. Seen lagen in dieser unbekannten Welt, über die man tagelang rudern konnte, ohne Land zu finden, und es war Platz genug da, die halbe

Menschheit anzusiedeln, und jeder Mensch hätte sein eigenes Stück Erde bekommen.

Kann man solch ein riesiges Land mit tausend Mann erobern? Mit ein paar Gewehren und drei Kanonen? Mit Heiligenfahnen und Priestern, die sofort in jedem eroberten Ort ein Kreuz aufstellten, und Kaufleuten, die sogleich mit dem Handel begannen? War jemals zuvor eine neue Welt mit soviel Mut betreten worden?

Jermak Timofejewitsch blieb keine andere Wahl. Der Nachschub, den ihm die Stroganows über Tura und Tobol schickten, hatte auch die neuesten Botschaften mitgebracht. Vor ein paar Tagen hatte man von einem Erlaß des Zaren erfahren.

»Ich befehle euch, Jermak und seine Gefährten sofort ins Permer Land zurückzuschicken, um ihre Untaten an Don und Wolga zu sühnen. Sie sollen samt und sonders aufgehängt werden!«

Oleg Wassiljewitsch hatte es vorgelesen, als die Nachricht der Stroganows die Flotte auf dem Tobol erreichte. »Also sind wir Ausgestoßene!« sagte der Pope und gab den Brief an Jermak zurück. »Es wird nie anders sein! Der Zar verzeiht nie!«

»Er wird verzeihen!« hatte Jermak hart erwidert. »Ich lege ihm Sibirien zu Füßen. Ein größeres Geschenk hat noch kein Räuber seinem Häscher gemacht. Vorwärts, Oleg Wassiljewitsch! In die neue Welt . . .«

Er stellte sich unter die aufgeblähten Segel und blickte mit zusammengekniffenen Augen zu den Ufern. Zu beiden Seiten begleiteten Mametkuls schnelle Reiter die Boote und schossen einen Hagel Pfeile ab, sobald ein Floß oder Boot nahe genug ans Ufer kam. »Ich muß zurück nach Rußland, bevor ich ein Greis bin. Ich muß noch Muschkow töten!«

XI

Am dritten Tag ihrer Flucht erreichte Lupin sein Töchterchen.

Er hatte nicht geglaubt, es jemals zu schaffen. Die letzten hundert Werst hing er nur noch im Sattel, klammerte sich irgendwo am Zaumzeug oder der Pferdemähne fest und ließ sich einfach tragen. Alle Knochen schmerzten ihn, sein Leib brannte innerlich, vor seinen Augen schwankte die Welt und verzerrte sich, aber er blieb auf dem Pferderücken, weil er wußte, daß er nie wieder aufsteigen konnte, wenn er erst einmal aus dem Sattel war.

Aber auch der Abstand zu den sie verfolgenden sechs Kosaken verringerte sich, denn die taten etwas, was weder Muschkow noch Lupin taten: sie suchten sich in jeder Siedlung neue Pferde, erschlugen die Besitzer kurzerhand und kamen so schneller vorwärts als die anderen auf ihren müden, abgemagerten, stolpernden Gäulchen.

Inzwischen hatten Muschkow und Marina an der Tura eines der kleinen, befestigten Lager erreicht. Die Pferde taumelten wie Blinde hinein. Drei Holzhütten war es, von dicken Rundpalisaden umgeben: eine Handelsstation, ein Jägerlager und — wie konnte es anders sein — eine Niederlassung der Kirche mit einem jungen Popen. Er hatte die Hauptarbeit in diesem Gebiet zu leisten, predigte den Ostjaken und Tataren von Christus, zeigte ihnen die bunten Bilder der Heiligen, versprach ihnen das ewige Leben — was sie anders auffaßten als die Kirche — und taufte fleißig, sehr erstaunt über die Willigkeit der Menschen.

Daß die Ostjaken glaubten, mit dem Besprengen des geweihten Wassers werde man unsterblich, und sich deshalb zur Taufe drängten, ergründete der gute Pope nie. Und als dann noch in der Schneeschmelze neun Frauen und Männer starben, die nicht getauft waren, und alle überlebten, die der Pope mit Weihwasser besprengt hatte, wurde die neue Lehre als Zauberkraft überall anerkannt.

Muschkow ritt erst allein durch das Palisadentor, um zu erkunden, wer in der kleinen Station zugegen war. Die Jäger waren unterwegs, die Beamten der Stroganows kannten ihn nicht, aber da er ein Kosak war, war er für sie uninteressant, denn mit Kosaken kann man keinen Handel treiben. Bei denen kann man höchstens fürchten, das Erhandelte zu verlieren.

Um so freundlicher begrüßte der Pope den vorsichtigen Muschkow.

»Bist du nicht Iwan Matwejewitsch?« rief er und breitete die Arme aus. »Jermaks bester Freund? Brüderchen, was machst du hier? Sag nur nicht, du seist der einzige Überlebende!«

»Draußen ist noch einer«, sagte Muschkow. »Boris Stepanowitsch.«

»Der Adjutant? Das fröhliche Bürschchen? Wie kommt denn das?«

»Wir sind in geheimer Mission auf dem Weg zu den Stroganows«, sagte Muschkow, der auch manchmal gute Einfälle hatte. »Jermak geht es gut. Wir haben einen großen Sieg errungen, und jetzt schwimmt die Armee auf dem Tobol zum Irtysch und dann nach Sibir! Ist das eine Nachricht, ehrwürdiger Vater?«

»Komm an meine Brust!« Der Pope war gerührt. »Auch hier geht es voran! Das Christentum ist Balsam für die Heiden.«

Muschkow ritt hinaus vor die Palisaden und winkte Marina heran. Sie war abgestiegen und führte die erschöpften Pferde an den Zügeln.

»Ein guter Ort!« rief Muschkow. »Ich habe schöne Pferde gesehen. Sie gehören der Kirche, und da die Kirche den Menschen helfen soll, gehören sie folglich uns! Sollen wir sofort wechseln und weiterreiten?«

»Ich muß schlafen, Iwanuschka«, sagte Marina und lehnte sich gegen eines der zitternden Pferde. Die Augen fielen ihr zu. Ihr Gesicht war grau vom Staub der Steppe, klein und eingefallen wie ein Kindergesicht. »Zwei, drei Stunden Schlaf – mehr nicht! Können wir das?«

»Wir sind gut geritten, wir können es.« Muschkow legte den Arm um Marina und trug sie fast in das befestigte Lager. Der Pope lief ihnen entgegen, küßte Marina dreimal auf die staubigen Wangen, beteuerte, daß er sich freue, Jermaks beste Freunde als Gäste zu haben und ahnte nicht, daß man ihm die Pferde stehlen wollte ...

In der Hütte, die Wohnraum, Schlaf- und Kirchenraum zugleich war, stand eine Ostjakenfrau am gemauerten Herd und kochte eine Kohlsuppe. Sie war der erste Täufling gewesen, eine Witwe, deren Mann die Kosaken erschlagen hatten, als sie diese Station gründeten.

»Erzählt ...«, sagte der Pope, als Muschkow und Marina gegessen und ein Maisbier getrunken hatten, das die Leute hier brauten und das sehr erfrischte. »Wie geht es Oleg Wassiljewitsch?«

»In zwanzig Jahren wird es in Sibirien eine eigene Armee aus Kulakows Kindern geben!« rief Muschkow fröhlich. Das Bier, vorher auf nüchternen Magen getrunken, ließ ihn in alte, herrliche Kosakenzeiten zurückfallen. Einen Augenblick lang vergaß er Marina Alexandrowna und flocht eine Betrachtung an den Satz, die sich mit Oleg Wassiljewitschs unerhörter Männlichkeit beschäftigte, bei derem bloßen Anschauen jedem Weibchen die Augen tränten. Erst als Marina ihm unter dem Tisch einen Tritt gegen das Schienbein gab, grunzte er, schielte zu ihr hinüber und sagte mit verlegenem Grinsen: »Schweigen wir darüber, ehrwürdiger Vater. Wir haben einen noch unerfahrenen Burschen am Tisch. Hei, wie gut die Suppe schmeckt!«

Nach dem Abendgebet, zu dem einige Ostjaken in die Station kamen, dem Popen Lebensmittel brachten und sich segnen ließen – wegen des ewigen Lebens! –, wurde das Palisadentor geschlossen, und man legte sich nieder.

Marina schlief sofort ein. Muschkow legte sich neben sie

und tastete unter der Decke nach ihrer Hand. Sie streckte sich noch einmal, aber schon als Muschkow sie beide zudeckte, atmete sie gleichmäßig und hatte die Welt vergessen. Als auch der Pope schnarchte, leise pfeifend, nicht so donnernd wie Oleg Wassiljewitsch, legte er vorsichtig eine Hand über ihre Brüste. Es war ein Stück Seligkeit, so einzuschlafen.

In der Nacht weckte sie ein Hämmern am Tor und eine brüchige Stimme, die immer wieder schrie: »Macht auf! Liegt ihr auf den Ohren? Macht auf!«

Der junge Pope erwachte als erster, ging hinaus, blickte durch eine Ritze in der Palisade und erkannte in dem erschöpften alten Mann draußen Alexander Grigorjewitsch Lupin.

»Die Wunder hören nicht auf!« rief der Pope und drückte das Tor auf. Er umarmte Lupin und zog ihn in das befestigte Lager. »Oleg Wassiljewitschs Schatten! Bist du auch in geheimer Mission unterwegs nach Rußland? Vielleicht sogar zum Bischof von Uspensk?«

»Die anderen sind also bei dir, Brüderchen?« Lupin schwankte in die Kirchenhütte. Noch zehn Schritte, dachte er, und ich falle um. Ich habe keine Knochen mehr . . . Bin ich noch ein Mensch? Unmöglich, ein Mensch konnte diesen Ritt nicht überleben!

»Sie schlafen.« Der Pope zeigte auf die beiden auf dem Boden liegenden Gestalten. »Soll ich sie wecken?«

»Nein, nein, laß sie ruhen.« Lupin wankte zu Muschkow und Marina, ließ sich neben ihnen nieder, nahm den Becher mit Maisbier und eine Schüssel mit kalter Kohlsuppe, trank und aß und sah dabei sein Töchterchen an. Wie ein Kind lag sie neben dem breiten Muschkow, schutzsuchend und mitleiderregend. Und wieviel Kraft steckte doch in diesem zarten Körper!

Ich habe sie wieder, dachte Lupin glücklich, putzte sich die Augen und den Mund mit dem Ärmel ab und sah immer noch Marina an. Ich habe sie wieder . . .

Kein Leben ist umsonst gelebt, viele wissen das nur nicht.

Dann sank auch er um, streckte sich, seufzte röchelnd und schlief fast sofort ein.

Die sechs Kosaken, die ihnen folgten, waren nur noch vier Stunden von ihnen entfernt.

Das Geläut der kleinen Glocke weckte sie am Morgen.

Der Pope riß an dem Lederriemen, mit dem er die Glocke bewegte, die auf dem Dach der Blockhütte in einem nur nach einer Seite offenen Kasten schwang.

Lupin richtete sich als erster auf, stöhnte leise, denn auch der Schlaf hatte seine zerschundenen Knochen noch nicht erfrischt, humpelte zum gemauerten Herd und schöpfte sich heißen Tee in einen irdenen Becher. Die Ostjakenfrau war wieder da, rührte in einer Hafergrütze und starrte die Kosaken wie am Abend zuvor böse an.

Dann erwachte Muschkow, setzte sich auf und sagte laut: »Kann niemand den Glockenläuter in den Hintern treten?« Davon wurde wieder Marina Alexandrowna wach, und ihr Blick fiel zuerst auf Lupin, der am Herd saß und den Tee schlürfte.

»Väterchen . . .«, stotterte sie. Und dann lauter, aufspringend und die Arme ausbreitend: »Väterchen! Du hast uns gefunden! Iwan Matwejewitsch, er hat uns eingeholt!«

»Wer?« fragte Muschkow noch schlaftrunken. »Eingeholt?« Das Wort entzündete in ihm sofort den Kampfgeist. »Zu den Waffen!« rief er und sprang auf. »Marinuschka, versteck dich! Ich halte sie allein auf!«

Erst als er schon seine Pistole im Anschlag hatte, erkannte er Lupin, der seelenruhig weiter seinen Tee trank. Die Ostjakin am Herd füllte den dicken Grützbrei in gebrannte, flache Schüsseln. Es klatschte und dampfte und roch köstlich nach gezuckerter Milch.

»Alexander Grigorjewitsch!« sagte Muschkow verblüfft. Marina war stehengeblieben und hatte die ausgebreiteten Arme sinken lassen. Ich bin ja Boris Stepanowitsch, durchfuhr es sie. Ein Mann! Ich kann doch keinem anderen Mann um den Hals fallen!

»Wie ... wie geht es dir, Väterchen?« fragte sie und preßte die Hand gegen ihr zitterndes Herz.

»Ich habe keine Knochen mehr.« Lupin tauchte den Holzlöffel in den Grützbrei. Die Ostjakin stellte drei weitere Schüsseln auf den Tisch und starrte die Kosaken voller Feindschaft an. In ihrem Blick konnte man lesen: Man sollte in den Brei hineinspucken, und diese Spucke müßte Gift sein! »Setzt euch und eßt!«

Das Glöckchen läutete noch immer. Priester haben eine große Ausdauer. Aus dem Jägerblockhaus waren die Jäger längst hinausgezogen in den Wald, das Magazin der Stroganows mit den vier Beamten war noch geschlossen. Wer kommt so früh am Morgen schon zum Kauf?

Muschkow und Marina setzten sich an den Tisch, aber sie aßen nicht. Das Wiedersehen mit Lupin ließ sie jeden Hunger vergessen.

»Hat Jermak uns gesucht?« fragte Muschkow leise. Der Pope in der hinteren Ecke hatte das Lederseil losgelassen, hustete dreimal, spuckte auf den Boden und blickte durch das Fenster auf das Palisadentor, ob jemand käme, um den Tag feierlich mit einem Gebet zu beginnen. Aber es erschien niemand.

»Als ich fortritt, war noch alles ruhig«, antwortete Lupin ebenso leise. »Wir müssen, wenn ich richtig rechne, einen Vorsprung von sieben Stunden haben.« Er löffelte seine Grütze und putzte sich den Schnauzbart am Ärmel ab. »Ich bin geritten, wie noch nie ein Mensch geritten ist. Aber jetzt brauchen wir neue Gäule. Bis zum Ural tragen uns die alten nicht mehr.«

»Sie sind schon da, die Gäulchen!« flüsterte Muschkow. Der Pope stand vor dem kleinen Altar, der aus vier rührend naiv gemalten Ikonen bestand, und betete innig. »Sie gehören der Kirche ...«

»Iwan Matwejewitsch!« sagte Lupin warnend.

»Was ist besser, Väterchen: stehlen oder verrecken?«

»Das ist wieder einmal eine teuflische Kosakenfrage!«

»In unserer Lage, Lupin!«

»Man könnte mit dem Popen ein gutes Wort sprechen.«

»Gibt die Kirche etwas freiwillig her? Tauscht sie mit wachem Hirn Gutes gegen Schlechtes? Ich frage dich, Alexander Grigorjewitsch!«

Lupin seufzte, trank den Rest seines Tees und sah Marina liebevoll an. »Macht es allein . . .«, sagte er leise. »Ich sehe nichts. Schließlich bin ich jetzt ein Diakon. Wann reiten wir weiter?«

»Kein richtiger, Väterchen«, sagte Muschkow und lächelte breit.

»Vom Bischof selbst geweiht und gesalbt!« sagte Lupin laut. An den Diakon hatte er sich inzwischen gewöhnt. Er war beleidigt, wenn man die außergewöhnlichen Umstände seiner Weihe zur Sprache brachte. Außerdem: Wer Oleg Wassiljewitsch, den Kosakenpopen, so erlebt hatte wie Lupin, der hat einen anderen Blick vom Wesen der Priester gewonnen als ein einfacher Mensch, der nur vor der Ikonostase kniet und alles glaubt, was da gesungen, gepredigt und beweihräuchert wird. »Wann reiten wir weiter?«

»Sofort«, antwortete Marina. »Ist das möglich?«

Lupin nickte. Sein ganzer Körper war ein einziger Schmerz, ein Muskelkrampf, ein Brennen entzündeter Knochen. Sie werden mich auf das Pferd heben müssen, dachte er. Einmal im Sattel, geht es wieder . . . Was bedeuten Schmerzen, wenn ich mein Töchterchen heil über den Ural bringen kann? Im Permer Land kann ich dann aus dem Sattel fallen, und ich werde, wenn ich auf der Erde liege, den Boden küssen. Willkommen, heiliges Rußland!

Was kümmern uns dann noch die Kosaken? Der zaristische Gouverneur von Perm wird jeden aufhängen, den er bekommen kann. Das ist ein Ukas aus Moskau, und selten hat man einem Befehl des Zaren so freudig ausgeführt wie diesen, alle Kosaken wie Wölfe zu jagen.

»Ihr müßt die Kleider wechseln!« sagte Lupin plötzlich.

»Wieso?« Muschkow rückte seinen Rock zurecht und steckte die Daumen in seinen Gürtel. »Noch bin ich kein Ofenbauer, sondern Muschkow, der Kosak!«

»Und als solcher werden sie dich im Permer Land sofort erschlagen!« sagte Lupin laut. »Hast du das vergessen?«

»Welch eine Welt!« Muschkow seufzte und legte den Löffel hin. »Wir erobern dem Zaren Sibirien, wir machen ihn zum reichsten Herrscher der Welt, durch uns wird Rußland unbesiegbar ... aber er verurteilt uns zum Tode! Ist das ein Dank?«

Der Pope hatte sein Morgengebet beendet. Er kam an den Tisch, setzte sich, blickte die drei etwas beleidigt an und tauchte seinen Holzlöffel in die Grütze. Er war so groß, daß er ihn kaum in den Mund bekam. Er mußte den Mund weit aufreißen, um den Brei hineinzuschieben.

»Essen ohne zu beten!« sagte er tadelnd. »Bruder Lupin, ich hatte auf deine Hilfe gehofft.«

»Ich hatte mit den Kosaken ein geistliches Gespräch.« Lupin räusperte sich, als Muschkow grinste. »Sie werden auch nach Uspensk kommen, ich nicht, und sie sollen dem Bischof einen Gruß überbringen.«

»In dulci jubilo!« sagte der Pope ergriffen. Er ahnte nicht, daß es in wenigen Minuten keinen Anlaß mehr geben würde, fröhlich zu sein ...

»So ist es!« antwortete Lupin. Er blickte Muschkow an, dann seine Tochter und erkannte, daß sie bereit waren. Da erhob er sich und humpelte mit seinen wunden Knochen zur Tür. »Wie ist der Tag?«

»Sonnig und warm, Bruder.«

»Gott ist ein gütiger Vater ...«

Lupin machte, daß er schnell die Hütte verließ. Er warf die Tür hinter sich zu, schwankte zum Magazin, das gerade geöffnet wurde, und holte aus seiner Tasche einen goldenen Ring, den ihm der Pope Kulakow einmal geschenkt hatte.

»Gebt mir dafür eine Hose und ein Bauernhemd«, sagte er und legte den Ring auf den Tisch des Magazins. »Für einen schlanken Jungen . . . nur etwas größer als ich ist er, aber nur die Hälfte in der Breite.«

»Für diesen Ring, Alter?« sagte der Stroganow-Beamte. Er prüfte den Reif, hielt ihn gegen das Licht und blinzelte. »Er ist nicht viel wert . . .«

»Er ist soviel wert, um euch den Schädel einzuschlagen, wenn ihr mich betrügt«, sagte Lupin ruhig. »Haben die Stroganows es nötig, einen alten Mann zu betrügen? Die Hose, das Bauernhemd und gute Schuhe dazu – sonst fahre euch der Teufel in den Hosenschlitz!«

Man soll mit groben Leuten nie lange verhandeln, vor allem nicht in dieser Einsamkeit, wo einem niemand hilft, wenn man verprügelt wird. Der Ring hatte seinen Wert, der Alte wußte es genau . . . der Beamte begann also, ehrlich zu denken und suchte in den Regalen und Kästen nach dem, was Lupin gefordert hatte.

Unterdessen ging es in der Kirchenhütte weniger ruhig zu. Muschkow hatte seine Uniform ausgezogen und stand in einem leinenen Hemd im Zimmer. Es war ein sehr kurzes Hemd, sein Unterkörper blieb entblößt, das Ostjakenweib starrte ihn an, und der junge Pope vergaß das Löffeln seiner Grütze und ließ den Löffel in die irdene Schüssel fallen.

»Bist du verrückt?« stotterte er. »Willst du über meine Küchenfrau herfallen? In der Kirche, vor meinen Augen! Muschkow!«

»Was kümmert mich dein schlitzäugiges Schaf?« fragte Muschkow grob. »Ich brauche dich, Väterchen!«

»Iwan Matwejewitsch!« stammelte der Pope entsetzt. Er sprang auf, wich zur Wand zurück und hielt das kleine Brustkreuz weit von sich, als müsse er den Teufel beschwören.

Muschkow betrachtete ihn nachdenklich und schätzte ab, daß ihm der Priesterrock an der Brust und über dem Gesäß etwas spannen würde, aber in der Länge könnte er passen. Nur die Schultern, Iwans breite Schultern, die standen im Wege ...

»Zieh dich aus!« befahl Muschkow laut.

Der junge Pope hob zitternd das Kreuz. »Satan, weiche!« schrie er hell. »Rühre mich nicht an, du Schwein! Boris Stepanowitsch, du hast Waffen bei dir ... bring ihn zur Vernunft!«

»Es ist so, Väterchen ...«, sagte Marina Alexandrowna ruhig, »daß Muschkow deinen Rock braucht. Er drückt sich nur nicht deutlich aus.«

»Er kann doch keinen Priesterrock tragen! Nur ein geweihter Mann ...«

»Gib her!« brüllte nun Muschkow. Er riß dem Popen das Kreuz aus der Hand, schwenkte es über seinen Kopf und sang, an Oleg Wassiljewitsch denkend, der das auch bei allen Gelegenheiten tat, dreimal Halleluja. »Bin ich jetzt geweiht? Ich bin es, he! Sag nicht, es wäre nicht wahr! Den Rock aus, auch wenn er voller Läuse und Flöhe ist!«

Der Pope zitterte heftig. Aber als ihm Muschkow eine Ohrfeige gab, knöpfte er den Priesterrock auf, stieg mit Tränen in den Augen heraus und warf ihn Muschkow zu. »Was ist aus dir geworden, Iwan Matwejewitsch?« jammerte er dabei. »O Gott! O Gott! Wie hat dieses Sibirien euch verändert! Seid ihr nicht mit den heiligen Fahnen nach Mangaseja gefahren?«

»Und in einem heiligen Rock kehren wir nach Rußland zurück!« schrie Muschkow. »Ist das nicht ein gutes Zeichen?« Er zerrte das Priesterkleid über sich und ... es war, wie geahnt: Es paßte knapp am Hintern und über die Brust, aber Muschkows Schultern waren zu breit. Am Hals klaffte der Rock weit auseinander.

»Konntest du nicht mehr fressen, um breiter zu werden?« fragte Iwan böse. »Wie sehe ich jetzt aus!«

»Wie ein Verfluchter!« kreischte der Pope.

»Man wird es überall erklären müssen«, meinte Marina und lachte. »Es ist nicht das erstemal, daß Priester in einem eroberten Land dicker werden!«

Die Tür flog auf ... Lupin rannte herein, über dem Arm die

Bauernsachen für Marina. Er erstarrte, als er Muschkow im Popenrock sah. Was machen wir mit ihm, hatte er die ganze Zeit gedacht. Wo bekommen wir für diesen Ochsen eine passende Kleidung her? Nun stand er da, grinste Lupin breit an, und der Pope drückte sich in Unterkleidung in die Ofenecke. Die Ostjakenfrau stand am Herd und atmete schwer. Zwei am Unterkörper nackte Russen – und keine Schändung – das war ein Erlebnis besonderer Art!

»Unmöglich!« sagte Lupin nach dem ersten Schreck. »Muschkow, zieh es sofort wieder aus! Es beleidigt mein geweihtes Herz!«

»Wenn du nicht das Väterchen von ... na, du weißt es ja ..., wärest, ich erschlüge dich jetzt!« schnaubte Muschkow. »Der Rock bleibt an! Mit ihm reite ich durchs Permer Land! Und wer mich aufhält oder auslacht, dem spalte ich den Schädel mit Halleluja!« Muschkow zog an dem auseinanderklaffenden Halsausschnitt, ging zur Tür und schielte zu Marina hin. Sie lachte, und das beruhigte ihn.

Sie hat mich zwar von den Kosaken weggeholt, dachte er, und sein Herz füllte sich mit Freude. Aber sie selbst ist eine Kosakenfrau geworden! Das wird ein Leben werden, Marinuschka! Wir werden es nicht nötig haben, als Ofenbauer vor den feinen Herren den Nacken zu beugen und die Hand offen zu halten!

»Ich kümmere mich um die Pferde!« sagte er. »Alexander Grigorjewitsch, beruhige deinen Bruder in Christo ...«

Da die Hütte nur aus einem Raum bestand, blieb es nicht aus, daß sowohl der Pope als auch die Ostjakenfrau an diesem Morgen einen Schock erlitten. Marina zog sich aus, um in die Bauernkleidung zu schlüpfen, und als sie die Uniform abwarf und zeigen mußte, daß sie ein Mädchen war, mit allen Schönheiten gesegnet, die eine gütige Natur verschenken kann, verdrehte der junge Pope die Augen und sank in sich zusammen.

»Boris Stepanowitsch ...«, stammelte er. »Mich trifft der Schlag!«

Die Ostjakenfrau stieß einen piepsenden Schrei aus und rannte aus dem Zimmer.

»Sibirien ist ein Zauberland!« sagte Lupin fromm. »Bruder, hast du nicht gehört, daß in Mangaseja die Leute den Mund auf dem Kopf tragen? Sieh dir an, was man aus Boris Stepanowitsch gemacht hat! Darum müssen wir sofort zum Bischof von Uspensk . . .«

Er half Marina in die Kleider, nahm sie dann an der Hand und lief mit ihr aus der Hütte. Draußen hatte Muschkow die gutgenährten Kirchenpferde gesattelt, und zwei Beamte Stroganows, die er aus dem Magazin geholt und in den Hintern getreten hatte, halfen ihm jetzt, die Packpferde zu beladen. Sie taten es stumm und mit verstörten Augen. Noch nie hatten sie einen so groben Priester erlebt . . . Selbst Oleg Wassiljewitsch sagte erst einen frommen Spruch, bevor er zuschlug!

Um neun Uhr morgens war alles erledigt. Auf schönen, kräftigen Pferden ritten Lupin, Marina und Muschkow aus der befestigten Stroganow-Station. Der junge Pope stand in der Tür seines Blockhauses und verfluchte sie; die Beamten beschlossen, einen genauen Bericht nach Orjol zu schreiben . . .

Sie kamen nicht gleich dazu.

Vier Stunden später – die Station war belebt durch tauschende Ostjaken und Tataren – sprengten die verfolgenden sechs Kosaken Jermaks durch das Tor. Sie ritten einfach die Menschen nieder, die ihnen im Weg standen, dann sprangen sie von den Gäulen, verteilten sich – je zwei Mann für jedes Haus – und stürmten in die Hütten.

»Gelobt sei Jesus Christus!« brüllten die beiden, die bei dem Popen eindrangen. Der junge Priester kniete vor dem Altar in der Ecke und hatte Muschkows Hose angezogen.

»Sind hier Muschkow, Lupin und Boris Stepanowitsch durchgekommen?«

»Sie sind es!« sagte der Pope düster. »Und die Hölle reitet mit ihnen!«

»Iwan Matwejewitschs Hose!« rief einer der Kosaken und

streckte die Hand aus. »Er hat sie an! Ich erkenne sie wieder!«

»Und da, auf dem Tisch, liegt Boris' rote Mütze! Ha!« Sie rissen den Priester vom Betschemel und schleiften ihn aus der Hütte. Der Pope schrie und zeterte, schließlich bettelte und weinte er.

Die anderen vier Kosaken hatten die Beamten Stroganows verhört, im Jägerhaus ein paar wertvolle Zobelfelle an sich genommen und aus dem Magazin ein Fäßchen mit Schnaps mitgehen heißen.

»Halunke!« brüllte der Anführer der Kosaken, ein Fünfzigmann, den Popen an. »Was hast du mit ihnen gemacht? Warum liegen ihre Uniformen hier?«

»Sie haben mich bestohlen!« wimmerte der Priester. »Meinen Rock, meine Pferde, mein Brustkreuz ... Der Himmel strafe sie!«

»Also ist Muschkow doch ein echter Kosak geblieben«, sagte der Fünfzigmann voll geheimen Stolzes. »Wie lange sind sie fort?«

»Vier Stunden ...«

»Dann holen wir sie ein!« Die Kosaken rannten zu ihren dampfenden Pferden und sprangen in die Sättel. So kann nur ein Kosak seinen Gaul besteigen! »Vor dem Ural müssen wir sie bekommen! Hei! Hei!«

Sie schwangen die Peitschen, schrien hell und preschten aus dem Tor. Es war wie ein höllischer Spuk, der die Station heimgesucht hatte.

Bis zum Ural! Ins Permer Land durften sie nicht, das wußten die Kosaken genau von Jermak. Aber jeder von ihnen bekam tausend Rubel, wenn sie die Köpfe von Muschkow, Lupin und Boris Stepanowitsch zu Jermak Timofejewitsch brachten.

Und diesmal wollte Jermak wirklich bezahlen ...

Sie ritten den ganzen Weg zurück, den sie auf der Tura hinabgeschwommen waren. Überall stießen sie auf Jermaks Spuren, auf zurückgelassene und zerstörte Boote, auf verrottende Flöße, auf die Steinwälle der Lager, die sie angelegt hatten, wenn sie am Ufer übernachtet hatten; sogar noch die Feuerstellen mit halbverkohlten Baumstämmen waren geblieben. Wehmütig hielt Muschkow ab und zu an und starrte auf die Zeugen ihres einmaligen Marsches nach Sibirien, auf dieses Abenteuer von tausend Kosaken, Priestern, Kaufleuten und Jägern, das in der Weltgeschichte einmalig bleiben würde ...

Als sie die Tura verließen und an dem steinigen Tagil emporritten, als sie die Scharawlja erreichten, an der sie die schweren Boote tagelang entlanggeschleppt hatten ... da übernachteten Lupin und seine beiden Kinder wieder in den Höhlen, die sie damals in den Felsen gefunden und erweitert hatten. Da lagen noch verstreute Werkzeuge und Gepäckstücke; und wo die Latrine gewesen war, summte es noch von Millionen Mücken und Schmeißfliegen.

Noch dreimal schliefen sie in befestigten Lagern, trafen auf die Kolonnen des Nachschubs, den die Stroganows jetzt über den Ural schickten, und Muschkow wuchs immer besser in die Aufgabe hinein, sich wie ein Pope zu benehmen – auch wenn der Priesterrock zu klein war.

Sehr zum Mißfallen Lupins, der es eine Gotteslästerung nannte, segnete Muschkow die Fuhrleute der Stroganows, die mit gemischten Gefühlen und oft auch Angst im Herzen in das fremde Sibirien fahren mußten. Der Handel mit dem bereits eroberten Land wurde fleißig ausgebaut; für einen Stroganow gab es keinen Stillstand. Ehe die besetzten Gebiete noch Atem holen konnten und die Menschen sich darauf besannen, daß sie erobert worden waren, saßen schon die ersten Stroganow-Beamten in den Siedlungen und tauschten und kauften. Man hatte gar keine Zeit, sich über die neuen Herren aufzuregen ...

Sie brachten Geld und neue Waren, und wenn man weiterleben kann und zu essen hat, ein Dach über dem Kopf behält und ungestört Kinder zeugen darf, ist es gleichgültig, ob der

Herr über allem nun Kutschum oder Iwan heißt, Christus oder Allah. Dem Bauern, dem Fallensteller, dem Fischer, dem Jäger war das gleichgültig. Ein Volk will leben ... Politik ist ein Spielzeug der Reichen oder derjenigen, die damit reich werden wollen ...

Auf der Serebrjanka, der alten Sibirischen Straße, über die auch früher die Mönche gezogen waren, die man dann prompt jenseits des Urals erschlug, rasteten Muschkow, Marina und Lupin in einem Hohlweg, der von zwei Felswänden gebildet wurde. Hier hatten sie damals Höhlen erweitert, und Muschkow erinnerte sich an seine Behausung, in der er, müde des Tragens, ein Fäßchen mit gesalzenem Schweinefleisch zurückgelassen hatte.

Das Faß war noch da, aber jemand hatte es aufgebrochen und leergegessen.

»Was machen wir nun?« fragte Lupin später. Ein Feuer brannte, es war eine helle Nacht, warm und still, eine Nacht für Verliebte, und Muschkow überlegte, wie man einem Vater klarmachen kann, in einer anderen Höhle zu schlafen, weil man Sehnsucht nach seinem Töchterchen hat und es gern in einer solch milden Nacht in den Armen halten möchte. Lupin hatte einen leichten Schlaf, er wachte sofort auf, wenn er etwas rascheln hörte, und als Muschkow einmal auf diesem langen Weg mit Marina zärtlich werden wollte und unter der Decke tätig wurde, hatte sich Lupin aufgerichtet und strafend gesagt: »Iwan Matwejewitsch, denke daran, daß du jetzt einen Priesterrock trägst!«

Das war ein höflicher Hinweis, in Väterchens Gegenwart die Zähne zusammenzubeißen. Muschkow befolgte ihn, aber in dieser warmen Sommernacht regte sich mehr in ihm als Anstand und knirschende Selbstbezwingung ...

»Was heißt, was machen wir nun?« fragte Muschkow zurück. »Ist's dir zu warm, mein Väterchen? Nebenan ist eine Höhle, die kühler ist.«

Lupin sah ihn an, und Muschkow senkte den Kopf. »Ich

meine, was machen wir, wenn wir die Tschusowaja erreichen? Bauen wir uns ein Floß und schwimmen sie hinunter? Das geht schneller und schont unsere Kraft.«

Muschkow dachte an die Schinderei, als sie diesen Fluß hinauf gerudert waren, und schüttelte den Kopf. »Ich habe ein Pferd! Ich will nie mehr im Leben von einem Floß oder einem Boot etwas wissen! Wir reiten!«

»Es wäre einfacher . . .«, sagte auch Marina.

»Nein!« Muschkow fiel es schwer, etwas gegen Marina zu sagen. Und er wunderte sich, daß sie es ohne Widerrede hinnahm. »Laßt mir wenigstens ein Andenken an mein Kosakenleben – mein Pferd!«

Wie fröhlich das Kosakenleben sein kann, erfuhren sie, als sie sich schon schlafen gelegt hatten. Vor der Höhle erschollen Poltern und Pferdegetrappel, Muschkow und Lupin fuhren hoch und griffen zu den Waffen. Einer der Fuhrleute, die Muschkow noch am Vortag mit Gottes Segen nach Sibirien hatte weiterziehen lassen, kam herein. Er blutete aus einer Stirnwunde.

»Kosaken!« schrie er. »Keine zwei Werst von hier – auf dem Weg! Ich bin geflüchtet, nachdem sie mich halbtot geschlagen haben. Sie haben nach euch gefragt, nach einem Popen, der Muschkow heißen soll. Seid ihr das, Väterchen?«

»Ich bin's!« rief Muschkow. »Gesegnet sei dein Wiederkommen! Ziehe zurück zu den Stroganows und sage ihnen, sie möchten drei große Kerzen nach Uspensk schaffen lassen!«

Der gläubige Fuhrmann bekreuzigte sich und machte dann, daß er wegkam, bevor ihn die Kosaken einholten.

»Ich wußte, daß Jermak uns verfolgen läßt!« meinte Lupin. »Er kann hassen wie eine betrogene Frau!«

»Ich hätte nicht gedacht, daß sie uns einholen!« Muschkow holte aus den Satteltaschen Pulver und Blei und verteilte es. Er gab nur Lupin etwas, bis Marina sagte: »Und ich?«

»Du bleibst in der Höhle!« sagte Muschkow.

»Warum redest du so dummes Zeug?« rief sie.

»Ich befehle es dir!« sagte nun auch Lupin.

Sie sah ihn an, und vor diesen großen, blauen Augen wurde es selbst Lupin ungemütlich. Plötzlich konnte er Muschkow verstehen, der immer geklagt hatte, Marina weiche sein Herz mit einem einzigen Blick auf.

Jetzt nahm sie die Pistole aus dem Gürtel und streckte Muschkow die Hand hin. »Es wird unser letzter Kampf sein«, sagte Marina fest. »Dort hinten liegt das Permer Land. Dort liegt unser neues Leben! Darf ich gar nichts dafür tun, daß wir leben dürfen? Muschkow!« Sie sagte tatsächlich Muschkow, und Iwan Matwejewitsch zuckte zusammen. »Du hast mich als Beute mitgenommen nach Sibirien, jetzt nehme ich dich als meine Beute mit nach Rußland! Willst du noch etwas sagen?«

»Kein Wort, Marinuschka«, antwortete Muschkow, gab ihr Pulver und Blei und ging mit Lupin vor die Höhle. Marina trat unterdessen das Feuer aus.

»Feigling!« knurrte Lupin draußen in der Nacht. »Du bist in ihrer Hand wie ein Esel am Zügel.«

Muschkow schwieg. Was soll man da antworten, dachte er. Der Alte hat's vergessen: Jeder verliebte Mann benimmt sich wie ein Esel ... das macht das Verliebtsein erst schön.

Der Kampf war kurz und schnell entschieden. Wenn es um das nackte Leben geht, darf man nicht mehr fragen, ob es nun ein ganz anständiger Kampf gewesen sei ...

Die sechs Kosaken jedenfalls ritten in den Hinterhalt, den Muschkow und Lupin gelegt hatten, und sie wurden von zwei Seiten in dem Hohlweg erschossen, ohne daß sie ihre Gegner zu Gesicht bekamen ... ohne sich wehren zu können ... ohne zur Überlegung zu kommen.

Die Schüsse krachten, die ersten drei Männer fielen aus dem Sattel. Es war ja eine helle Nacht, man sah gut, wohin man zielte. Und da Muschkow und Lupin zwei Pistolen bei sich hatten, fielen auch die beiden nächsten Kosaken auf den Felsenboden und schrien nicht einmal, so gut trafen die Kugeln.

Der Letzte hatte es schwerer. Sein Pferd scheute vor den Schüssen, stieg hoch und warf ihn ab. Zwar sprang er sofort auf und riß seinen Säbel heraus, aber da war Muschkow auch schon bei ihm, und diese Erscheinung im Priestergewand war ein Anblick, der den Kosaken für einen Augenblick überwältigte. Iwan Matwejewitsch Muschkow als Pope — Jermak hätte gebrüllt vor Lachen!

Es war ein Augenblick zuviel. »Du bist es, Pawel Iwanowitsch Chromow?« schrie Muschkow. »Du jagst einen alten Freund vom Don?«

Dann schlug er zu und spaltete dem Kosaken den Schädel. Lupin kam hinter dem Felsen hervor, von der anderen Seite lief Marina herbei, den Krummdolch in der Hand.

»Vorbei!« sagte Muschkow und lehnte sich gegen die Felsenwand. »Es war Chromow. Ich habe mit ihm als Kind am Don im Ufersand gespielt. Gott sei mir gnädig, aber was sollte ich anderes tun?«

Er ließ seinen Säbel fallen, schlug die Hände vor die Augen und weinte.

Später begruben sie die sechs Kosaken in einer der Höhlen, verschlossen sie mit Steinen, und sie brauchten dazu die ganze Nacht. Die Pferde behielten sie, und selbst Lupin sagte nun: »Es wäre eine Dummheit, mit einem Floß wegzuschwimmen. Außerdem, vor wem flüchten wir noch? Es ist zu Ende, meine Lieben. Wir sind freie Menschen, Gott sei gelobt!«

XII

Die Freiheit ist ein seltsames Ding.

Jedermann bemüht sich, sie zu bekommen, zu behalten, zu verteidigen ... Aber hat man sie, zeigt sie sich spröde wie eine Nonne. Auch Lupin, Marina und Muschkow, die mit ihren Pferden durch den Ural ritten und Mühe hatten, sie heil durch alle Schluchten und über alle schwindelnden Saumpfade zu führen, hatten eine andere Meinung vom freien Leben als das, was sie bei ihrem Eintritt ins Permer Land zu spüren bekamen.

Sie hatten die verruchte Tschusowaja hinter sich, diesen Fluß, der das Tor nach Sibirien gewesen war, hatten die erste neue Stroganowsiedlung – von Westen aus gesehen – passiert – einen aufblühenden Handelsplatz, den Jermak vor einem Jahr als steinernen Ringwall angelegt hatte und der noch immer vorhanden war –, als böse Nachrichten, wiederum über einen Fuhrmann, zu ihnen drangen.

Da man sich Zeit gelassen hatte, jetzt, ohne Jermaks Verfolger im Nacken, trafen sie den Fuhrmann wieder, der – ein armer Mensch muß immer leiden, weil er immer das tun muß, was die Reicheren verabscheuen – nach einer Tracht Prügel im Hauptlager III der Stroganows von neuem mit einem Pferdezug zurückgeschickt worden war, um an die Tura vorzudringen.

»Es weht ein kalter Wind im Sommer!« sagte der ehrliche Mann zu Muschkow und betrachtete die mittlerweile recht zerschlissene Priesterkutte. »Ich weiß nicht, woher du kommst, Väterchen, wir sind uns nur im Ural begegnet. Was mich schon damals wunderte ist, daß du als Pope keinen Bart trägst . . .«

»Ich hatte ihn voller Läuse!« sagte Muschkow, bevor Lupin eingreifen konnte. »Mongolische Läuse! Sollte ich sie mit nach Rußland bringen und mein Vaterland verseuchen? Nein! So habe ich meine Zierde geopfert, um Rußland sauber zu halten!«

»Erzähl das den Offizieren des Zaren!« Der Fuhrmann küßte Muschkows Brustkreuz und sah Iwan Matwejewitsch zweifelnd an. »Das Land ist überschwemmt von falschen Priestern, heißt es. Sie ziehen von Dorf zu Dorf, predigen und stehlen! Eine neue Sorte von Gaunern! Die Soldaten fangen jeden ein, und wer nicht gewisse religiöse Dinge beherrscht – ein echter Priester prüft sie alle! – wird in den Kerker geworfen! Die ganz bösen Strolche blendet und entmannt man! Väterchen, paß gut auf dich auf!«

»Da sind wir schön dran«, meinte Muschkow, nachdem der Fuhrmann weitergezogen war. »Was hast du von Oleg Wassiljewitsch gelernt, Alexander Grigorjewitsch?«

»Fluchen, Saufen und Huren!« sagte Lupin düster. »Das reicht für keine Prüfung!«

Muschkow sah an sich hinunter. Sein Priesterrock war schmutzig, fleckig, eingerissen und an der Rückseite vom ständigen Reiten durchgewetzt. Schien die Sonne darauf, erkannte man durch die dünnen Fäden die Haut. »Ich muß neue Kleidung haben!«

»Aber wie? Wenn wir sie kaufen oder tauschen, wird man die nächsten Soldaten alarmieren!« sagte Marina Alexandrowna. »Ihr habt es gehört: Das ganze Land hilft mit, die falschen Popen zu verhaften!«

»Was bleibt also?« rief Muschkow und breitete die Arme aus. »Wir werden uns neue Kleidung stehlen müssen! Habe ich es nicht immer gesagt: Nehmen ist besser als fragen . . .«

»Iwan Matwejewitsch . . .«, sagte Marina strafend. »Spricht so ein Ofenbauer?«

»Lupin, sie tritt wieder auf mein Herz!« rief Muschkow klagend. »Weißt du einen besseren Rat?«

»Ich werde vorausreiten und mich umsehen«, antwortete Lupin. »Ich allein falle nicht auf. Im nächsten Ort werde ich für Kleider sorgen.« Er sah Muschkow nachdenklich an, dann wandte er den Blick auf Marina. »Eine schöne Freiheit!« meinte er. »In Sibirien will dich Jermak töten, in Rußland will dich der Zar töten, weil du ein Kosak bist, und im Permer Land werden sie dich aufhängen, weil du ein falscher Priester bist. Was du auch tust, Iwan Matwejewitsch, du bist immer dran! Wir werden es schwer haben, irgendwo ein ruhiges Plätzchen zum Leben zu finden!«

»In Moskau . . .«, sagte Marina Alexandrowna tonlos. Auch sie begriff, daß Muschkow ein Mensch war, freier als ein Vogel . . . Jeder konnte ihn abschießen und wurde noch dafür belohnt und gelobt. »In Moskau fragt uns keiner, wer wir sind.« Tapfer sagte sie es und blickte Muschkow dabei voll an.

»Moskau!« Lupin blickte in die Ferne. Wälder und steinige Ebene, dazwischen die Tschusowaja, die in die Kama floß, wo für jeden Menschen die Freiheit begann – nur nicht für Muschkow. »Weißt du, wo Moskau ist, Töchterchen? Wieviel Werst von hier entfernt? Tausende von Werst . . . Erst müssen wir Moskau erreichen!«

»Hast du Angst davor, Väterchen?« Marina legte den Arm um Muschkows Hüfte und lehnte sich an ihn, und er streichelte ihr Haar. Abwesend starrte er in die Ferne und seine Mundwinkel zuckten. »Wir sind nach Sibirien gezogen und von Sibirien wieder zurück nach Rußland. Wir werden auch Moskau erreichen . . . Wir werden alles erreichen, was auf dieser Welt liegt, denn wir lieben uns . . .«

Wenn sich die Menschheit nur nach der Liebe richten würde, brauchten wir nicht auf das himmlische Paradies zu warten. Aber leider ist es nicht so, und so wurde die Welt zu einem Irrenhaus, das sie wohl auch immer bleiben wird . . .

Alexander Grigorjewitsch Lupin ritt also, wie verabredet, zunächst allein von der Tschusowaja ins Permer Land und erkundete die Stimmung der Bevölkerung. Unter den Stroganows hatte man ruhig gelebt, zwar im politischen Sinne unfrei, denn daß das Land von den Russen erobert und besetzt war, konnte man nicht verleugnen. Aber man hatte genug zu essen, und die Landwirtschaft blühte auf. Die Stroganows legten Straßen an, die nicht zweimal im Jahr – im Frühling und im Herbst – als unpassierbar im Schlamm versanken, in den Handelsstationen zahlte man anständige Preise für die Felle, die Salzsiedereien gaben Arbeit auch für die, die sonst wegen ihrer Dummheit nur sinnlos durch ihr Leben getrottet wären,

Wehrdörfer schützten vor den Überfällen der Wogulen und der noch immer national denkenden Gebietsfürsten ... Kurzum, es war ein Leben im Permer Land, ein Leben, das man aushalten konnte!

Bis die Soldaten des Zaren kamen ...

Die Stroganows hatten diese militärische Invasion so lange wie möglich hinausgezögert. Großvater Anika, der schlaue Fuchs, hatte Iwan IV. versprochen, allein für Ordnung zu sorgen, und auch den Brüdern Jakob, Gregor und Semjon gelang es, dem Zaren einzureden, daß Militär nur noch mehr Unruhe schaffen würde. Nun aber regierten die jungen Stroganows, Nikita und Maxim, an der Kama, und gegen jene Herrscher im eigenen Land war Iwan im fernen Moskau kritisch. Die Meldung, daß Jermak Timofejewitsch tatsächlich nach Sibirien eingedrungen war und zweimal die Truppen Kutschums schlagen konnte, war für den Zaren wie ein Signal!

»Sie werden zu mächtig, die Stroganows«, sagte er finster zu seinem Vertrauten Boris Godunow. Je älter Iwan wurde, um so grausamer wurde er. Er hatte keine Freunde mehr, und keiner drängte sich auch danach, sein Freund zu werden. Iwans Freund zu sein, hieß, unter dem Galgen zu stehen ... das Augenlicht zu verlieren — das Herausreißen der Zunge — die Entmannung — es waren sozusagen noch königliche Gunstbeweise.

Nur noch zwei Bojaren lebten ständig in Iwans Nähe: der wuchtige Boris Godunow, der auf seine Stunde nach Iwans Tod wartete, und Fürst Schuisky, der Schöngeist, der elegante Intrigant, der Godunow in dem Glauben ließ, er könne der neue Zar werden, und währenddessen überall in der Stille seine eigene Macht ausbaute.

In Moskau herrschte die Angst. Nicht ein Tag verging ohne eine Hinrichtung, in den Kirchen sangen und beteten die Gläubigen im wahrsten Sinne um ihr Leben, und als der Zar sogar den Metropoliten von Moskau verbannen und dann ermorden ließ, wußte auch die Kirche, daß Gott weit war, aber

Iwan IV. allgegenwärtig, und daß es besser war, dem Zaren zu huldigen, als Christus, der zwar Märtyrer liebte, aber sie nicht zu schützen vermochte . . .

»Wir werden Truppen ins Permer Land entsenden«, sagte Iwan, den man schon seit langem »den Schrecklichen« nannte. »Boris Godunow, wie begründen wir diese Besetzung?«

»Ich habe gehört«, antwortete Godunow sinnend, »daß gerade im Permer Land viele falsche Priester umherwandern, für Kirchen und Klöster sammeln, die es gar nicht gibt und sich bereichern an dem Fleiß der Menschen. Die Stroganows sind gute Kaufleute, gläubige Christen, strenge Herren – aber um alles können sie sich nicht kümmern. Jetzt ist ihr Blick nach Sibirien gerichtet . . . Darunter leidet natürlich das eigene Land. Gossudar, schickt die Truppen als Schutz der Stroganows an die Kama. Ein Geschenk des Zaren müssen sie annehmen.«

Iwan nickte. Er saß auf seinem mit Zobelfellen dick belegten Lehnsessel, den pelzgefütterten Mantel um die hagere Gestalt geschlungen, die spitze, gold- und perlenbestickte Mütze auf den weißen, schütteren Haaren. Der graue Bart hing strähnig auf der eingesunkenen Brust. Er fror immer, auch im heißen Sommer. Selbst die jungen Frauen, die ihm Fürst Schuisky ins Bett legte, konnten ihn nicht mehr wärmen . . . Iwan warf sie am Morgen hinaus und war mißgestimmter als zuvor. Ein alter, verbitterter, grausamer Mann, der sein Ende nahen fühlte, aber doch nicht sterben wollte. Ein Mann, der Angst vor dem himmlischen Gericht hatte, obwohl er in den letzten Jahren mehr betete als regierte, neue Kirchen bauen ließ und jeden Russen aufrief, bei jeder Tat daran zu denken, daß sie gottgefällig war . . .

Ein schlauer Fuchs, dieser Godunow, dachte der Zar jetzt. Was wird er tun, wenn ich gestorben bin? Wird er den weichlichen Zarewitsch ermorden lassen und sich selbst auf den Zarenthron setzen? Oder wird Schuisky alle umbringen lassen, dieser schleimige Molch? Alles nur Ratten um mich herum!

Gott, laß mich länger leben, um Rußland groß und stark und unbesiegbar zu machen! Es kostet Blut und Leben, aber welches Große in Rußland ist nicht mit Blut erbaut worden?

Und so ritten des Zaren Truppen nach Norden, fuhren mit Wagen oder marschierten wochenlang durch das Land, um angeblich den Stroganows beizustehen. Nikita und Maxim waren hilflos, und der alte Semjon in seinem Kloster war senil geworden und bereitete sich auf den großen Weg in den Himmel vor.

Noch während Jermak Timofejewitsch und seine tausend Mann am Tobol mit Mametkuls Reitern kämpften, besetzten die Soldaten das Permer Land, gründeten kleine Festungen und begannen die Jagd auf die falschen Priester, auf Räuber und Plünderer, Wegelagerer und Betrüger. Sie richteten ein paar hochgestellte Wogulen und Udmurten hin, und das sprach sich schnell herum und sorgte für Ruhe.

In den Kirchen begann man, heimlich für die Stroganows und nicht mehr für den Zaren zu beten. Die Gebietsfürsten kamen verkleidet an die Kama und verhandelten im Kreml der Stroganows um Beistand gegen die zaristischen Teufel.

»Sibirien . . .«, sagte Maxim Stroganow, der Kaufmann, und überließ es Nikita, dem Strategen, die Lage anhand der Karten zu erklären. »Unsere Zukunft liegt hinter dem Ural — auch die eure, Brüder! Die Macht des Zaren wird am Gebirge haltmachen. Sibirien aber wird unser Land sein! Vertraut uns!«

Muschkow und Marina, die an der Tschusowaja in einer Höhle hausten, hatten wenig von diesen Worten. Väterchen Lupin war seit zwei Tagen unterwegs, und man wußte nicht, ob er noch lebte oder längst erschlagen worden war.

Am dritten Tag wurden die beiden unruhig, standen stundenlang auf einer Felsspitze und blickten ins Tal, auf den Weg, den Lupin zurückkommen mußte. Die Sorge war stärker als ihre Liebe. Nur in den ersten beiden Tagen und Nächten, in denen sie allein waren, schlug die Sehnsucht über ihnen zusammen. Sie genossen ihr Glück, und Muschkow, der bisher immer Nowo Orpotschkow verflucht hatte, weil dort sein Untergang als Kosak begonnen hatte, wäre jetzt bereit gewesen, dieses Dorf zu einem Heiligtum zu ernennen.

Ab und zu kroch er aus der Höhle, um die Pferde zu füttern, was gar nicht einfach war, denn das Gras war hart, und vom Wasser der Tschusowaja allein wurde kein Gaul satt. So machte sich Muschkow am vierten Tag allein auf, um Heu zu besorgen, nahm vier Pferde mit, überfiel nach Kosakenart kurzerhand einen Bauern im Tal, lud das Heu auf die Pferde, nachdem er den Bauern, seine Frau und einen Knecht im Stall an einem Balken festgebunden hatte, und ritt fröhlich pfeifend in die Wildnis der steinigen Tschusowaja zurück.

Im Tal mußte es daraufhin einen großen Lärm gegeben haben. Ein Priester überfällt einen Bauern! Das war neu, auch wenn man die Eintreibungsmethoden der Kirche kannte, aber sie hatten sich immer im Rahmen einer gewissen Höflichkeit gehalten. Daß ein Priester auftauchte, Unschuldige festband, Heu, Fleisch und Hafer stahl und beim Weggang schrie: »Gott verfluche euch, wenn ihr ein Wort davon erzählt!« – das hatte man eigentlich nur erlebt, als die Kosaken Jermaks durch diese Gegend gezogen waren.

Am Abend des fünften Tages kam Lupin zurück, müde, auf seinem Pferd schwankend, von Staub überkrustet. Muschkow hob ihn wie ein Kind aus dem Sattel und trug den Alten in die Höhle. Marina flößte ihm kalten Tee ein, rieb seinen Kopf mit Wasser ab und massierte ihm die Brust. Es dauerte eine geraume Zeit, bis Lupin soweit hergestellt war, um ein paar Worte sagen zu können.

»Ich habe für dich ein Bauernkleid, Iwan Matwejewitsch«, keuchte er und verdrehte die Augen vor Erschöpfung. »Dem Himmel sei Dank, daß ich es geschafft habe. Die Zarentruppen durchsuchen das Land! Irgendein falscher Priester hat einen Hof überfallen, den Bauern halb erschlagen, die Frau und die Tochter geschändet! Welch eine Verrohung der Welt!«

»Ich erwürge sie alle!« schrie Muschkow und sprang auf.

»Gelogen ist alles! Ha! Was hängt man mir da an? Den Bauern habe ich gesegnet, die Frau nicht einmal angefaßt, und von einer Tochter habe ich nie etwas gesehen! Marinuschka, bin ich ein Untier?«

»Nicht mehr«, sagte sie langsam. »Ich glaube dir, Iwanuschka.«

»Sie glaubt mir!« rief Muschkow strahlend. »Hörst du es, Väterchen? Sie glaubt mir! Und du?«

»Du warst es also!« sagte Lupin und schloß vor Erschöpfung die Augen. »Marina, wie konntest du den Idioten allein ziehen lassen?«

»Die Pferde hungerten, Vater. Wir mußten etwas besorgen.«

»Auf diese Art?«

»Sollte ich betteln gehen und mir die Hosentaschen voll Heu stopfen?« schrie Muschkow. »Die Welt, Väterchen, ist schlecht, sie wird durch mich nicht schlechter!«

»So kann man es auch sehen, Iwan Matwejewitsch«, sagte Lupin müde und glitt hinab in den Schlaf. »Zieh deine Bauernkleider an, mein Sohn.«

In der Nacht verbrannten sie den Priesterrock und alles, was noch an die Kosaken erinnern konnte. Zuletzt die Stiefel ... sie stanken fürchterlich, als sie in Flammen aufgingen.

»Wie viele Jahre bin ich mit ihnen geritten, wieviel Pferdeschweiß klebt an ihnen«, sagte Muschkow traurig und starrte in das Feuer. Die Stiefel bewegten sich in den Flammen, als wollten sie daraus flüchten. »Sie haben das Schwarze Meer gesehen, die Steppen der Nogaier, die Wälder Sibiriens. Nun verbrennen sie. Es gibt keinen Muschkow mehr ...«

»Es gibt einen neuen Muschkow, Iwanuschka«, sagte Marina zärtlich und küßte seinen Nacken. »Einen besseren Muschkow.«

»Den Ofenbauer, der vor den Leuten katzbuckeln muß, um Arbeit zu bekommen! Marinuschka, ob ich das aushalten werde ...«

»Ich bin bei dir, Iwan Matwejewitsch!«

»Und was soll ich einmal unseren Kindern erzählen? Euer Vater war ein Trottel, den die anderen immer in den Hintern treten durften und der dazu sagte: ›Habt Dank, Euer Hochwohlgeboren!‹ Sollen sie nie die Steppen am Don sehen? Nie die Pferdeherden an der Wolga? Nie die Kirschgärten in unseren Dörfern? Nie das Konzert der Haselmäuse im Frühling hören – nie? Meine Kinder!«

Muschkow stützte den Kopf in beide Hände, blickte in die Flammen, und Marina verstand ihn, schwieg und überließ ihn seinen traurigen, abschiednehmenden Gedanken. Ich muß ihn lieben, wie nie eine Frau einen Mann geliebt hat, dachte sie und setzte sich neben ihn. Ich muß ihm eine neue Welt sein, sonst wird er unglücklich sein das ganze Leben lang ... Ich muß ihn lieben ... Iwan Matwejewitsch, meinen lieben, großen Bären ...

Am nächsten Morgen hoben sie Väterchen Lupin, der wundgeritten war, in den Sattel, banden die Pferde untereinander an langen Lederriemen fest und ritten langsam ins Tal hinab. In seiner Bauerntracht sah Muschkow seltsam fremd aus: Als Kosak in Uniform war er ein schmucker Bursche gewesen, jetzt, in einem weiten Hemd und mit einem gedrehten Hanfstrick um den Leib war er ein üblicher Kulak, ein gutgenährter Bauernbursche mit einem recht einfältigen Gesicht ...

»Ich könnte mich selbst anspucken!« schrie er, als er sein Spiegelbild im klaren Wasser der Tschusowaja betrachtete. »Wie sehe ich nur aus! Jeder Idiot wird grüßend vor mir die Mütze ziehen und mich brüderlich umarmen!«

»Ich liebe dich ...«, sagte Marina und lächelte ihn an. Ihre großen, blauen Augen waren weich, und ihr Blick streichelte ihn. Er spürte es förmlich auf der Haut. »Alles andere ist nicht wichtig ...«

Bei dem Dorf Lassinewka trafen sie auf die ersten Soldaten des Zaren.

Sie sahen Muschkow an, den Alten und den jungen, blonden Burschen, zählten die hintereinander gebundenen Pferde und verhafteten alles im Namen des Zaren.

Am nächsten Morgen ließ man sie frei, gab ihnen alte, klapprige, halbblinde Gäule, und als Muschkow sich bei dem Offizier beschwerte, wurde er geohrfeigt. Zum erstenmal in seinem Leben schlug er nicht zurück, zum erstenmal in seinem Leben ließ er sich aus dem Zimmer prügeln, ohne sofort umzukehren und das Haus in Brand zu stecken.

Er stieg draußen auf seinen hustenden Gaul, seufzte tief, blickte Marina und Lupin an, die die Köpfe senkten, und fragte leise:

»Was ist das eigentlich, ein freies Leben? Das hier, Väterchen? Oh, wenn ich an die Freiheit am Don denke . . .«

»Wir haben das Leben gewonnen, mein Sohn«, antwortete Lupin. »Damit können wir etwas anfangen. Ich werde zufrieden sterben können, und ihr Jungen könnt ein neues Rußland gründen.«

»Marina und ich allein?«

»Ihr seid nie allein. Es gibt Tausende wie ihr. Muschkow, du hast noch viel zu tun, bis du so alt bist wie ich.«

Langsam ritten sie aus dem Dorf . . . Es war für einen Kosaken eine Schande, auf solch einem Gaul zu sitzen, und Muschkow nagte an der Unterlippe. »Wir müssen wieder eine Kirche mit strammen, fetten Gäulen finden . . .«, sagte er dumpf.

»Nie mehr, Iwan Matwejewitsch!« antwortete Marina. »Das ist vorbei!«

»So kommen wir nie nach Moskau.«

»Dann werden wir unterwegs arbeiten, um uns gute Pferde kaufen zu können!« schlug Lupin vor. »Der Herbst hängt schon in der Luft, und in ein paar Wochen kann man den Winter riechen. Man wird Öfen brauchen, in allen neuen Siedlungen der Stroganows. Jetzt haben wir Zeit.«

Sie ritten ins Permer Land, sie rasteten in den Dörfern, arbeiteten für das tägliche Essen, jagten Füchse und Eichhörnchen und verkauften die Felle an die Sammelstellen der Stroganows.

Der Herbst kam wie immer mit Regengüssen, das Land weichte auf, Muschkow ging auf Biberjagd an abgelegenen, kleinen Flüssen. Als der erste Frostwind heulte und die Erde hart wurde, als der erste Schnee fiel und man überall im Land erzählte, daß im fernen Sibirien Jermak Timofejewitsch das Heer des Zaren Kutschum vernichtend geschlagen und die Hauptstadt Sibir erobert habe, als Muschkow vor Freude und Heimweh nach seinen Kosaken weinte und Marina ihn mit ihrem weißen, glatten, warmen Körper trösten mußte, tauschte Väterchen Lupin bei den Stroganowschen Beamten nach zähem Ringen und Feilschen, nach Flüchen und Gebrüll von beiden Seiten die Felle von Bibern und Füchsen gegen drei Pferde und einen Schlitten ein.

Mit klingenden Glöckchen fuhr das Väterchen mit seiner Troika vor, umarmte und küßte Marina und stieß den griesgrämigen Muschkow mit beiden Fäusten gegen die Brust.

»Sieh dir das an, Iwan Matwejewitsch! Ein Gemälde von einer Troika. Pferdchen, so gut genährt wie ein Bischof, und ein Schlitten, fest gebaut und sogar mit eisernen Kufen! Das alles hast du verdient!«

»Ich?« fragte Muschkow erstaunt.

»Wer hat die schönsten Biber gefangen? Wer hat die Füchse gejagt? Wer war Tag und Nacht in den Wäldern unterwegs, hat an den Flüssen auf die Tierchen gelauert? Wer hat gearbeitet wie ein Zugochse, na?«

»Meine erste Troika . . .« Muschkow ging um den Schlitten herum, küßte die Pferde auf die Nüstern, umarmte ihre Hälse und liebkoste sie, als wären sie seine Geliebten. »Und alles durch Arbeit!« rief er dann und setzte sich in den Schlitten. »Nichts ist gestohlen! Es ist nicht zu fassen . . .«

Er ließ die Zügel schnellen, schnalzte mit der Zunge und fuhr mit der Troika einen großen Kreis um das Dorf. Die Glöckchen an dem Bügel klingelten, über dem Kopfband der

Gäulchen wippten Büschel bunter Federn, und die Pferde warfen die Beine, als seien sie früher in einer Parade gegangen. Muschkows Herz zersprang fast vor Freude, er wurde rot im Gesicht und sang laut, als er wieder vor Marina und Lupin hielt.

Sie standen Hand in Hand auf der Straße, und als er aus dem Schlitten sprang, dachte Muschkow: Es hat sich doch gelohnt, sich vor diesem verdammten Weibchen zu beugen.

XIII

Es war der 18. März 1584, ein warmer Vorfrühlingstag, viel zu warm für Moskau, als sich Zar Iwan IV. mit seinem Freund, dem Bojaren Bogdan Bjelski, an einen Tisch setzte, um Schach zu spielen.

Boris Godunow empfing einige Abgesandte; Fürst Schuisky verlebte ein paar ruhige Tag auf seinem Gut außerhalb Moskaus und knüpfte Kontakte zu anderen Bojaren, bestach sie und sammelte eine Hausmacht Godunow.

Das Leben in Moskau entfaltete sich nach diesem milden Winter wie eine Blüte im Morgentau. Der Frühlingstag lockte die Menschen auf die Straßen, an die Ufer der Moskwa, in die Wälder oder in die Klostergärten, wo man spazierengehen und sich gleichzeitig segnen lassen konnte.

Der Zar starrte auf das Schachbrett, auf dem Bjelski gerade einen verwegenen Zug getan hatte. Die Partie war noch nicht verloren; sie konnte auch nicht verloren werden, denn Bjelski wußte es genau, wann er den Zaren besiegen durfte oder wann es klüger war, ihn gewinnen zu lassen. Heute mußte man ihn gewinnen lassen . . .

Iwan sah bleich aus, sein Gesicht eingefallen, die brennenden Augen lagen in tiefen Höhlen, sein Mund war noch schmäler als sonst. Seine Hände zitterten leicht, als er sie neben das Schachbrett legte, um seinen Zug zu überdenken.

»Reize mich nicht, Bogdan«, sagte er heiser. »Mir macht der warme Wind zu schaffen . . .«

»Das Spiel ist noch offen, Gossudar«, antwortete Bjelski und verneigte sich. »Nur ein Bauer ist verloren! Was ist schon ein Bauer?«

Iwan blickte hoch, sein stechender Blick traf den Bojaren wie eine Eisenspitze.

»Ich habe viele Bauern verloren, nicht wahr?« sagte er finster. »Und viele Bojaren, viele Soldaten, viele Offiziere, viele Freunde! Ich habe aufgeräumt in Rußland! Ich habe es gesäubert! Aber die Ratten wachsen nach! Und die Seelen sind unsterblich – die guten wie die schlechten! Hast du schon Seelen gesehen, Bogdan?«

»Nein, Gossudar . . .«, antwortete Bjelski heiser. Er starrte den Zaren an. Iwan hatte sich verändert. Sein Gesicht verfiel, als falle das Fleisch von den Knochen.

»Aber ich!« sagte er dumpf. »Jede Nacht sind sie um mich! Kommen an mein Bett, umschweben mich, rufen mir zu: ›Iwan! Iwan! Warum hast du uns getötet? Sieh uns an: Waren wir nicht deine Freunde? Die besten hast du verstoßen, und behalten hast du nur die Wölfe, die auf deinen Tod lauern!‹ Und dann sitzen sie an meinem Bett und weinen, und ich springe auf und bete und bete und rufe Gott an, mir zu verzeihen! Warum kennst du das alles nicht, du Hund?«

Iwan hieb mit der Faust die Schachfiguren vom Tisch. Auf seiner bleichen Stirn bildete sich kalter Schweiß, seine Brust hob und senkte sich in krampfartigen Atemzügen. »Bogdan!« röchelte er plötzlich. »Bogdan, du hast mich auch verraten! Nur Hyänen sind um mich herum, nur Aasgeier, die meinen Leib zerfleischen wollen. Godunow, Schuisky, Romanow, du . . . Warum hilft Gott mir nicht? Bin ich nicht sein demütigster Diener?«

Der Zar wollte aufspringen, aber die Beine versagten ihm den Dienst. Er fiel mit dem Oberkörper über den Tisch, ein schauriges Röcheln brach aus seinem aufgerissenen Mund, die gesunkenen Augen quollen aus den Höhlen hervor . . .

»Einen Arzt!« keuchte der Zar. »Bogdan, hol den Arzt! Ich ersticke! Ich ersticke! Gott erwürgt mich . . .«

Er fiel auf den Boden, riß sein Gewand über der Brust auf und starrte Bjelski haßerfüllt an. Noch jetzt, in seiner letzten Minute, war das Grausame stärker in ihm als das Menschliche. »Verflucht seid ihr alle!« röchelte er. »O Gott, mein Gott, nimm diese Seelen von mir! Sie sind wieder um mich . . . Betet für mich . . .«

Fürst Bjelski rührte sich nicht. Er stand vor dem sterbenden Iwan IV. und wartete mit zusammengekniffenen Lippen auf das Ende.

Erst als der Zar sich streckte und die adlergleichen Augen brachen und alles innere Feuer verloren, lief Bjelski zur Tür und schrie nach dem Medikus.

Durch den Kreml flogen Entsetzen und Befreiung. Boris Godunow kniete neben dem toten Zaren und betete inbrünstig. Boten ritten, wie vom Satan gehetzt, zum Gut des Fürsten Schuisky, um ihm den Tod des Gossudars zu melden. Die letzte Zarin, Marja, die Tochter des Theodor Nagoj, die Iwan haßte, weil er sie nicht mehr richtig lieben konnte, warf den schon lange zurechtgelegten schwarzen Schleier über und ging hinüber zur Auferstehungskirche.

Die Glocken des Kremls begannen zu läuten und riefen die Glocken des ganzen Landes auf.

Der Zar ist tot! Gnade seiner Seele! Auf die Knie, Volk, und bete um sein Heil!

Über Moskau schwang der Klang von Hunderten von Glocken. Die Menschen strömten auf die Straßen, füllten die Plätze, zogen zum großen Kremlplatz und fielen dort zu Boden.

Der Zar ist tot! Der Grausamste aller Grausamen ist nicht mehr, aber wissen wir, wie grausam der nächste Zar sein wird? Er war ein schrecklicher Vater, aber er war Rußlands Vater. Betet . . . betet . . . betet . . .

Unter den Tausenden, die vor dem Kreml auf der Erde

knieten, umrauscht vom Glockenklang und den Chören, die den Tod des Zaren beweinten, waren auch Alexander Grigorjewitsch Lupin, Iwan Matwejewitsch Muschkow und Marina Alexandrowna Muschkowa. Sie knieten eng nebeneinander auf dem festgestampften Boden, genau auf der Stelle, wo einmal Iwan IV. dreitausend Strelitzen an einem Tag hatte hinrichten lassen, und sie bekreuzigten sich und blickten auf die goldenen Kuppeln der Kirchen, die über der Kremlmauer in der Frühlingssonne glänzten.

»Der Zar ist tot«, sagte Muschkow leise. »Wird man die Kosaken jetzt begnadigen?«

»Was geht es dich an, Iwan Matwejewitsch?« fragte Lupin. »Bist du nicht seit einem Jahr der beste Ofenbauer Moskaus?«

»Trotzdem, Väterchen, es würde mich freuen.« Muschkow wandte den Kopf zu Marina. Sie kniete neben ihm; es fiel ihr schwer, denn sie war schwanger, und ihr Leib wölbte sich. Aber ihr Gesicht war kindlich geblieben, umrahmt von langen blonden Haaren, die sie jetzt nach hinten zusammengebunden trug. Ihr und Iwans Blick trafen sich, und sie lächelte ihm zu, mit jener Zärtlichkeit, vor der es für Muschkow kein Entrinnen gab.

»Jetzt sind wir endlich wirklich frei!« hörte er Lupin sagen.

»Ich möchte noch einmal zum Don.« Muschkow senkte den Blick. »Nur einmal noch. Ja, ich bin der beste Ofenbauer Moskaus, aber ich war auch ein Kosak. Jetzt bin ich der ärmste von ihnen . . .«

»Bereust du es?« fragte Marina und legte die Hände über ihren gewölbten Leib.

»Du kannst zurück an den Don, Iwan Matwejewitsch.« Lupin stieß ihn an. »Das Kind wird auch ohne dich groß.«

»Zurück? Ohne Marinuschka an den Don? Väterchen, ich fühle mich wohl zwischen meinen Öfen.« Muschkow blickte wieder hinauf zu den goldenen Kuppeln der Kirchen. Die Glocken dröhnten, die Menschen sangen Choräle, aus den Toren des Kremls zogen Priester mit Fahnen und rauchenden Weihrauchkesseln.

»Was soll ich ohne meine Frau, Alter? Sie ist mir mehr wert als eine ganze Pferdeherde in der Steppe ...«

Muschkow beugte sich zu Marina, legte seine Hand über ihre Hände an ihren Leib und spürte das neue Leben kraftvoll unter seinen Fingern.

»Gott segne die Liebe unter den Menschen«, sagte Lupin voller Inbrunst. »Was wären wir ohne Liebe ...«